遺跡発掘師は笑わない

まだれいなの十字架

桑原水菜

遺跡発掘師は笑わない

まだれいなの十字架

the Cross of MAGDALENA

序章

永倉萌絵《ながくらもえ》は、浮かれていた。

この一ヶ月、ずっとこんな調子だ。

社会人になって、こんなにイイ気分で出勤したことがかつてあっただろうか。

勤め先である亀石《かめいし》発掘派遣事務所の昭和《しょうわ》感たっぷりな佇《たたず》まいも、今はキラキラしてみえる。殺風景な古マンションの一室にもかかわらず、海外ドラマのお洒落《しゃれ》オフィスにでもいるような気分だ。火焔土器のレプリカに挿した百円均一の造花が薔薇《ばら》の花束より美しいと感じられる。雑然とした書棚はビザンツ帝国のモザイク装飾のようだし、味も素っ気もない蛍光灯がベルサイユ宮殿のシャンデリアのように目映《まばゆ》い（見たことはないけれど）。

ああ、職場が輝いて見える……！

萌絵を浮かれさせているのは、一ヶ月ほど前に入った新人所員だった。

「あ、永倉さん、来週から始まる小野田《おのだ》遺跡の発掘の件だけど……」

向かいの机から声をかけてくる白シャツの青年。

新人所員の名は、相良忍《さがらしのぶ》。二十六歳。

元文化庁の職員で、紆余《うよ》曲折の末、このしがない派遣事務所に勤めることになった。すらりとした長身に、知性を湛《たた》えたアーモンド形の瞳《ひとみ》、いつも微笑んでいるような口許《くちもと》が広隆寺《こうりゅうじ》の弥勒菩薩《みろくぼさつ》を思わせる、物腰穏やかな好青年だ。萌絵とは一学年下の同い年だが、ついつい、

「はい。なんでしょう?」

敬語で答えてしまう。忍は「またか」と呆《あき》れて、

「その言葉遣い、なんとかなんないかな。なんで遜《へりくだ》るの? 大体、君の方が先輩でしょ」

「あ、そうですね。そうでした」

「また言ってる」

そうこうするうちに電話が鳴った。鳴ったら下の者が取る。それが暗黙の職場ルールだ。忍は文化庁時代からの慣例が身に染みついているので、当たり前のように受話器へ手をのばすが、すかさず向かいの萌絵が奪うように先に取ってしまった。

「はい。亀石発掘派遣事務所です」

「ちょっと永倉さん……」

先輩の萌絵に電話を取らせては新人の面目が立たないので、忍も意地になって取ろうとする。切磋琢磨《せっさたくま》の効果で「最近のカメケンは電話に出るのが早い」と専らの評判だ。

電話だけでなく他の雑用も萌絵がやってしまうので、忍は新人として立つ瀬がない。勿論《もちろん》、萌絵だって自分の代わりに雑用一切を任せられる後輩ができるのを心待ちにしていた。朝一番に来てお湯を沸かす後輩に「うむうむ、ご苦労」的な態度をとってみたかった。しかし相手が忍では、雑用だの電話取りだのはさせられない。させられっこない。

だって私は相良さんの「助手」……！

というすり込みが、いつのまにかできあがっている。

忍とは文化庁時代に知り合って、とある事件（二件ほど）で深く関わった。その事件を通して、アレコレあったおかげで、すでに妙なヒエラルキーができあがっている。萌絵にとって忍は「敬語を使いたい」相手なのだ。なので、

「おーい、コピーのトナー、予備がなくなってんだけどー……」

「はい！　ただいま！」

と忍よりも先に立ち上がる萌絵だ。しまいには取り合いになってしまい、仕事の効率が上がったのか下がったのか、よく分からない。所長の亀石弘毅《ひろき》も呆れている。

「おまえら、競うところ間違えてないか？」

そう。萌絵と忍は、ライバルでもあるのだ。

発掘コーディネーターの資格を巡って、競い合っている真っ最中でもある。

尤《もっと》も、一番争っているのは「西原無量《さいばらむりょう》のマネージャーの座」なのだが（……と、萌絵

は勝手に思いこんでいる)。

亀石発掘派遣事務所——通称カメケン。

業務内容は、遺跡発掘に関わる人材を現場に派遣すること。

実際は、発掘のみならず、出土品の修復や保護など、埋蔵文化財に関わる仕事全般の人材を扱っている。人材派遣と一口に言っても、町の行政発掘に必要なアルバイト作業員から、海外の遺跡修復に携わる専門家のコーディネートまで、となかなか手広い。他にも、測量、遺物整理、報告書作成、科学解析、復元……などなど、各分野のプロフェッショナルを斡旋《あっせん》するのも仕事だ。必要とあらばどんな人材でもかき集める。発掘つながりから、古生物調査までカバーしている。守備範囲は「ご近所から地球の裏側まで」がモットーだ。

最近はそれこそ「何でもあり」の様相を呈してきて、埋蔵文化財だけでなく、仏像修復だの史料編纂《へんさん》だの、業務の幅はとめどない。亀石所長の広すぎる人脈が最大の武器だ。年中呑《の》んだくれているくせに、腕は一流ときているから手に負えない。

そんなカメケンのメンバーは四人。所長の亀石、相川《あいかわ》キャサリン、永倉萌絵、相良忍。

中でも萌絵と忍は「発掘コーディネーター」を目指して勉強中だ。

ゆくゆくは亀石同様、大きな遺跡調査や遺跡修復のプロジェクトを、丸ごとコーディネートできるようになるのが目標だ。

だが、その肩書きを得るためには所内試験（亀石テスト）に合格しなければならない。しかも、合格できるのは、どちらか成績の良いほうだけ。試験は一年後。それまではお互い「見習い」だ。だから「ライバル」というわけだ。

とはいうものの、忍は元文化庁のホープで国立の一流大学出。しかも「ただ有能」というだけではない忍の、真の怖さを熟知している萌絵は、圧倒的に分が悪い。

そんな事情で、本来、火花を散らしているべき相手なのだが……。

初対面から割と忍にめろめろだった萌絵は、競争を忘れて、浮かれきっている。

パソコンモニターから、ひょいと向かいを覗《のぞ》き込めば、そこに忍がいる。容姿端麗な忍は、職場の花だ。掃き溜《だ》め（失礼）に鶴だ。元「官僚の雛《ひな》」だけあって電話の応対にも品がある。そつなく業務をこなす姿は見ているだけで目の保養だ。おかげで毎日の通勤の足も軽やかだ。忍のいる職場が待っていると思えば、目覚まし時計が鳴る前に目も覚めるというものだ（かつては三つ時計を並べても起きられなかった）。

「にやけてる場合？　ライバルなんじゃないの？」

たしなめたのは、もうひとりの同僚・相川キャサリンだった。

萌絵とは「相方」と呼び合う仲だ。

「……わかってるんだけど、あんな高嶺《たかね》の花みたいな人と同僚になれるなんて、夢みたいで……」

「面食いはこれだから」

キャサリンは、母親がカナダ人。栗色の巻き髪と灰色のぱっちりした瞳が華やかで、学生時代から今日まで男を切らしたことがない。そんな彼女は、忍が入所したその日から、目が獲物を狙う猛禽《もうきん》のようになっていた。

「てか、キャサリンもさ、彼氏いるんだから少しは控えなよ。何のアピールか知らないけど、最近、肌露出しすぎ」

「アピールじゃありません。クールビズです」

「クールビズでそこまで谷間強調する必要あるかな」

こうして肉食女子の毒牙《どくが》から忍を守ることも、萌絵の日課となっていた。

そんな矢先、忍に思いも寄らぬ疑惑が降って湧いたのだ。


「相良さんが同棲《どうせい》……!?　なにそれ！」

翌朝、出勤してきた萌絵は、キャサリンから衝撃の報告を聞いてしまった。

すっかりヤサグレたキャサリンは鼻をほじる勢いで、

「実はさ、昨日ちょっと出来心でさ、彼どんなとこに住んでるのかなあ、なんて思って、尾行しちゃったんだよね。そしたらさ……」

郵便受けの表札に、ちがう苗字《みようじ》が並んでいたという。萌絵は愕然《がくぜん》としてしまった。

「うそ。相良さん、彼女いたの？」

「あれガチだよ。スーパーですごいいっぱい食材買ってたし。どうみても一人分じゃないし。アイス二個ずつ買ってたし」

　カゴの中身までチェックするとは、我が親友ながら抜け目がない。

「変だと思ってたんだ。毎日凝ったお弁当持ってくるし。しかも冷凍食品ひとつもないし。まめな彼女がいるんだよ、きっと」

「うそー……」

　萌絵は涙目だ。彼女がいたなんて寝耳に水だが、話題に出なかっただけでその可能性は捨てきれなかった。確かに帰り際になると、いつも誰かにメールを入れていたし、呑み会で遅くなる時もちょこちょこ誰かに電話をかけていた。弁当も怪しいとは思ったが「自分で作っている」というから、そうなんだと思っていた。だが男の手弁当にしては毎回いやに凝っていた。

　忍はあのスペックだし、優しい彼女がいてもちっともおかしくはない。でも、いきなり同棲なんて、結婚一歩手前ということではないか！

　いや、この目で見るまでは信じられない。

　激しく動揺した萌絵は矢も楯《たて》もたまらず、その日、忍を尾行した。西陽の照りつける猛暑の中、萌絵は探偵となって眼光鋭く追跡する。忍はスーパーに立ち寄り、食材とスイカ丸々一個を買った。ひとり暮らしでスイカ丸ごとはありえない。向かったのは駅の反対側、商店街を抜けて十分ほど歩いたところに忍の住むマンションがあった。なるほど、ワンルームではない。どうみても夫婦向けかファミリー向け物件。こりゃ確定だ。

「やっぱり同棲してるんだ……。いったいどんなひとと」

動揺しつつ、郵便受けの苗字を確認しようとエントランスに入りかけた。そこへ、

「あれ？　永倉さんじゃないか」

声をかけられて飛び上がるほど驚いた。振り返ると、そこに当の忍がいるではないか。

背後をとられた萌絵は腰を抜かしかけた。先に中に入っていたのではなかったのか！

「あわわわわ、さ、さがらさん、お、おひさしぶりです～」

「なに言ってるの。どうしたの。こんなとこで」

「え、あのあの、ちょっと近所に行きつけの歯医者が」

「へえ。治療終わった？」

「は、はい」

「ちょうどいいや。これから夕飯なんだけど、ちょっと肉、買いすぎちゃって。よかったら一緒に食べていかない？」

え？と萌絵は固まった。

「永倉さんなら大歓迎だ。一緒に夕飯食べてってよ。腕によりをかけて色々作……」

「いけませんよ！　だって、その手料理って彼女が……」

まあ入って、と手を引かれて強引に中に連れ込まれてしまう。萌絵はうろたえまくりだ。いくら同僚とは言え、同棲中の彼女がいる家で一緒に食事なんて誤解の種に……！

「ただいまー。永倉さん連れてきたよ」

部屋にあがった萌絵は「あ」と再び固まった。

パンツ一丁でテレビの前に胡座《あぐら》をかき、ゲームのコントローラーを握っているのは……。

「なに。あんた来たの」

日に焼けた肌の、ちょっと小柄な若い男だ。知らない顔ではない。

そこにいたのは、せんべいを口にくわえた西原無量だった。

萌絵はあと少しで膝《ひざ》をつくところだった。がっくりうなだれた。

「さ……さいばら、く、ん」

「なにそのリアクション」

「永倉さんは無量とゲームでもやって待ってて。すぐに夕飯の支度するから。あ、こら無量！　またそんな恰好《かっこう》して。シャワー浴びたら服着る！　エアコン占拠しない！」

萌絵は脱力しながら「あの、これどういうことなんでしょう」と忍に問いかけた。

「ああ、無量がまだ住むところ決まってないって言うから、なんならルームシェアしようかって話になって、引っ越しのついでに。……ほら。家賃の節約にもなるし、無量またいつ海外に行くか分からないし、荷物置き場にもなるかなって」

「じゃ、表札の苗字って……西原くんの……」

漢字に弱いキャサリンの勘違いだ。「西原」を「にしはら」と読んだにちがいない。

「つまり、同棲相手って……西原くん」

「も、なに、さっきから鬱陶《うっとう》しい。ゲームやんの、やんないの？」

無量が無愛想に急《せ》かしてきた。パンツ一丁のくせに相変わらず右手には革手袋をはめている。真夏で、しかも部屋の中だというのに、だ。

「ちょ、西原くん。引っ越したなら、ちゃんと変更届出してくれないと困ります」

「変更届？　忍がやってくれたんじゃないの？」

着替えて奥から現れた忍は、エプロンを着けている。

「横着しないで届け出くらい自分でしろよ。登録者管理は永倉さんの担当だし」

忍は台所に立って、手慣れた様子で下拵《したごしら》えを始めた。萌絵は慌てて立ち上がり、

「あ、だめだめ、手伝います」

「いい、いい。これも修業だから。……無量の奴、ひどい食生活だったから、栄養バランスとれたもの食べさせないとって思って、一念発起して料理始めてみたら、これがなかなか楽しくてね」

根が凝り性だから、今はすっかり料理研究に夢中らしい。理科の実験感覚でハマる男は多いというが、あの凝った弁当も間違いなく自分で作っていたものだ。もちろん無量にもお揃いの弁当を持たせているという。いよいよ無量の栄養管理まで始めてしまった忍に、萌絵はますます差をつけられて、戦々兢々《せんせんきょうきょう》だ。おのれサガラ……と拳《こぶし》を固めた。

「どこまでも先を行きおって……」

「いいから、ほら。忍のキャラ貸してやるから、どんどん狩って」

せんべいをかじりながら、無量は夢中でＣＧの恐竜を狩っている。結局ふたりで恐竜狩りにいそしむことになった。


西原無量。二十二歳。

カメケンきってのエース発掘員《ディガー》だ。現在、派遣登録されている発掘員の中では若い方だが、遺物発掘師としてのキャリアはすでに八年目。取得が難しいレベルＡの腕前で、海外の遺跡調査にもたびたび指名派遣されている。元々は古生物掘りで、ついこの間まで北米で恐竜化石を掘っていた。その調査が予定より三ヶ月も早く終了し、次の派遣が決まっていた海外の遺跡調査も、現地の政情不安でキャンセルになってしまったため、半年もぽっかり空きができてしまった。

そのため、今はカメケンの「親会社」である亀石建設の発掘事業部に派遣されている。仕事は、主に都内における行政発掘（土地開発に伴って行われる遺跡調査のこと）だ。そんなわけで最近は無量も、通勤ラッシュに揉《も》まれながら都会の発掘現場に通っている。

真夏の炎天下での発掘は、苛酷《かこく》この上ない。猛暑の中、ビルの谷間の狭い発掘現場で、排ガスにまみれながらの作業は、苦行だ。ろくに風通しもない、重機を入れたら一杯になりそうな現場で、肩をすぼめるようにして土を掘る。おかげで肌はこんがり焼けて、童顔の無量はわんぱくな小学生のようだ。

海外では「宝物発掘師《トレジャー・ディガー》」の異名をとる無量も、地元では、アルバイト作業員と変わらない扱いだった。

「おーい無量。ビールが足りなくなりそうだから、ちょっと買ってきて」

忍に言われて、無量はサンダルをつっかけると買い物に出てしまった。

残った萌絵は、忍と一緒にサラダの盛りつけをすることになった。

「……あいつ、ほっとくと毎日牛丼屋で夕飯済ませかねないから」

相良忍は無量の幼なじみで、兄のような存在だ。

色々あって離ればなれだった十数年間の空白を埋めるように、忍と無量は、仲良く同居生活を楽しんでいる。

「西原くん、リラックスしてますね。相良さんの手料理まで食べれて言うことなしかも」

「うん……。普段はね。でも時々うなされてるみたいだ」

え？　と萌絵は虚を突かれて、忍を見た。

忍はドレッシングを作る手を止めて、顔を曇らせている。

「夜中に時々、部屋からうなされてる声が聞こえる。『やめて、おじいちゃん』『ごめんなさい、もうしないから許して』……って」

萌絵も真顔になって、レタスを盛りつける手を止めた。

「それって……」

「ああ。瑛一朗《えいいちろう》氏の夢だ。右手を焼かれた時のことを夢に見るんだろう」

放っておけなくて起こしに行ったら、目を覚ました途端にすがりついてきた。呼吸が荒くて汗びっしょりで、ガクガクと震えながら、睫毛《まつげ》を涙で濡《ぬ》らしていた。

「たまにうなされるって無量は言ってたけど、たまにじゃないな。月に何度かは……」

無量の祖父——西原瑛一朗。高名な考古学者で、大学教授だった。

真夏でも革手袋をはめている無量の右手、そこにはひどい火傷《やけど》の痕《あと》がある。普段は手袋で隠しているし、本人も飄々《ひょうひょう》として、滅多に自分から触れることもないが、その陰で、まだ心の傷は癒《い》えてはいないのだと思うと、萌絵の胸はまた塞《ふさ》いだ。

「そう、なんですか……。今もそんなに」

「それに火も怖いみたいだ。炎を見ると、あの時のことがフラッシュバックするみたいで、ガスコンロの火も苦手だから、料理中は台所に近付かない」

オール電化にすればよかったかな、と忍はぼやいた。

「そんな姿を見てると、また罪悪感が湧いてくる。無量があんな目に遭ったのも、本を正せば、僕の父のせいだ。父が瑛一朗氏の罪を告発したせいだと思うと」

「でもそれは……」

「うん。分かってる。でもその後で、西原家に起きた出来事を思うと……ね」

忍は深い溜息《ためいき》をついた。

「父のしたことは正しかったかも知れないが、無量を見ていると、正しいことが必ずしも正しいとは言えないんじゃないかって、思えて仕方がない」

瑛一朗氏が起こした「ある不正事件」。

それを世間に告発したのが、忍の父だった。

騒動になった挙げ句、無量の祖父は、世間やマスコミの攻撃にさらされた。騒ぎは無量たち家族にまで及び、両親は離婚。家族まで後ろ指を差されるような毎日だった。

「でも、相良さんのお父さんは悪いことをしたんじゃない。悪いことを告発したんです」

「あの事件が騒ぎになった後、無量は小学校でもいじめられてしまってね。僕は庇《かば》うこともできなかった。父のリークが原因だと知ってたから、無量に申し訳なくて。そんな気まずさもあって、遠くから見てることしかできなかった。いつもだったら、そんな卑劣な奴ら、僕の方から真っ先に喧嘩《けんか》をしかけたのにね」

いや、一度だけ。無量を助けたことがある。「さいばらねつぞー、さいばらねつぞー」と囃《はや》し立てられる無量を庇った忍は、だが、彼をいじめていた少年たちから言われてしまったのだ。

——おまえのとーちゃんがチクったくせに、なに庇ってんの？

「……その時、無量が僕を見上げた目が、今も忘れられない。『なんでそんなことしたの？』って責められているようで、何も言えなくなった」

そもそもの原因を作ったのは自分の親なのだ。自分は加害者の息子、との思いが芽生えてきて、気まずさから距離を置いてしまった。無量は覚えていないかもしれないが、あの時、卑劣ないじめから守ってやらなかったことを、今も後悔しているのだ。

「なんだか二重の意味で無量を傷つけたような気がしてしまってね……」

「それは違います。いじめた子たちが悪いのに、相良さんが自分を責めるのはおかしい」

「うん。そうだね……。僕がこんなじゃ無量も居心地悪いだろうな」

計量スプーンを手にとると、ボウルに入ったドレッシングをカツカツと混ぜ始めた。忍が甲斐甲斐《かいがい》しく無量の面倒をみるのは（単にズボラな幼なじみを放置できないのもあるだろうが）心のどこかに、父がしたことの「罪滅ぼし」を望む気持ちがあるせいだと、萌絵は理解していた。所謂《いわゆる》善悪の問題ではないことも。

「……もう二度とあんな思いはごめんだ。いつかまた何かで無量が助けを求めてきた時、今度こそ必ず。すぐに駆けつけられるところにいたいって、そう思うんだ」

萌絵にはその気持ちが痛いほど分かる。そうでなくても先日の事件では無量が刺されるのを止められなかった自分たちだ。

「大丈夫。西原くんにもきっと届いてますよ。相良さんの想い。それにほら、西原くんも末っ子体質だから、あんまり甘やかすと、ますますズボラになっちゃいますよ」

「ひとりっこだけどね」

「いえ、あれは完全に末っ子体質です。……あ、帰ってきた」

無量がコンビニのレジ袋いっぱいにビールを買って戻ってきた。「ただいま」とキッつい男性だ。

チンを覗《のぞ》き込んだ後ろから、もうひとり、体の大きな男が現れた。四十代くらいのいか

「下で会ったから連れて来た」

「あれ？ 十兵衛《じゅうべえ》さんじゃないですか！」

萌絵の声に、十兵衛と呼ばれたマッチョ男は、肉を入れた袋を差し出した。

「よう、モエっち。焼き肉パーティするんだろ？ ほれ。近江牛《おうみうし》の差し入れだ」

＊

十兵衛はあだ名だ。本名は、柳生篤志《やぎゅうあつし》。

亀石建設の発掘事業部で現場監督をやっている。カメケンの元祖エース発掘員《デイガー》で、亀石所長の親友でもあった。

その昔は派遣発掘員として、今の無量のように海外の遺跡をひっきりなしに飛び回っていた。いわば発掘のエキスパートだ。四十を過ぎて子供もでき、そろそろひとつのところに腰を落ち着けようと考えて、亀石建設に入社した。今は社員として都内の発掘作業を仕切っている。

「もうこいつったら、二言目にはコロラドに帰りたいって泣き言ばっかりで」

プレートからは焼き肉の煙がじゅうじゅうあがっている。四人で食卓を囲み、缶ビー

ルと焼き肉に舌鼓を打つ間、柳生は無量のへたれっぷりをさんざんぼやき続けた。

「ちょっと目ぇ離すと、日陰で休んでるんだぜ。ったく」

「だって風なんか全然吹かないし、メットは蒸れるし、ユンボのオペレーターさんはろくに合図もなしにアームぶんぶん振って、おっかないし……。最悪っすよ。あの現場」

「おまえ監督のせいだって言うのか。生意気な」

十兵衛のあだ名どおり、剣豪でもやっているのが似合いそうな、野性味溢《あふ》れる柳生は、食べっぷりも豪快で、三人では食べきれないと思われた量の肉も、物凄《ものすご》い勢いで次々と焼いては口に運んでいく。

無量たちが発掘中の現場は、下町にある。とある大名屋敷跡の一角だった。江戸時代の大名家の暮らしぶりが窺《うかが》える様々な焼物や漆椀《うるしわん》などが出土している。

「江戸はしょっちゅう火事に見まわれてね。大火事があるたんびに町が大きくなったとか言われてる」

「へえ。火事ごとに、ですか」

「明暦《めいれき》の大火なんかは、幕閣の陰謀説があるくらいだしね」

「さすが元文化庁。その通り。付け火をして古い家並みを火事で焼き払って城下を再編したとか、復興で景気を刺激したとか。焼け出された方はたまったもんじゃないが」

江戸の町を掘ると、土層と土層の間に火事の痕跡《こんせき》にあたる焼土層が挟まっているから、記録と照らし合わせれば、大体の年代が判明する。焼土層と焼土層の間に埋まっている遺物は、攪乱《かくらん》（土を掘り返した跡）がない限りは、年代も間違いない。遺物は嘘をつかない、というやつだ。

「まだ今回は屋敷の跡だからいいスけど、こないだのはキツかったっすね」

と無量が肉を口に運んだ。柳生も二本目のビールを開けて「墓場のやつな」と答えた。江戸時代の墓地遺構が出たのだ。

「埋葬された人骨がわんさと出てきた。ざっと三百体はあったな。もちろん、そいつも当時の墓制を知るための貴重な遺物なんだが」

掘れば掘るほど出てくる白骨遺体の群れに、さすがの無量も気が滅入《めい》った。発掘で人骨に当たるのは慣れている無量でも、夢で骸骨《がいこつ》たちに追いかけられたくらいだ。

「白骨化したやつはまだいいぞ。屍蠟《しろう》で出てくるのは、きついぞう……」

「そっすね。あの変な液体がなんとも……」

ふたりの会話を聞きながら、萌絵と忍は半笑いだ。このまま生々しいほうに流れては食欲が削《そ》がれる、と思った忍が「そういえば」と話題をそらし、

「白骨といえば、無量。なんか妙なものを掘り当てたらしいじゃないか」

無量は「ああ。あれな」と渋面になった。柳生も「そうそう」と腕組みをして、

「こいつ、またやらかしちゃったんだよな」

「なんです？　今度は何を見つけちゃったんです？」

「死体」

萌絵はぎょっとして箸《はし》を落としかけた。死体ですと⁉

「どう考えても人を埋葬するはずないとこから、人間の白骨死体が出てきちゃって」

「さ、最近のですか」

「いや。明暦の大火の焼土層より下だったから、ざっと三、四百年前だな」

萌絵はホッと胸を撫《な》で下ろした。大変まぎらわしい。

「遺構の位置からみると、屋敷の庭だよな、あれ」

「庭っすね……」

「江戸時代の殺人事件ってやつですか」

その一体の他は全く出てこなかったところから、やはり何らかの事情で埋められた死体だったようだ。当時はまんまと発見されずに済んだようだが、まさか数百年後の人間に見つけられるとは埋めた犯人も思っていなかっただろう。

「しかし相変わらず面倒なもん掘り当てるよな。無量おまえ」

「たまたまでしょ。それよりあそこ、どうします？　もう一枚ひっぺがしてみます？」

土層ひとつぶんを掘る、という意味だ。

「そこは調査員さんと相談だな。期限も迫ってるしギリギリってとこかな」

行政発掘はたいがい建物工事の工期に追い立てられるから、忙しいのだ。

「そういえば、十兵衛さんは亀石所長とは学生時代からの仲なんですよね。所長が自分で発掘した話って今まで聞いたことないんですけど、一緒にしたりしなかったんですか」

「ああ、カメの奴は掘るの駄目。からっきし駄目。つか土に触るのもイヤってタイプ」

「そんなに潔癖性でしたっけ」

「ミミズ」

はい？　と三人が柳生に注目した。柳生は新たな肉を手早くプレートに並べ、

「あいつガキの頃からミミズが駄目でさ。『土って要するにミミズの糞《ふん》だろ』っつって、絶対素手じゃ触らねーでやんの」

「ま……まあ、落ち葉とかもあるし、ミミズの糞だけじゃないとは思いますけど……」

「でも混じってるだろ混じってるよな？　って変なとこで細かいんだ。あれなんだろな」

亀石サンの弱点はミミズ、と心にメモしている無量が、萌絵にはありありと見えた。

そこからは各々が知る亀石の「残念エピソード」で盛り上がり、肉もきれいになくなってしまった。

*

夜も更けた。

思いのほか遅くなってしまったので、無量が萌絵を家まで送ることになった。

「送り狼になんなよー」

「なるわけないっしょ。つかコイツ相手にどうなれっつーんですか」

「またコイツって言ったね。西原くん」

　帰る萌絵と送る無量を、忍たちは玄関先まで見送った。夜道を肩並べて歩いていくふたりを見下ろし、柳生がほのぼのと言った。

「……無量の奴、まんざらでもなさそうじゃないか」

「口のきき方は悪いけど、永倉さんには懐いてますよ」

「全然そうは見えんが……。悪態つけるくらいには仲もいいってやつか。ま、確かにこのところ、無量の奴もピリピリしなくなったよな。昔は無口で無表情で、殻に閉じこもって、とりつく島もなかったが――」

　柳生の言葉に、忍はふと黙り込んだ。

　おもむろに柳生が振り返った。

「……そういえば、おまえさん、少し前に京都であったユネスコの会議に来てたよな」

「文化庁にいた頃ですか。ええ。文化財保護関係の部署にいたんで。まだ新人だったから、上司の後ろにくっついてるだけでしたけど」

「そん時、ジム・ケリーってアメリカ人と会わなかったか？」

　和んでいた忍の表情が、すっと冷たくなった。

「……。さあ。そんな人もいたかもしれませんけど。いろんな国の関係者と挨拶《あいさつ》したんで、よく顔も覚えてませんが。その人が何か？」

「ふーん」

柳生の表情から酔いが引き、探るような目つきで忍を見ている。

そんな目線を撥《は》ね返すように、忍はやけに明晰《めいせき》な表情になって、片づけを始めた。

静まりかえる室内に、カタ、と小さな音が響いて、ハト時計が十二時を報《しら》せた。


真夜中だというのに外はまだ三十度もある。今夜も熱帯夜だ。むしむしとした夜気にうんざりしつつも、無量は気分がいいようだった。ほろ酔いのせいもあるだろう。

肩を並べて歩きつつ、萌絵は無量の横顔を覗《のぞ》き込んだ。

「西原くん、最近ちょっと大人っぽくなった？」

は？　と無量が「なにをいきなり」とばかりに目を剝《む》いた。

「それなに？　老けたとかって遠回しに言ってんの？」

「ちがうちがう。素直な意味で」

言動は相変わらずぶっきらぼうだが、時折見せる表情に今までにはない雰囲気を感じる。独立独歩の姿勢は変わらないが、以前なら皮肉や嘲笑《ちょうしょう》でごまかしたような場面で真顔になったり、黙りこんだり。内面的な変化というか。自分自身を掘っているような。

「……まあ、ちょっと考えてることがあって」

「考えてること？」

「俺は、この世界で何をやりたいんだろうって」

　この世界で、とは、考古学の世界で、という意味だ。

「それ、もしかして高野《たかの》さんの……？」

　ああ、と答えて、無量は自動販売機でコーラを買った。

「あの人に言われてから、ずっと考えてる。俺がやりたいのは考古学なのか古生物なのか。考古学だとしたら、どういう時代の何を研究したいのか」

「……」

「でもよくわからない。そもそも好きなのかどうかも。過去の人間の所業と向き合えって、高野さんには言われたけど、俺がこっから足を抜けられないでいるのは、ただ単に、身内への変なこだわりがなくならないせいなんじゃないかって」

　身内というのは、不正を犯した祖父と、そのせいで家族を捨てた父親のことだ。ポケットからコインを取り出すと、萌絵の分もコーラを買って、手渡した。

「だとしたら純粋な好奇心とは言えない。俺は結局、本当は何がしたいのか」

「掘るだけじゃ駄目なのかな」

「え？」

「西原くんは掘ること自体が好きなんじゃないかなって。宝探しをするのが好きなんでしょ」

「別に好きじゃない」

「うそ。西原くんにとっては、昔の人が使ってたお茶碗《ちゃわん》の欠片《かけら》だって宝物なんでしょ。土器の破片だって、大正《たいしょう》時代のブリキ缶だって、戦国時代の鉛玉だって、みんなお宝なんでしょ。見つけるのが快感だから、やめられないんだよね？　自分はただの発掘屋でいいって言ってたじゃない。今のままでもいいんじゃないかな。発掘のエキスパートでいいんじゃないかな」

無量は少し黙って、空に浮かぶ半欠けの月を見上げた。

「俺には、自分が手にする遺物の意味が分からない」

「西原くん」

「……エキスパートか。ずいぶん宙ぶらりんなエキスパートだよな」

萌絵を自宅マンションの前まで送って、無量は帰っていった。萌絵は内心「送り狼になってくれても全然かまわないんだけどな」と思ったが、それを無量に求めるのは酷というものだ（こっちが「送られ狼」にでもならない限り、そういう事態には永遠になりそうもない）。

白Tシャツの背中が、人通りもない夜道に遠ざかっていく。

手袋をはめた右手は、飲みかけのコーラをつまんでいる。

祖父・西原瑛一朗の不正事件——それは今から十四年前のことだ。

瑛一朗は発掘調査中だった遺跡で、研究室ぐるみの遺物捏造《ねつぞう》をしでかした。助手に偽の遺物を埋めさせて、自分の仮説を無理矢理証明しようとした。

一連の捏造工作をマスコミにリークしたのが、忍の父・相良悦史《えつし》だったのだ。

瑛一朗は世間からさんざんに叩《たた》かれ、今までの功績も社会的地位も全て失った。騒動の影は家族にも及び、この事件がきっかけで無量の両親は離婚している。

その無量は、幼い頃から化石発掘が大好きで、新聞に載るような大発見をしたほどだったが、例の騒動の後、祖父・瑛一朗に化石を掘っているところを見られ……。

――発掘は二度とするなとあれほど言っただろう！　こんな手は焼いてやる……！

瑛一朗は捏造事件後、重い神経症を患っており、その時はもうすでに自らの行為に対する正しい判断ができなくなっていたようだ。

祖父に手を摑《つか》まれ、焚《た》き火に無理矢理、突っ込まされた。無量はまだ小学三年生だった。重症の火傷《やけど》を負った右手は、何度かの皮膚移植とリハビリを重ねたおかげで、なんとか動かせるまでには回復したが、手の甲だけはきれいにならず、今も「鬼が嗤《わら》っているよう」に見える火傷痕《あと》が残っている。革手袋をはめているのは、痕を隠すためだ。

それだけではない。

彼の右手が特別だと言われるのには、もうひとつ、大きな理由があった。

「――鬼の手、か……」

萌絵は無量にもらった冷えたコーラを頬にあてた。

「真夏に革手袋じゃ、いくらなんでも暑いよね……」

ひんやり素材の手袋でもプレゼントしてあげようかな。

萌絵は自分の右手を月にかざしてみた。

夜の蝉が鳴いている。


無量が自宅のマンションに戻ってくると、ちょうどエントランスに柳生がおりてきたところだった。

「もう帰るんすか。柳生サン」

無量が声をかけると、柳生はみやげに持たされたタッパーを持ち上げた。忍お手製の出汁《だし》巻き玉子が入っている。

「おう。これ旨《うま》かったから、もらって帰るぞ」

「はあ。いいすけど。忍の奴とまだ呑《の》む気でいたんじゃ……」

すると、柳生がふと真顔になって、無量をじっと見つめ返してきた。

そして、すれ違いざまに無量の肩に手を置き、耳元へ、

「──相良忍には、気を許すな」

「え」

無量は思わず目を剝いて振り返った。柳生はいやに真剣な眼をしている。

不穏なものを感じて、無量も真率な表情になった。

「どういう意味すか。それ」

「………」

「柳生サン、なにを知ってるんですか」

するると、柳生は表情を崩し、いつものようにおどけてみせた。

「いや。幼なじみだからって、気ぃ緩めすぎんなっつったんだ。親しき仲にもっていうだろ。じゃ、また週明けな。おやすみ」

ひらひらと手を振って、柳生は千鳥足気味に帰っていく。

無量がその後ろ姿に「ひとんちの玄関で寝ちゃ駄目っすよ」と釘《くぎ》を刺すと、柳生は、おーう、と手を振って暗い夜道の向こうに消えていった。無量は呆《あき》れ顔だったが、エレベーターに乗り込むと、間もなく真顔に戻った。

——何か見た？

無量にはひとつ、ずっと心に引っかかっていることがある。

以前にちらりと見た、あの英文メール。

〝JK〟という差出人の。

柳生は今でこそ都内の発掘しかしていないが、以前は海外でも活躍していたから、業界では顔も広い。そんな柳生が一体どういう意味で、あんな言葉を言ったのか。

——相良忍ニハ、気ヲ許スナ……。

「おかえり、無量。早かったな」

　忍はキッチンで洗い物をしているところだった。「片づけしてるから先に寝ちゃって」と勧めてくる。無量はしばしキッチンの入口に突っ立っていたが、部屋には行かずカウンターの奥に入ってきて忍の傍らに立つと、何を思ったのか。

　手袋をとり、スポンジを握って皿を洗い始めた。

「どうした。無量」

「ううん。なんでも」

「いいよ。やるから」

「ううん。手伝う」

　忍は不思議そうにしていたが、本人がやるというからやらせてみた。

　狭いシンクなので並べば自然と肩と肩がくっつきそうになる。弟のような無量とは、子供の頃から馴染《なじ》んだ距離感だったが、無量は心なしか、いつもより離れ気味だ。洗い物をしていると肘《ひじ》が当たるので自《おの》ずとそうなるのだが、肩と肩が触れるのを避けているようでもある。

　忍はそれを見てちょっと考え込んでしまう。無量は寡黙だった。忍は無量の右手がぎこちなく皿を摑むのを見つめていた。

「なあ。無量……」

「なに？」

「おまえが時々うなされるのは……もしかして、俺が近くにいるからかい？」

無量は驚いて忍を見た。

「なに言ってんの。そんなわけない」

「本当に？」

「おまえのせいじゃない。むしろ忍とまた会えてから、前ほどうなされなくなった」

「そうか。それならいいけど」

自分が現れたせいで、忘れていられた過去をかえって思い出させているのでは、と忍は懸念しているのだ。忍が抱える負い目を読み取って、無量は否定の言葉をかけようとしたが、余計に気まずくなりそうで口には出せず、代わりに忍の体との距離をわざと詰めてみた。

忍はちょっと驚いた。肩と肩がくっついた。無量が自分から隙間を詰めてくるのは、何か言いたいことがあるときだ。

急に幼い頃に戻った気がして、忍は顔を覗《のぞ》き込んだ。

「なに？　どうかした？」

「……。あのさ、忍ちゃん……」

無量は、先日来もてあましている、心の中の小さなわだかまりを口にしかけたが……。

やっぱり言えずに言葉を呑み込んでしまう。

呑んだ言葉の代わりに、こう告げた。

「出汁巻き玉子、また作って」


そんな無量に派遣依頼が舞い込んだのは、それから数日後のことだった。

行き先は、長崎《ながさき》。

異国との玄関口であり続けたその土地で、彼らを待ち受けているのは、のちに無量を窮地に追い込む、恐るべき遺物だったのだ。

第一章　シマバラ・キフティーズ

長崎県ほど多くの湾に囲まれた土地は珍しい。

長崎空港からのバスの車窓は、右に大村湾《おおむら》、左に諫早湾《いさはや》と忙しい。自分が今見ている海の名も分からないまま、走ること一時間半。

無量《むりょう》が降り立ったのは島原《しまばら》半島にある、島原鉄道・島原駅だった。

城の形をした瓦葺《かわらぶ》きの駅はなかなか堂々としている。後から降りてきたのは萌絵《もえ》だ。

「うわあ、陽差しが強い。九州に来たって感じ」

海が近いせいか、湿度も高い。が、多少の風もあって心地いい。駅から真っ直ぐ伸びる坂の向こうに、お城が見える。島原城だ。白い壁が夏の陽差しを受けて眩《まぶ》しい。

島原半島は長崎県の南東端にあたる。有明海《ありあけ》に突き出たその形は胃袋に似ている。中央に聳《そび》える雲仙岳《うんぜん》を中心に、東が島原市、西が雲仙市、南が南島原市。無量がこれから向かう現場は、南島原市にあった。

「西原《さいばら》さんと永倉《ながくら》さんですか？」

バス停の後ろに停まった乗用車から、四十代とおぼしき背の高い女性が降りてきた。

「初めまして。赤間《あかま》興業発掘事業部の茂木《もぎ》と申します。遠路はるばるお疲れ様でした」

今回の依頼者は、長崎に拠点を持つ発掘業者だった。迎えに来た社員の名は、茂木佐《さ》智子《ちこ》。ポロシャツから覗く日焼けした腕が健康的で、快活そうな女性だ。

「西原無量です。よろしくお願いします」

「あらあ。若かねえ。学生さんかと思ったばい」

佐智子はさっそく、ふたりを乗せて現場へと走り出した。

「さっき見えたお城が島原城。立派でしょう。戦後に建て直したお城ですけど」

「あれですか。島原の乱で天草四郎《あまくさしろう》が立て籠《こ》もったというのは……」

「いえいえ。あれは一揆《いっき》軍が攻めた城。立て籠もったのは、原城《はら》と言って、これから行く南島原市にあります」

しまった、と萌絵は口を押さえた。無量がちろりと見た。呆れている。せっかく忍《しのぶ》からマネージャー役を勝ち取った（じゃんけんで）というのに、これでは台無しだ。

「むしろ、あれは島原の乱のきっかけになったお城と言えますね。島原には大きすぎたっとです。新しい殿様が、分不相応にあんな大きな城ば建てたせいで、領民は重税で苦しんで……」

「不満が爆発して、島原の乱が起きた、と」

そうです、と佐智子はバックミラー越しにニッコリ笑った。

「今回発掘する現場は、その殿様が入る『前』に島原を治めていた有馬《ありま》氏の城下です。

あ、事前にお伝えしてますが、西原さんの宿泊先は私の自宅になります。ごめんなさいね。経費節約とかで……。でも田舎なので家は広いとです。まあ、ちょっと家族が多くて落ち着かんかもしれんとですけど、我が家と思って自由に使ってください」

ちょっとしたホームステイだ。「大丈夫？」と萌絵が心配そうに覗き込んだ。無量もだてに海外で場数を踏んでいるわけではない。協調性はともかく、人見知りは克服しつつある。

その無量はとりあえず二十日間の出張派遣が決まり、忍の「出汁《だし》巻き玉子」攻勢から逃れられて、実はちょっとホッとしている。

「うちの親会社、本業が鉄道会社だったとですよ。変わっとるでしょう？」

「へえ。珍しいすね」

「経営が傾いて買収されたとですが……。昔は養蚕で儲《もう》けて土建業や海運業にも手を広げて財ばなしたとか」

「資産家だったんですね」

「戦前はこの辺りも景気がよかったとでしょうね」

車窓には普賢《ふげん》岳が見えてきた。山頂部は地肌が剝《む》き出しになっており、二十数年前の噴火の痕跡《こんせき》が鮮明だ。車は海沿いの国道をひた走り、北有馬地区に入ったところで右に折れ、山の方へと農道をしばらく。目的の場所に到着した。

「あそこが今回の発掘現場です」

休耕畑の真ん中だ。すでに重機が入ってトレンチ掘削をしている最中だった。辺りは開けており、山の斜面には野面《のづら》積みの石垣で囲われた美しい棚畑が階段状に連なり、見事な景観を生みだしている。まさに里山といった風景だ。強い陽差しの中、手前のトレンチでは、数名の作業員が入って作業中だった。

「字《あざ》からとって寺屋敷《てらやしき》遺跡と呼んでます。左手にこんもりしたお山が見えるでしょう？　あれが日野江《ひのえ》城跡です。戦国時代、このあたりを治めた有馬晴信《はるのぶ》のお城です」

「キリシタン大名で有名な方ですよね」

「ええ。天正《てんしょう》遣欧少年使節団を送り出したことで知られてます」

「四人の少年たちがローマまで行ったっていう、あれですね」

「そうです。正確には六人」

天正十年（一五八二年）、イエズス会の巡察師ヴァリニャーノの発案で、九州を代表する三人のキリシタン大名——大友宗麟《おおともそうりん》、有馬晴信（当時は鎮貴《しげたか》）、大村純忠《おおむらすみただ》から、ローマへと、日本人少年の使節を送り込んだ。正使に、伊東《いとう》マンショ、千々石《ちぢわ》ミゲル。副使に、原《はら》マルチノ、中浦《なかうら》ジュリアン。随員として、コンスタンチーノ・ドラード（印刷技術の習得が使命だったと言われる）、アグスチーノというふたりの少年も一緒だった。だから正確には「六人」だ。

これにヴァリニャーノと司祭メスキータ、日本人修道士ロヨラらが付き添った。

彼らは大航海の末、ポルトガルの都リスボンにつき、マドリードでスペイン国王フェリペ二世と、さらにローマでローマ法王との謁見を果たした。現地の人々は、初めて見る「日本人」という存在に驚き、大変な熱狂で迎えたという。

帰国したのは八年後。十三、四歳くらいで出発した少年たちは、もう立派な青年になっていたことだろう。十代の多感な時期に、ヨーロッパという、当時の日本人が誰も見たことのなかった異文明の国々を、その目で見た彼らの経験はまさに「大冒険」と言えたに違いない。

とはいえ、送り出した三大名のうち、大友宗麟は、そもそもこの使節には関わっていない可能性が高い。使節に持たせた日本文の書状も、どうも宗麟の手によるものではなく、ヴァリニャーノが作らせたようなのだ。

「え、つまり偽造しちゃったわけですか……。勝手に使節を送っちゃったと」

「ま、まあ、平たく言っちゃうと、そげんもんかね……。事後承諾でよかと思ったんやろね。あ、有馬晴信はちゃんと本人の許可のもと、送りました。この日野江城下には、たくさんの宣教師を受け入れて、神学校なども作られました。城下には賛美歌やオルガンの音が響きよったといいますけん、当時は南蛮文化に彩られた町やったようです。今回発掘している場所からは、建物の礎石が出てきて、礼拝堂かセミナリヨがあった場所ではないかと言われてます」

「セミナリヨ……は、えーと……」

「キリシタンの上流子弟が通った学校です。中学校くらいかな。コレジヨと呼ばれる神学大学もここから少し戻った有家《ありえ》にあったようです」

萌絵は長崎の観光パンフレットで見るような煉瓦《れんが》造りの教会が建ち並ぶ光景を想像したが、当初はそうではなく、元からある寺や屋敷をそのまま利用したようだ。

巡察師ヴァリニャーノの求めに応じ、開設されたセミナリヨは、その後、秀吉《ひでよし》の禁教令や火災などを受けて、八良尾《はらお》、加津佐《かづさ》、有家と点々とした後、再び有馬の日野江城下に戻ってきている。全寮制の学校で、十代の少年たちが一緒に暮らしながら、ミサを行い、日本語、ラテン語、音楽を学ぶことを日課とした。画学舎も併設されていて、油絵や銅版画などの西洋絵画を学ぶ者もいた。

今回出た礎石も木造寺院のものらしいが、現場からは、南蛮船が持ち込んだと思われる異国の品が多数出ている。

「有馬晴信は南蛮貿易に力を入れてましたから、城下から出ること自体は自然なんですが、出土品の中にフレスコ画の一部と思われる破片が見つかったんです」

「フレスコ画というのは、漆喰《しっくい》でできた西洋壁画のことですね」

「はい。記録によれば、セミナリヨには画学舎もあって、フレスコ画や油絵を描く日本人画家も育てていた、とあるので、まさにここがセミナリヨ跡なのではないかと」

他にもキリシタン関係の遺構や遺物が出てくるかも知れない。

というわけで、今回の発掘と相成った。

「初めまして。肥前《ひぜん》大学の陣内登《じんないのぼる》です」

珍しく行政発掘ではなく学術発掘とのことで、調査を主導するのは肥前大学考古学研究室だ。まだ三十代らしき木訥《ぼくとつ》とした調査責任者は、現場を仕切るのに慣れていないのか、おどおどしていて、いささか頼りない。

「皆さん、百戦錬磨の作業員さんたちですからね。尻《しり》に敷かれてますよ。はは」

調査員よりも作業員のほうが現場慣れしていて、どっちの主導か分からない。無量が、

「まるでエジプトの『キフティ』っすね」

と目を細めた。エジプトでは古くから外国の調査隊が遺跡発掘を行ってきたが、その際に作業者をまとめあげたのが「キフティ」なる現地の労働者だった。それはよかね、と佐智子は喜んだ。

「島原のキフティたい。……ではその親玉を紹介します」

プレハブ小屋の前に連れていかれて紹介されたのは、現場監督の千波暁雄《せんばあきお》という男だった。六十過ぎの気難しげな男で、無量たちが挨拶《あいさつ》をしてもニコリともしない。どころか、うさんくさそうに見ただけでうなずきもしなかった。気まずい空気が流れた。

「昔気質《むかしかたぎ》の人だから気にせんでよかよ」

よそから派遣されてきた発掘員をよく思わない地元業者はたまにいる。無量は自分が指名された理由を佐智子に尋ねようとしたが、その袖《そで》を萌絵が引っ張った。トレンチのほうをしきりに指差している。

「見て。あそこにいる男の人。外人さんじゃない？」

欧米系の顔立ちと白い肌、癖のある金髪と短く生やした顎鬚《あごひげ》は、海外バンドのヴォーカリストのようだ。外国人が参加しているとは初耳だが、海外から来た調査員だろうか。

佐智子が呼ぶと、金髪の若者は億劫《おっくう》そうに身を起こし、こちらへやってきた。近くで見てますます驚いた。瞳《ひとみ》が青い。萌絵はドキドキ胸を高鳴らせながら、

「ナ、ナイストゥミー…」

「ガイジンじゃなかですけん、日本語でいっす」

あれ？　と萌絵は出鼻を挫《くじ》かれた。外国語訛《なま》りもなく、普通に日本語だ。

「紹介します。彼の名前は千波《せんば》ミゲル。千波監督のお孫さんです」

孫！　と聞いて再び仰天した。あのいかにも寡黙な昭和気質の現場監督の？　まじまじと見ると、ミゲルなる若者はだるそうに肩を鳴らしながら、唇をひん曲げた。それがどうしたと言わんばかりだ。

「この子、現場は二回目なんだけど、全然仕事ば覚えてくれなくて困っとっとです。というわけで、西原くんにはミゲルの担当教官になっていただきます」

無量と萌絵は、一拍おいて、「はあ？」と声をあげてしまった。

そう。無量が今回指名されたのは、なんと新人指導のためだったのだ。

＊

そんな理由で「西原無量」を指名してきた現場は初めてだ。

派遣を依頼したのは赤間興業の社長だった。千波の孫ミゲルの教育係に、と無量を招いた。しかし現場には祖父もいるし、何もわざわざよそから招かなくてもよさそうなものだが……。

「問題児って奴ですか」

そのミゲルに現場が手を焼いている状況は、ほどなく無量たちにも伝わった。

まあ、ひどい勤務態度だ。いくら先輩たちが注意しても聞く耳を持たず、態度を改めようともしない。パート作業員の女性たちがてきぱきと土を削っていくのを横目に、ひとりスマホをいじっている。肝心の祖父・暁雄も何も言おうとしない。

「詐欺だ……。なんで俺があんな不良少年《ヤンキー》崩れの面倒なんか」

と無量は不満たらたらだが、契約書の条文には確かにひっそりと「新人指導」と書かれてある。が、それがメインだとは思いもしなかったので、無量は頭を抱えている。

「ご、ごめんねー。西原くん。てっきりバイトさんの指導かと」

現場帰りの車中で、萌絵はひたすら笑ってごまかすが、無量は恨みがましく睨《にら》むばかりだ。萌絵は話をそらして、

「それにしてもミゲルって変わった名前ですね。クリスチャン・ネームみたい」

「彼の父親の名前だそうです」

車を運転しながら、佐智子が答えた。

「マイケルいう、佐世保《させぼ》に来とったアメリカの空母乗りやったとです」

「父親は米兵ですか」

「ええ。父親の名前ば忘れんようにって、なっちゃんが……あ、ミゲルの母親です」

名前は、千波奈津《なつ》。佐智子とは小学校時代からの友人だった。

「佐世保のスナックで働いとった時、ミゲルの父親とつきおうて、あの子が生まれたとですが、可哀想に認知してもらえんかったとです。今はもう連絡も付かず」

マイケルは「ミカエル」の英語読み。「ミカエル」はスペイン語で「ミゲル」だ。

「高校中退してフラフラしとるんば見かねて、暁雄さんがうちで働くように連れてきたばってん、あの通りやる気ゼロで」

実はまだ十八歳だ。無量より年上だと思いこんでいた萌絵はびっくりした。欧米人の血を引くだけあって容姿だけでは年齢が読めない。そうこうするうちに車は島原駅についた。

「で、でもなかなか鍛え甲斐《がい》がありそうなイケメンくんじゃない。西原くんなら大丈夫だよ。うん。きっと大丈夫。じゃあね……」

「逃げるし」

「もう帰っとですか」

「はい。明日《あした》から福岡《ふくおか》で会合が」

文化庁主催のとあるシンポジウムが開かれる。萌絵と忍は亀石《かめいし》と一緒に参加することになっていた。業界の人々との顔つなぎの意味もあるので、萌絵は無量を送ったその足で博多《はかた》に直行だ。

「つか、あんた、何しに来たわけ？」

「もちろん西原くんのマネージャーとして現場に送り届けに来たんです。また帰りに寄るから。ミゲルくんビシビシ鍛えてあげるんだよ」

無量は心底げんなりした。萌絵とは島原駅で別れ、滞在先の茂木家に向かった。

茂木家は南島原市深江町《ふかえちょう》にある。昔からの農家で、家の周囲には名産の葉タバコ畑が広がっている。農業をやっているのは佐智子の両親で、佐智子の夫は南島原市の文化財課の職員だった。

びっくりするほど立派な瓦葺《かわらぶ》きの家だ。が、この程度の屋敷は近隣では普通だという。

茂木家は祖父母と佐智子夫妻、それに五人の子供の合わせて九人家族だ。大学生の長男だけが家を離れているが、下は小学一年生までいて、無量ひとり増えてもどうということもない。夕食時ともなるとリビングは大賑《おおにぎ》わいだ。

「ほら、そこ片づけて！　カバン投げっぱなしにしない。テーブル拭《ふ》いたらお箸《はし》並べて」

子供の多い家庭ならではの、がちゃがちゃした雰囲気に無量も圧倒されている。大皿の料理をつつき合う子供たち、晩酌を楽しむ祖父と父、久しぶりに見る家族団らんの光景だ。無量は妙に和んでしまった。子供たちは「お客さん」に大興奮して、食後はもれなくゲーム大会に突入だ。

「無量にーちゃん、そこ火の竜巻でしょ！　ほらやられちゃった」

「うっせー。俺には俺のやり方があんだよ」

子供と同レベルでやりあっている。

「無量さん、子供らの相手はほどほどでよかけん、先にお風呂《ふろ》入ってきんしゃい」

祖母の信子《のぶこ》に勧められ、ようやく解放された無量は、茂木家の風呂で汗を流した。古い建て構えの家は風呂が別棟にある。ホーローの湯船にたっぷり張ったぬる湯に身を沈めると、疲れも抜けていくようだ。

「なんつーか……」

子供の遊び相手は発掘よりもへとへとになる。

「こんな家もあるんだな……」

思いの外、居心地は悪くない。歯ブラシのたくさん並んだ雑然とした洗面所には生活感が溢《あふ》れている。忍と同居するようになってからも感じてはいたが、もしかして自分は家族団らんというやつに、自分が思っている以上に憧《あこが》れがあったのだろうか。

風呂上がりに庭から畑のほうを見ると、星空の下に黒い山塊が望めた。

ひときわ重々しく、迫力のある稜線《りょうせん》だ。

「あれが普賢岳たい」

話しかけてきたのは祖父の政夫《まさお》だ。裸電球の灯《とも》る倉庫で農機具の手入れをしていた。

「雲仙普賢岳……。知っとるね？」

「二十年前くらいに噴火した山ですよね」

「あの大噴火でできた溶岩ドームは平成新山《へいせいしんざん》と呼ばれとっと。頂上から、ちょうど赤い屋根のあるあたりば、海に向かって、ぶわーっと火砕流がくだっていったとばい」

無量が生まれて間もない頃の話だ。火砕流とは、噴火でできた溶岩ドームが崩れて、火山灰や粉塵《ふんじん》とともに、斜面を猛スピードで流れる現象のことで、溶岩内部に噴出していた高温ガスを伴い、何百度もの熱雲となって大地を焼き尽くすという。

「火砕流……ですか」

「六月三日の大火砕流の時はそりゃあ物凄《ものすご》かった。頭の上が、あっという間に黒か噴煙で真っ暗になって、その後、火山灰の混じった鉛色の重か雨が降りよった。このあたりは幸運にも無事やったが、火砕流にやられてしもうたところは一面、灰色の焼け野原やったね」

焼けた大地に立ちこめていた焦げ臭さは、今も鼻に残っている、と政夫は語った。

「今はあん通り険しか山ばってん、昔はなだらかで優しか姿やったと。頂に細か噴煙の二本立ち上ったのが始まりたい。皆で見上げて『誰かが太か焚《た》き火ばしとーばい』なんて呑気《のんき》に思おとったばってん、まさか、あがんこつば、なっとはのう」

無量も一緒になって普賢岳のシルエットを眺めた。すでに噴火は終息し、静けさを取り戻したが、災害の爪痕《つめあと》は今も残っている。知人には土石流で家を失った者もいるという。

「同じ土地に住んどっても、被災したもんとそうでなかもんとじゃ、気持ちもちがうけんね。わしらには昔の話と思えるごたるなっても、当人はいつまでん忘れられんばい」

「……つらいですね」

「周りが、ふだんの暮らしに戻っていきよるほど、いっちょかれる（置いて行かれる）気持ちばなるっとやろ。こいばっかいは簡単にゃ埋められんけん」

政夫は母屋に戻っていったが、無量はしばらく普賢岳を見つめていた。

鈴虫の声が聞こえる。昼間はまだまだ残暑がきついが、夜はだいぶ秋気が濃くなっていた。

無量は自分の右手を見た。この地に来てから、しきりに騒いでいた。

大地のエネルギーに反応しているのか。それとも――。

＊

それにつけても厄介な新人を押しつけられたものだ。

千波《せんば》ミゲル。米兵だった父親譲りの長身で、ガタイはいいが、仕事ののろさには閉口する。

強面《こわもて》で無口だから、他の作業員も近寄らない。ひとり、紫色のニッカボッカと地下足袋《たび》という鳶《とび》スタイルで、発掘現場では浮きまくっている。ここに来る前は建設現場で働いていたミゲルだが、長くは続かず、二、三ヶ月でやめていた。鳶スタイルは「おまえらに馴染《なじ》む気はない」と主張したいがための強気な意思表示か。

道具の使い分けを教えても、遺構と芋石（遺構とは関係ない石）の見分け方を教えても、聞いているのかいないのか。土をいじる時間よりスマホをいじる時間の方が長い。かと思えば人目を盗んで煙草を吸い始め、吸い殻を排土の山に捨てている。これは酷《ひど》い。

無量が、ミゲルの口にくわえた煙草を取り上げた。

「なんばすっと」

「現場は禁煙だって何度言わせたら気が済む」

無量は怒るよりも呆《あき》れている。禁煙云々《うんぬん》より前に未成年だ。だがミゲルは聞く耳を持たない。またスマホ画面に目を落とし、

「あのおねーさん帰っちゃったの？　オンナ連れで出張なんて結構なご身分だね」

「ただの同僚だ。やる気ねーなら、こっち来てドカ掘りしろ」

「腰痛めてドクターストップで力仕事は厳禁なんすよ」

「どこが」

オラ、と無量が角スコ（四角い形のスコップ）を鼻先に突きだした。

「てめーみたいなド素人はドカ掘りぐらいしか役に立たねんだから、四の五の言わずに

さっさと掘れ。この給料泥棒」

辛辣《しんらつ》な無量は、不良新人にも容赦ない。ムッとしたミゲルは渋々手に取り、重機で表土を剥《は》いだばかりのトレンチを掘り始めた。

「あらまあ。西原くんたら、うまく操縦しとるね」

「……なんなんすか、あいつ。仕事なめまくって」

柳生《やぎゅう》のいる現場では「だらけている」とさんざん窘《たしな》められた無量なので、ひとのことを言えた義理ではないのだが、度が過ぎていて、さすがに辟易《へきえき》している。

「まったく、どなたの教育の賜物なんでしょうねえ」

祖父の千波暁雄へとわざと聞こえるように大きな声で言ってやったのだが、振り返りもしない。完全無視だ。せめて発掘に多少でも興味を持ってくれれば、教え甲斐《がい》もあるのだが。

そもそも歴史に興味がない。興味がないどころか、毛嫌いしている。実は名前のせいだった。例の天正遣欧少年使節団に「千々石《ちぢわ》ミゲル」なる少年がいた。それと名前が似ているという理由で、子供の頃、さんざんいじめられたという。

「人のこと『バテレン、バテレン』って……。むかついたけん、そいつのカバン、米軍基地のフェンスに投げ込んでやったっさ」

昼休み、トレンチ横の日よけテントで仕出し弁当を掻《か》き込みながら、ミゲルが言った。

佐智子が魔法瓶から冷えたお茶をカップに注ぎ、

「その千々石ミゲルが通ってたかもしれないセミナリヨを掘っとっとよ。わかっとう？」

「知らんし、どーでんよか」

佐智子は無量を見て肩を竦《すく》めた。キリシタン絡みの話題は、ミゲルの地雷なのだ。担当教官の無量もとりつく島がない。……まあ、関心のない人間に無理矢理教えても、右から左に抜けるのでは、時間の無駄という気もするが。

「ボランティアならともかく給料もらってんだから、もらってる分ぐらいはちゃんと働けよ」

他人には滅多に干渉しない無量が「これだけは」とばかりに言った。

「このご時世によくまあ、そんな甘ったれた態度とってられるもんだ。おまえさあ、立場わかってる？　この仕事も続かなかったらニートまっしぐらなんだぞ。とっとと手に職でもつけて、生活費ぐらい自分で稼げるようになんなきゃヤベーとか、思ったりしないの？」

「人にケチつけんな。エラそうに。プロの発掘屋かなんか知らんが、大学出のよそもんの小言なんか」

「俺は高校も通ったことないけど？」

ミゲルが意外そうな顔をした。

「中学出てすぐ発掘屋になったからな。でも通信教育で高卒の資格はとった。自分の仕事には必要だと思ったからだ。おまえさ、自分の人生に何が必要かなんて、これっぽっちも考えたことねーだろ」

ミゲルはプイッとそっぽをむいた。都合の悪い話は聞こえないフリだ。無量は呆れて、いつもの口調になり、

「ま、ニートがいいっつーなら別にいんじゃね？　自分の人生なんだし。好きにやれば？」

これには佐智子が慌てた。しかし突き放されると反発したくなる性分なのか。午後のミゲルはやたらと働いた。一応、負けん気のスイッチはあるらしい。まあ、相変わらず現場に馴染む気は皆無らしく、作業終了すると片づけもしないで帰っていってしまったが……。

「おじいさんとのこともあると思うの」

トレンチにブルーシートをかけながら、佐智子が無量に語った。

「昔から色々と悪さばして警察のお世話になるような子やったばってん、あの子が十六の時、母親が恋人ば作って家出したっとが、一番きつかやったやろね」

その後、ミゲルは学校にも行かなくなった。

悪い仲間とつるんだ挙げ句、振り込め詐欺の片棒を担いで捕まった。去年、少年院を出てからは保護観察官がついている。が、ふらふらと転職を繰り返すのを見かねて、祖父が無理矢理、発掘の仕事に就かせたのはいいが、ふたりの仲の悪さが現場の雰囲気ま

で悪くしているほどだった。

「振り込め詐欺いうても、自分が主体でやるほど意志のある子ではなかけんね。いじめられッ子やったけん。ただ暁雄さんは、今もあの子ば好いとらんのやろね」

娘をたぶらかした米兵の息子、との思いからか。ミゲルの容姿は父親の面影が濃いので、つい邪険にしてしまうのかもしれない。

無量は土嚢《どのう》をシートに載せると、腰を伸ばして向こうにいる千波を見やった。重機のオペレーターと話をしている。今に至るまで、まだ一度も無量とはまともな会話もない。

「ミゲルは反発しとっとやろね。厳しか人やし」

祖父と孫の間に流れるよそよそしい空気が、無量には気にかかる。本来ならば祖父自ら指導してもよさそうなものだが、現場監督という立場があるためか、周りに任せっきりだ。手を焼いてよその人間の手まで借りている状況なのに、まるで無視するかのように、あくまで関わろうとしないのは、認めないという気持ちの表れなのか。

「面倒くさいすね……」

呟《つぶや》いた無量の頬に、夕暮れの風が吹いた。突き放しても妙に心に引っかかる。

ふたりの姿に自分と祖父とを重ねている。

振り返ると、町の向こうに広がる海は夕焼け色に輝いている。

翌日も、ミゲルにはしばらく掘り下げを任せてみたが、闇雲に掘るあまり、少し目を離すと、目当ての包含層（遺物が埋まっている土の層）まで削ってしまいそうになることもしばしばだった。ただ掘ればいいわけじゃない、と土層観察畦《あぜ》（トレンチ内に十字に残した畦）に連れていき、層序（土の層が堆積《たいせき》した順番）の読み方を教えると、珍しく食いついてきた。歴史には無関心だが、地層や地質には興味があるらしい。

島原半島は優れたジオサイトでもある。地質学や火山学上の貴重な場所がたくさんある。元々、化石掘りだった無量は地層にも強い。そもそも遺跡発掘を始めたのも、土層を見る目が確かだと亀石に認められたからだ。

「こんなふうに土層ごとに線引いてあるから、それぞれの色の違い、粒子の質、硬さ、混入物・砕屑物《さいせつぶつ》をよく見て。上から第一層、第二層……。この黒いのが表土層、第二層が作土層。単層ごとに掘るのが層位掘りっつって、下限の層理面から一、二センチ上を……」

結果的にそれが基本からの指導に繋《つな》がった。

が、ミゲルは集中力が続かない。理解が難しいとすぐに投げ出す癖もあるようだ。

そうでなくても口下手で、人に物を教えるのが苦手な無量は、途方に暮れた。

「はあ。どうすりゃいいんだ。これ」

休憩時間に頭を抱えている無量のもとへ、可愛いお客がやってきた。

茂木家の末っ子・陸人《りくと》だった。学校帰りに祖父の軽トラで発掘現場を見に来たのだ。

「無量にーちゃん、お宝見つかった？」

陸人は目を輝かせて駆け寄ってくる。「危ないけんロープの中に入っちゃ駄目よ」と佐智子が遠くから注意する。無量は調査区から出て、陸人のもとに行った。

「それどこじゃないわ。新人指導に忙しくて」

「掘らんとね？」

「ま、今回は出る幕なしかな。俺、センセイだし」

当のミゲルは向こうで煙草を吸いながらスマホをいじっている。先が思いやられる。

「いいなあ。面白そう」

陸人は遺跡発掘に興味があるらしい。子供のための発掘体験会にも積極的に参加しているほどだ。

「いや。発掘なんてつまんねーぞ。暑くて寒くて土まみれ水まみれで、いいことなんて、ひとっつも」

「こらこら。子供の夢を壊すようなこと言わないでくださいよ」

苦笑いで現れたのは、陸人の父（佐智子の夫）茂木浩二《こうじ》だった。市職員の作業着を着た浩二は、仕事で近くの日野江城跡へやってきたついでに立ち寄ったという。

「新聞記者さんを案内してるところです」

「へえ。取材ですか」

「ええ。地方版で、県下の世界遺産候補を巡って記事にしてるそうです」

長崎県では今「長崎の教会群とキリスト教関連遺産」というテーマで、一連の建物や史跡が世界文化遺産の暫定リストに登録されており、南島原市では原城跡と日野江城跡がその構成資産に入っている。原城は島原の乱、日野江城はキリシタン大名・有馬氏の居城。歴史的価値ある史跡や文化財であるそれらを世界遺産に、と市を挙げて盛り上げているところだ。

「なるほど。すごいすね」

「と言っても、城跡だけだからビジュアル的には物足りないかもだけどね」

浩二は道路を挟んだ向かい側にある日野江城跡の丘を見やった。

しばらくして撮影を終えたカメラマンと記者が戻ってきた。

「じゃあ、次は墓碑を見に行きましょうか」

「……おい。そこにいるの、西原無量じゃないか」

記者がだしぬけに声をかけてきた。こんなところで名を呼ばれる心当たりもないので、無量は怪訝《けげん》に思い、しげしげとその記者の顔を見て、ぎょっとした。

「あんた……っ」

「やっぱりそうだ。これはこれは意外なとこで会うじゃないか。久しぶりだね。西原先生のお孫さん。おじーちゃんは元気？」

浩二たちには何のことだか分からない。無量は顔を強《こわ》ばらせている。

ぎょろりとした眼と高い頬骨が印象的なその中年男の名は、如月真一《きさらぎしんいち》。全国紙である毎経日報《まいけい》の記者だった。実は、無量とは因縁が深い。

その昔、西原瑛一朗の事件を最初にすっぱ抜いた人物こそ、この如月だったのだ。

「噂は聞いてるよ。発掘やって当てまくってるって。まるで昔のおじいさんみたいだね」

無量は青ざめ、すぐに背を向けて作業に戻ろうとした。如月にはいい記憶がない。十四年前の例の騒ぎでは、家族の証言を取るためと言って、つけまわされたことさえある。

「おいおい。無視すんな。ちょうど君の取材もしたいと思ってたところだ。色々話を聞きたいんだがね」

「帰ってくれませんかね」

無量は冷たく突き放した。

「祖父のことと俺とは関係ない。帰ってくれませんかね」

「ほほう、こりゃ世界遺産より面白い奴と出会ったぞ。日本に帰ってきてるとは聞いてたが、まさかこんなとこでお目にかかれるとはね。先日、出雲《いずも》で市の職員が殺人事件起こしたが、あの発掘に関わってたよな。青銅の髑髏《どくろ》を出したのも君だろ。神華《しんか》大の教授が殺された事件でも発掘メンバーに名前があった。海外の発掘者から『鬼の手《オーガ・ハンド》』とかあだ名されてるそうだが、そこんとこ含めて、もっと詳しく教えてくれないかな。宝物発掘師《トレジャー・ディガー》くん」

無量が無視していると、如月はカメラマンに「おい撮っとけ」と指示する。許可もなくシャッターを切るカメラマンに腹を立て、無量が立ち上がろうとしたとき、

「おい、君、やめろ。発掘現場の撮影は許可してない！」

庇《かば》ってくれたのは調査員の陣内だった。

「申請のない取材には応じられません。茂木さん、早くその人たち連れて帰ってください」

頼りなく見えるが、いざという時は言う。一行は渋々車に戻っていったが、立ち去り際に如月が言った。

「君からは、君のおじーさん以来の特ダネの臭いがプンプンする。また来るよ」

抜け目ない薄笑いを浮かべた如月記者は、不穏な言葉を残して去った。無量は無言で睨《にら》み続けていたが、内心は激しく動揺している。心配した佐智子が駆け寄ってきた。

「何なん、今の人。大丈夫？　西原くん」

「なんでもないっす。関係ないっす。お騒がせしてすいません。作業戻ります」

一連の出来事を、トレンチの中から千波暁雄が見ていた。

ミゲルも煙草を吹かしながら眺めていた。

無量はジョレンを握ったが、掌《てのひら》がじっとり汗ばんでいた。右手が小刻みに震えている。堪《こら》えようと拳《こぶし》を強く固めた。

＊

「なんだって？　毎経日報の如月!?」

忍が電話口に向けて鋭い声を発した。

その頃、忍は博多にいた。亀石と一緒に文化庁主催のシンポジウムに参加するためだ。懇親会の開かれるホテルで人待ちをしながら、たまたま無量に電話をかけたところ、何だか様子がおかしいので事情を探ってみると、無量の口から不穏な報告が返ってきた。

「あの人か……。おじいさんの記事の」

忍の父親・相良悦史《えつし》からのリークを受けて、最初に記事を書いた男だ。毎経日報はあの時、一面トップでスクープを掲載し、完全に抜かれた他社をあ然とさせた。各紙は慌てて「追っかけ」の形で取材を開始したが、熾烈《しれつ》な続報合戦は過熱報道に拍車をかけた。如月はこのスクープで社内賞まで獲《と》ったが、その後は強引な取材姿勢でたびたび問題を起こし、とうとう、ある決定的な事実誤認を起こして地方支局に転属させられていた。執念深い男で「真相究明」の名の下に、瑛一朗の事件を執拗《しつよう》に追いかけ、関わった人々を追い詰めまくった。

「いいか、無量。絶対相手にするな。何か妙な真似をしてきたら、迷わず警察に通報しろ。いい噂を聞かない男だ。文化庁でも出入り禁止になってる。無視するんだ。いいな」

無量の声は気丈だったが、内心は動揺しているのだろう。語尾がかすかに震えていた。トラウマがある。事件当時、大挙して押し掛けたマスコミに玄関先で何日も張りこまれ、外にも出られず怖い思いをした。明らかな過剰取材だった。如月は第一報者の自負から誰よりも執拗で、取材のためとはいえ、家族にストーカー寸前の行為に及んだくらいだ。一度食らいついたら骨まで食い尽くす。ピラニアのような男だ。

忍が心配するのは、無量という稀有《けう》な存在が、そんな如月の厄介な関心を、はからずも惹《ひ》いてしまうことだ。おかしな目に遭わなければいいが。

「どうした相良。暗い顔して」

そこへ亀石がやってきた。珍しくスーツ姿だ。萌絵を伴っている。忍は慌ててスマホをしまった。

「なんでもないです。そろそろ開場ですね。行きましょうか」

懇親会の参加者は、続々と集まってきた。

シンポジウムの議題は『世界遺産登録に向けて』。現在、暫定リスト入りを目指す、もしくはリスト入りを果たした世界遺産候補の地元関係者がその取り組みを報告し、すでに認定された地域の成功事例に学ぶというものだ。参加者の顔触れは、学術関係から自治体の代表、観光協会・観光業者、商工会議所、マスコミ……と幅広い。国会議員の姿も見える。登録にはそれらが一丸となってアピールせねばならないため、参加人数も膨れ上がるというわけだ。

ホテルの宴会場では、きらびやかなシャンデリアの下、談笑する者、名刺交換する者……。大変な賑《にぎ》わいだ。萌絵は「おお」と感動した。

「さすが世界遺産。すごい人」

立食パーティだが、人が多くて料理に近づけない。ひたすら亀石にくっついているが、その亀石もさすが人脈王、次々と声をかけられる。会話の内容はほとんど「今度またゴルフ行きましょう」とかだが、それでもあっというまに名刺が尽きてしまった。

忍も時折、声をかけられている。ほとんどは文化庁時代の顔見知りだ。萌絵はこんなところでも差を見せつけられて、どんよりだ。おのれサガラ、とまた拳を固めた。

「あら。カメケンの萌絵ちゃんじゃない？」

驚いて振り返ると、えらく場違いな、銀座《ぎんざ》のホステスが来たかと思うようなイブニングドレスの女がいる。萌絵は腰を抜かしかけた。

「美鈴《みすず》さん……っ。なんですか、その恰好《かっこう》」

「げ！　出た、美鈴！」

「なによヒロキ。人を化け物みたいに」

鷹崎《たかざき》美鈴。四十四歳。亀石の元・妻だ。某大学の史料編纂《へんさん》所に勤めているが、バブル時代を引きずる派手な化粧と衣装と言動は、明らかに浮いていて人目を惹いた。

「これでも世界遺産関係の史料たくさん扱ってんのよ。それよりあんた、さっきあたしのこと、わざと無視してスルーしたでしょ」

「おまえといると俺まで〝バブル臭きつい男〟と思われて、迷惑なんです」

「誰もこんな貧乏くさいオッサンと夫婦だったなんて思わないわよ。そんなことより、若い男の子の新人チャンが入ったそうじゃない。連れてきてんでしょ。どこよ、どこ？」

そこへ忍が戻ってきた。途端に、萌絵が美鈴の前にディフェンスとなって立ちはだかった。

「なによ。萌絵ちゃん。そこどいてよ」

「あ、あはは。つい」

「あなたが噂の忍ちゃん？　まあ、思った以上に可愛いのね。鷹崎美鈴よ。よろしく」

「は、はじめまして。お噂はかねがね」

「こら美鈴。どさくさに紛れて、ここぞとばかりに若い男の手握ってんな」

「あらヒロキったら妬《や》いてんの。素直じゃないのね。ヨリ戻す？」

「あほか。言っとくが、うちの相良は、こんなのどかなツラしといて詐欺みたいな腹黒だからな。ウゼー真似すると毒盛られるからな」

「誰が毒盛りますか」

それより見てください、と忍が前方に目線を投げた。「あんな人まで呼んでますよ」

雛壇《ひなだん》に近い真ん中のテーブルで、恰幅《かっぷく》のいい白髪の欧米人が、議員たちとワイン片手に談笑している。亀石はすぐに分かり、

「ああ。ありゃイコモスの元事務局長だ。ミヒャエル・ブルーゲン氏」

「イコモス……って確か」

「世界遺産登録の学術調査をする諮問委員会だ」

正式名称は国際記念物遺跡会議《ICOMOS》（International Council on Monuments and Sites）。文化遺産に関わる国際的な非政府組織（NGO）だ。本部はパリにある。ユネスコの諮問機関として、世界遺産登録の審査のため、モニタリングを請け負っている。文化遺産保護の専門家が集まる研究機関でもある。

世界遺産に推薦されると、まずイコモスから専門家が派遣されて現地調査を行う。それとは別の専門家が提出された推薦書を基に「顕著な普遍的価値」の観点からデスク・レビューを行い、双方からのレポートを参考に、世界遺産パネルという評価委員会の審査にかける。情報が足りない時は推薦国に追加情報を提出させたりもする。

「それを踏まえて総合的な評価書をまとめて、世界遺産に登録すべきか否か――つか『世界遺産一覧表に記載』って言い方をするんだが――の勧告案を作成する。それを基に、年に一度、世界遺産委員会が審査して、記載するかどうかを決めるんだ。つか基本だろ。これ」

「そ、そうでした……」

世界遺産の審査結果は四つに分かれる。

まず「記載」。これは認定という意味だ。

次に「情報照会」。情報が足りない、保存計画に不足があるなどの場合で、保留的な扱いだ。

更に「記載延期」。推薦書の内容について再検討を要する。問題点を見直して再提出。最後に「不記載決定」。これをくらうと、もう二度と同じ主題・資産構成では推薦できなくなる。つまり不認定。失格。落第だ。

おおむねイコモスから「不記載」勧告が出た時点で推薦自体を取り下げてしまう国が多いという。

「それだけ影響力が大きいということですね」

「日本の世界遺産は、最初のうちはどこも一発合格してたんだが、とうとうまさかの『記載延期』をくらったことがあってね」

と忍が横から説明を加えた。

「それが石見《いわみ》銀山。関係者には結構ショックだったみたいだ。失格すれすれだったわけだから。まあ、結局、世界遺産委員会のほうで覆って、無事登録されたんだが、イコモスの勧告案の影響力は大きいから、イコモス対策を万全にしないとヤバイって思い知らされたらしい」

「あん時ゃ、みんなちょっと冷や水浴びせられた感じだったたな。文科省の慌てっぷりったら。その後、平泉《ひらいずみ》でも記載延期をくらったしな。それらの反省もあって、リタイアした事務局長まで招いたんだろう。意見を伺うって名目で」

来年推薦が予定されている富士山《ふじさん》と鎌倉《かまくら》にもそろそろイコモスの調査が入るはずだ。

「でも実際ＯＢもそこそこ発言力ありますからね。特にあのブルーゲン氏は」

「大物なんですか」

「まあね。ユネスコの所謂《いわゆる》、天下りらしい。ユネスコ、イコモス両方に影響力がある」

忍は揶揄《やゆ》するようにブルーゲン氏を眺めている。

「石見は別だけど、ブルーゲン氏がユネスコ時代に関わった案件で、イコモスの専門家が出した勧告案を蹴《け》って審査結果が覆ったことが何度かあったらしい。不自然だから何か裏でもあるんじゃないかなんて変な噂も出たりした。オリンピック招致なんかと一緒で、ロビー活動には、まあ、色々ドロドロしたものがあるみたいだ」

「賄賂《わいろ》みたいなアレですか」

「はは。そこまで露骨なのはさすがに。でも持ち上げられて悪い気がする人はいないからね」

確かに世界遺産が地元にもたらす利益は計り知れない。だから登録推進運動に力を入れる。そうでなくても不景気続きで地方はどこも苦境にある。地域経済の活性化のため「世界遺産」の四文字はこれ以上ない起爆剤なのだ。

「まあ、その世界遺産も今じゃ増え過ぎちゃって、ユネスコも手一杯になっちゃったから、一年あたりの推薦案件を減らさせたりもしてるようだけどね」

ますます狭き門というわけだ。競争は激しい。現在、国内の暫定リストだけで十二件もある。

「そういえば、無量がいま行ってる長崎も暫定リストに入ってるはずだ」

「あちこちでアピールしてましたよ。空港にもでっかく、教会の写真とか」

「キリスト教関係はヨーロッパにすごい石造建築がいっぱいあるからねえ」

美鈴が赤ワインをくいくいとあおりながら言った。

「よっぽど周到に準備しないと、頭の固いイコモスのヨーロッパ会員に〝けんちょな、ふへんてきかち〟を納得させるのは大変かもよ。……あ、ローストビーフ来た」

美鈴は「二次会行きましょうね」と言い残し、料理を求めて人混みに消えた。

「あいつ食欲のためだけに来てやがんな」

「所長ぉ。私たちもお寿司《すし》食べてきていいですか。お腹ぺこぺこで」

「あーもー、いいから喰《く》ってこい」


萌絵と忍が料理を堪能《たんのう》して亀石のもとに戻ってくると、ふたりの中年男性と談笑中だった。片方はノーネクタイのカジュアルな姿で、やや小太りながら精力的な話し方をしている。有名な旅行会社の社長だという。

「東アジア旅行って、あの格安ツアーの！」

「大場《おおば》社長とは長いつきあいでな。よく出張の格安チケット手配してもらったわ」

「はは。亀石さんは値引き率に関しては容赦ないですからね」

名は大場義和《よしかず》。彼が率いる東アジア旅行は、格安ツアーを売りにして、ここ数年で急成長を遂げ、大手旅行会社とも肩を並べるまでになった。格安航空会社（ＬＣＣ）も立ち上げ、中国・韓国《かんこく》からの旅行者を呼び込み、ますます業績を上げている。海外の世界遺産や遺跡を巡るツアーに力を入れていて、今回のシンポジウムでも業界代表として名を連ねている。登録地での観光コンサルタントなども請け負っているという。

「我々、旅行会社にとっても、世界遺産は大きな看板ですからね。肩書きを得るだけでも観光地としてのランクが格段にあがります。切っても切れないといいますか」

やり手社長とは思えないような、はにかんだ笑顔が好ましい。亀石は度々、旅行会社主催のツアー説明会に専門家を紹介していた。

一緒にいる白髪交じりの中年男性は、長崎県の商工会議所観光課長・鐘田清《かねだきよし》と名乗った。

「大場さんには経営が傾いたオランダランドを建て直していただきました。その功績を見込んで、世界遺産登録に向けたキャンペーンのお手伝いを」

「僕は父方が平戸《ひらど》の出なんです。長崎が盛り上がるためなら喜んで力を貸しますよ」

頼もしい、と笑いあっている。長崎といえば、と亀石が言った。

「いま、うちの腕のいい発掘員が島原に行ってますよ。発掘に」

「ほう。島原ですか。原城ですか」

「の、近くです。セミナリヨの跡だとか」

ああ、と鐘田は合点した。溜息《ためいき》混じりに、

「南島原かぁ……。あそこも構成資産のひとつだが何も残ってないんだよな。教会みたいに『目に見えるもの』でも建っていれば、まだ分かりやすいんだが、城『跡』だけでしょ。いまひとつアピールに欠ける」

「でも島原の乱の痕跡《こんせき》ですよ。あれには農民一揆《いっき》って見方が最近は幅を利かせてるが、やはり出土品を見ても宗教戦争ですよ。充分価値はありますよ」

発掘調査では、鉛の十字架などが多数、発見されている。

「まあ、確かにキリスト教徒の信仰心が、一揆の団結を高めたわけだしね」

と大場社長も亀石の肩を持った。

「幕府側からしてみれば、あれはただの一揆じゃなく、キリスト教という、幕府以外の——しかも外国の権威のもとに抵抗した人々だから、徹底的に潰《つぶ》さないといけなかったわけだ。そういう目で見れば、確かに一地方の一揆では片づけられませんよね。天草四郎がただの一揆指導者じゃなくて、救世主みたいに崇《あが》められたのも、信仰があったからこそだしね」

大場社長は長崎の歴史に造詣《ぞうけい》が深いようだ。その口調は熱かった。

「国際情勢を視野に入れた宗教弾圧と宗教戦争、という面でも、充分『普遍的価値』は持つと思いますよ」

「そうなんですが……。奈良《なら》の大きな寺だとか中尊寺《ちゅうそんじ》の金色堂《こんじきどう》みたいなもんなら、一見して凄《すご》いものだと伝わりますけど、原城や日野江城跡にはそれが足りないんですよね。観光資源としても、いまひとつ旨味《うまみ》に欠ける」

アルコールも入っているせいか、鐘田はしきりにぼやいた。

「何かこう、国宝になるくらいの凄いものでも出てくると、また違うのですが」

「凄いもの、というと？」

「そうですねえ……。ローマ法王からの贈答品とか、イエズス会のお宝みたいなものですかね」

萌絵と忍は顔を見合わせた。それはまたずいぶん贅沢《ぜいたく》な要望だ。

「……いや、ここだけの話ですけどね、噂じゃあるらしいんですよ。有馬氏が隠した埋蔵金が」

「有馬氏の埋蔵金？」

「有馬晴信はある事件を起こして死罪になり、その息子は日向《ひゅうが》に国替えになっとるのですが、いつか旧領に戻る時のために、南蛮貿易で稼いだ財宝の数々をどこかに隠していたと。どうやら島原の乱では、有馬の旧臣たちがその財宝を幕府軍と戦うための軍資金にしようとしてたって言い伝えが」

「本当ですか」

「ははは！　あくまで言い伝えですから」

鐘田は笑い飛ばした。「埋蔵金」と言うだけでうさんくささ満点だ。亀石も笑い飛ばして、

「そんなん出てきたら私なら独り占めしちゃいますね。発掘員は全員口封じして」

「やめてください。所長。あなたが言うと冗談に聞こえませんから」

　忍に窘《たしな》められて、亀石は小さくなった。

　懇親会も宴たけなわでお開きになり、参加者は三々五々、会場から去っていった。亀石所長は二次会の誘いで引っ張りだこだ。ホテルのロビーで、参加者と挨拶《あいさつ》を交わす亀石の姿を、忍と萌絵は少し離れたところから眺めている。

「こういう場だと亀石さんの人脈王ぶりを見せつけられるね。大した人だ」

「単にゴルフ仲間と呑《の》み仲間が多いだけのようにも思えますけど」

　感心半分・呆《あき》れ半分で待っていると、忍がふと視線を玄関のほうに移して「あれは」と鋭い声を発した。「どうしました？」と萌絵が問うと、

「あそこにいるの、藤枝《ふじえだ》氏じゃないか」

「藤枝？」

「筑紫《つくし》大の藤枝教授。無量のお父さんだよ」

　え！　と思わず声をあげた。すると計ったようなタイミングで藤枝が振り返った。忍に気づくと「君は」という顔をした。笑顔を浮かべてこちらに近づいてくるではないか。

「久しぶりだね。忍くん。君も来ていたのかい」

　藤枝幸允《ゆきのぶ》。無量の実の父親で、筑紫大学の史学科教授を務めている。古代史の分野では今や学界の牽引《けんいん》役だ。瑛一朗の事件後、無量の母親とは離婚していた。忍は面識があ

る。文化庁職員として一度だけ会ったことがある。藤枝は子供時代の忍のこともよく知っていた。

「お久しぶりです。藤枝さん」

「風の噂で文化庁をやめたと聞いていたが、本当かい」

「ええ。一身上の都合で」

「文化庁は惜しい人材をなくしたな。私が上司だったら絶対に辞表は受け取らないがね」

萌絵は忍の陰で立ち尽くすばかりだ。これが西原くんのお父さん……。実の親子だけあって、顔立ちがよく似ている。やや逆ハの字気味の眉《まゆ》と目力のある瞳《ひとみ》も。ただ鼻だけは似なかったようで、鷲鼻《わしばな》気味の藤枝はいかにも気位が高そうに見えた。身長も藤枝のほうが高く、スーツ姿は精悍《せいかん》で見栄えがする。学者然とした線の細さはなく、五十過ぎても体に弛《たる》みが見られない。華のある人だと萌絵は感じた。

そして隙がない。

忍は少し緊張気味だったが、あえて微笑を浮かべて藤枝の握手に応《こた》えた。

「今は亀石発掘派遣事務所に勤めています」

名刺を渡すと、藤枝は目線を落とし、笑みを消した。

「ああ……、あの妙な事務所か。変な所長がやってる」

あからさまにあしらう目になった。

「人材派遣業なんかやってても、君のキャリアに染みをつけるだけだろう。もっといい勤め先なんかいくらだってあるんじゃないか」

これには萌絵が異議申し立てをしかけた。そこでようやく、藤枝は萌絵に気づいたらしい。

「誰だ。君は」

「ああ……、僕の同僚の永倉萌絵さんです」

忍に制止されて、口から出かけた文句をかろうじて呑み込んだ。「永倉です」と頭を下げたが、目はそらさなかった。藤枝は萌絵に関心を示す様子もなく、忍に向かい、

「せっかくいい大学を出てるんだから、学歴を生かして、もっと高いキャリアを目指したらどうだね」

「あいにくイマドキ東大や京大を出たくらいじゃ、いい就職口になんかありつけませんよ」

「君も研究者になればよかったのに。君のお父さんみたいな在野の素人でなく、れっきとした肩書きのある研究者に」

その言い方が癇《かん》に障り、忍は一瞬目つきを険しくしたが、押さえ込んだ。

「君のお父さん——悦史氏があんな告発をしたのも、詰まるところ、我々プロの研究者に対するつら当てだ。嫉妬《しっと》から発した行為だろう。愚かな権威の罪を暴いて、無名のアマチュアが一夜にしてヒーローになった。鬼の首でも取ったように、さぞ清々しただろ

うね」

「………。そういうことでは、ないと思いますが」

「おかげで身内はさんざんな目に遭ったがね。ははは」

忍の顔が強《こわ》ばった。そばで聞いていた萌絵も耳を疑った。なんだ、このひと。この毒舌は天然なのか、あてつけのつもりなのか。

「同じ素人でも君の父親はまだマシだ。見ろ。ここにいる有象無象の連中を」

藤枝は意地悪そうな目つきになってフロアを見回した。

「文化財も歴史遺産も、奴等にとっては単なる金蔓《かねづる》だ。世界遺産など体のいい〝打ち出の小槌《こづち》〟にしか見えてないんだろう。金に換算できなければ、歴史的な値打ちも測れない。私に言わせれば、たかりも同然だ」

「ちょ、そんな言い方……っ」

萌絵が口を挟もうとしたが、藤枝は一瞥《いちべつ》しただけでスルーした。完全に空気扱いだ。

「そんな連中にたかられる苦労に比べれば、アマチュア研究者は無邪気でいいとも言えるね」

「………。無量が長崎に来てます」

話を断ち切るように、忍が言った。

「会いに行かれませんか」

萌絵はドキリとした。藤枝は忍の意図を探るような視線を送ってから、伏し目がちに笑った。

「相変わらず遺跡発掘なんてしているのか。愚かな祖父にそっくりだな」

「もう何年も会ってないんでしょう。息子のことが気にかかりませんか」

「いいかい。忍くん。考古学なんてやる奴等は、所詮《しょせん》、我々文献史学のための奉仕者なんだよ。発掘屋は、いわば、我々の猟犬だ。野に出て獲物を狩ってくるのが仕事なんだ。無量は猟犬になる道を選んだ。せいぜい有能な猟犬になることを祈るばかりだよ」

「藤枝さん。あなたは」

忍が目に憤りをこめて問いかけた。

「あなたがそんな物言いをするのは、瑛一朗氏への恨みがあるからですか」

藤枝はつまらなそうに笑った。

「恨み、ふふ、恨みか。いいや違う。私の中にあるものといえば、そうだね。唯一、侮《ぶ》蔑《べつ》だよ」

「藤枝さん」

「私に恨む者がいるとすれば、君のお父さん以外にはいない、とは思わないのかね。忍くん」

これには忍も絶句した。藤枝はきびすを返し、

「私の可愛い猟犬に伝えておいてくれ。せいぜい我々のために役に立つ遺跡や遺物でも嗅《か》ぎつけて、どんどん出してきてくれ、と。ここ掘れワンワン。てな具合にな」

嘲《あざけ》りめいた笑い声を残して、藤枝は去っていった。忍は険しい顔を崩さない。萌絵はすでに「怒り心頭」だ。忍がいるからどうにか堪《こら》えていた。

「私、西原くんが反発する気持ち、よく分かりました……っ」

「ああ。そうだと思うよ。なんであんな挑発するような物言いをするんだろう」

敵を作るあからさまな言動に面食らう。歯に衣《きぬ》きせぬ発言をしまくるくせに、ガッチリと地位を築いているところを見ると、率直さを周りから頼もしく思われてでもいるのか、余程、顔の使い分けができているのか。あの男の傲慢《ごうまん》さが耐えられない、という無量の気持ちは忍にもよくわかる。子供の頃の印象は「無口で気難しいおじさん」だったが、ここまで辛辣《しんらつ》ではなかった。「何を考えているのかよく分からない人」だったが、人前で息子を嘲ったりはしなかった。

――親とも思ってません。

無量が唯一、憎しみをあらわにする人間だ。

「我が子は猟犬、か……」

去っていく藤枝を、忍と萌絵は複雑な想いで見送るしかなかった。

第二章　如月真一

寺屋敷遺跡の発掘現場には、翌日からさっそく、問題の男がやってきた。

毎経日報の記者・如月真一《きさらぎしんいち》だ。

無量《むりょう》から嫌われているのを知ってか、現場には近づかず、離れたところから望遠レンズでこちらを狙っている。陣内《じんない》調査員が文句を言いにいくと「日野江城跡の周辺風景を撮っていただけ」とすっとぼける。十四年前と同じ手口だ。無量は気分が悪い。

「変な人たちに目ぼつけられよったとねえ」

佐智子《さちこ》も当惑している。茂木《もぎ》夫妻は、無量があの「西原瑛一朗《さいばらえいいちろう》」の孫だとは知らなかったようだ。知られなくてもいいことまで知られてしまい、無量は後ろめたい。厄介な男に見つけられてしまったものだ。現場にまで押し掛けてくるのは明らかに度が過ぎている。

「このクソ暑い中、何時間も張りついていてられるほど暇じゃないでしょ。そのうち、いなくなりますよ」

「そ、そうね。そのうち」

現場監督の千波《せんば》は何も言わない。

九月に入っても残暑厳しい日が続く。海に近く、湿気が高いのには閉口だ。発掘現場からは輝く有明海が望める。対岸には蜃気楼《しんきろう》のように熊本《くまもと》の山並みが青く浮かんでいた。

肝心の発掘は、セミナリヨではないかと思われる建物の遺構周辺で、フレスコ画の破片が次々と見つかっている。フレスコとは西洋の壁画制作技法のひとつだ。下地の漆喰《しっくい》が塗りたての状態で絵を描き、下地の乾燥とともに顔料を定着させる。あの高松塚《たかまつづか》古墳の壁画もフレスコ技法で描かれたものだ。濡《ぬ》れた状態の石灰に顔料を載せることで、石灰水が顔料を覆い、カルサイトという透明な結晶によって顔料が定着するので、美しい色彩はそれこそ何千年と保たれる。

寺屋敷遺跡から出ているフレスコは、酸化鉄を多く含む土壌に埋もれていたせいか、鉄分による変色が見られるが、比較的保存状態はよい。

恐竜化石の発掘で鍛えた無量には、復元勘がある。出土した破片から全体像を予想し、的確に見つけ出していく。それがこの発掘では大いに役に立った。

トレンチの中で作業に戻った無量へ、声をかけてきたのはミゲルだった。掘り下げの具合を見て欲しい、と言う。

「きれいに掘れてるじゃないか」

意外にも筋がいい。土層の読み方を教えてから、ミゲルは「土」そのものに興味を持ったようだ。まあ、遺構があるのはたかだか四百年前の土層なので、弥生《やよい》時代を掘り下げるよりはずっと浅いのだが「これ何て土?」などと質問をしてくるようになったのは大進歩だった。

「ここはこれでいいから、次は遺構のあるとこの土の見方な。検出済みの遺構は——」

「……あんたのじーさん、結構な有名人だったのな」

無量はちらりと見、土層に目線を戻した。

「それがどーした」

「ネット検索したらいっぱい出とった。捏造《ねつぞう》って、やらかすと、そげん騒ぎになっと?」

「あほか。なるに決まってんだろ」

「捏造犯の孫が発掘か。変な騒ぎにでもなりゃ面白いのに」

ムカッとした無量が、移植ゴテですくった土をミゲルめがけて投げた。ミゲルは飛び退いた。

「いらないこと、くっちゃべってる暇があったら、土器片のひとつも出してみろ! それとも出すまで居残りすっか!」

ミゲルは面白くなさそうに掘削作業に戻っていった。ムキになればなるほど弱みを晒《さら》すことになる、と分かっていても、苛々《いらいら》が抑えきれない。無量は如月たちのいる駐車場を見た。呑気《のんき》にキャンプチェアに座って煙草を吸っている。粘る気満々だ。

「あいつら……」

記事にできるものは何もない、と気づかせて早くお引き取り願うしかない。そう自分に言い聞かせて、無量は意識から追い出すように、また土に向かい始めたが、

「うっ」

右手に鋭い痛みが走った。

ストレスがかかると神経が過敏になるのか、古傷が痛むのは珍しいことではないが。

「くそ……っ。あんな奴がいるからだ」

まるで右手が敵意を露《あら》わにしているかのようだ。鬼の顔に似た古傷――いや、反応しているのは鬼などではなく、この手に宿る（のではないかと無量が思っている）「祖父の生き霊」のほうか。如月への恨みを訴えているのか。……右手がズキズキと痛む。ついには熱を発し始めた。

結局、夜になってもひかず、氷で冷やして、やっと眠りについたが、ひどい夢ばかり見て、ろくに熟睡できなかった。

厄介なことに、如月はその翌日もやってきた。

朝からくもり空だが湿度が高い。不快指数も高い中、粘着質な目線が遠くから無量の背中に張り付いているようで、居心地悪いことこの上ない。望遠レンズで監視されている気分だ。昼近くになってようやく引き揚げたので、安堵《あんど》して、昼休みにコンビニへ買い物に出た。すると、店の駐車場に如月がいるではないか。

「ご苦労サン。暑いね」

しれっと言う。無量の顔が強《こわ》ばった。

「……。帰ったんじゃないんすか」

「昼飯買いに来ただけだろ。邪険にすんなって」

「何が出るかも分からない発掘現場に丸二日も張りつくなんて、よっぽどネタがなくて暇なんすね。とっとと帰ってくださいよ。ストーカーみたいでキモイんすけど」

悪態をついて、駐車場を横切ろうと如月の脇を通り過ぎかけたその時、いきなり右手を摑《つか》まれた。無量はギョッとして、

「……にすんだボケ！」

力一杯振り払ったが再び摑まれた。如月は無量の右手を摑んだまま、唇をひん曲げて、

「聞いたよ。この手、火傷《やけど》したんだって？　じーさんにやられたって本当かい」

無量は思わず如月の胸を突き飛ばした。が、三度、右手を摑まれ、後ろに捻《ひね》りあげられたかと思うと、今度は車体の側面に体を強く押しつけられた。無量はびっくりして抵抗したが、武道の心得があるらしい如月は、腕一本で無量の抵抗を封じ込んでしまった。

「『鬼の手《オーガ・ハンド》』とか呼ばれてるのはこの右手かな？　クソ暑いのにこれ見よがしに手袋なんかしちゃって」

「なにすんっだよ……！　はなせ……っ」

「遺物に反応する手っていうのは、本当かな」

「！」

如月が革手袋に手をかけた。「よせ！」と叫んだが、容赦なく手袋を剥《は》いでしまった。酷《ひど》い火傷痕《あと》のある右手が、如月の目の前に晒された。

「こりゃひどい……」

無量は屈辱に耐えて目を瞑《つぶ》った。手の甲の赤く醜く盛り上がった皮膚が、不気味に嗤《わら》う鬼の顔のように見える。皮膚移植を重ねた掌《てのひら》は、肌の色もモザイクめいていて、いくつかの指は爪を失っている。

「孫の手をこんなにしちまうなんて、捏造の次は児童虐待か」

「……じーさんをそこまで追い詰めたのは、誰っすか」

車の屋根に突っ伏しながら、無量は肩を震わせた。

「あんたがさんざん根ほり葉ほり記事書いて世間を騒がせたせいじゃないすか」

「真実を報道することの何が悪い。嘘を暴くのが俺らの仕事だ」

「あんたは正義の味方気分で捏造犯を裁いたつもりでしょうけど、そのうさんくさい正義ヅラがムカつくんすよ！」

何を思ったか、如月が自分のスマホで無量の右手を撮り始めた。これにはさすがの無量も恐怖を感じた。渾身《こんしん》の力で体を捻り、頭突きをかました。まともにくらった如月はスマホを落として尻餅《しりもち》をついてしまう。無量はたまらず、

「ぶっ殺すぞ、てめえ！」

怒鳴ったが、如月は悪びれない。額をさすって服をはたき、スマホを拾い上げた。

「……捏造した祖父から虐待を受けた孫が、トラウマを乗り越えて遺跡発掘に携わる。美しいじゃないか。久しぶりにいい記事が書けそうだ。これで君がすごい発見でもしてくれれば、言うことない」

「ちょ……っ」

「覚悟しとけ。俺はしつこいぞ。なにせ、記事で人ひとり殺した男だからな」

「え？」

如月は脇を通り抜け様、革手袋を無量の尻《しり》ポケットにねじ込むと、不遜《ふそん》げに去った。無量は手袋をはめたが、怒りと恐怖で手が震えていた。動揺する無量をミゲルが見ていた。車の陰で煙草を吸っていた。

「派手にやっとりましたね。あの記者と」

「……いたのかよ」

「ムカつく奴だけど、ぶっ殺すはマズか」

「知るか」

ミゲルは煙草の火を消して、立ち上がった。

「変なじーさんば持つと、孫は苦労すっとですね。俺も手ぇば焼かれんよう、気ぃつけんと」

ミゲルの嫌みも、如月の仕打ちに比べれば可愛いものだ。無量は平静なふりをしたが、動悸《どうき》が収まらない。右手の画像があのスマホに残っているかと思うと、言い様もない不安に襲われた。

「どげんしたと？　顔色悪かね、西原くん」

現場に戻ると佐智子に心配された。「なんでもないす」と答えたが、気分が悪かった。首にかけたタオルで何度も口を押さえた。右手の灼熱《しゃくねつ》感も悪化する一方だ。こんなことで弱音を吐いては如月に屈するようで悔しい。そう思って作業を続けたが、息苦しさは増すばかりで、冷たい汗が止まらない。さすがの無量もギブアップしかけたとき、

「西原くーん！」

救いの神が現れた。ワンピース姿の若い女が道路のほうから手を振っている。

「きたよー」

「永倉《ながくら》！　……忍《しのぶ》も！」

無量は露骨にホッとした。萌絵《もえ》と忍が発掘現場に現れたのだ。亀石《かめいし》までいる。博多からの帰りだったた。萌絵の笑顔と亀石の呑気顔と忍の頼もしい姿を見たら、不思議と動悸も収まった。無量はトレンチを出て三人のもとにやってきた。

「亀石サンまで。いきなりどうしたんすか」

「十兵衛《じゅうべえ》の奴から、最近おまえの仕事ぶりがたるんでるって聞いてたんでな。派遣先での勤務態度をチェックしに。……へえ、海が見えて気持ちいい現場だな」

萌絵が無量に「……ほんとはゴルフに来たの」と耳打ちした。例の大場《おおば》社長と意気投

合し、明日雲仙で行われるゴルフコンペに参加することになったのだ。

亀石は佐智子の紹介で、現場監督の千波と陣内調査員らに挨拶《あいさつ》をした。

「例の記者はまだいるのか？」

忍の気がかりは如月記者だった。無量は顎《あご》でしゃくって駐車場を指した。望遠レンズをこちらに向けて相変わらず張り込み中だ。

「よっぽどネタがなくて暇なんだろな。俺は芸能人かっつの」

不安を見抜かれないよう、無量はわざと呆《あき》れてみせた。萌絵も忍から事情を聞いていた。数日前からストーカーまがいに張りつかれ、迷惑している、と。

「毎経日報の如月か。——第二の西原事件を覚えてるか？　無量」

「第二の？」

「如月が瑛一朗氏の事件の後にやらかした、誤認報道だ。別の発掘で『またしても捏造《ねつぞう》発覚』とぶちあげた。騒ぎになったが、それが事実無根の誤認記事だったんだ」

無量は、実はよく覚えていない。火傷の治療でそれどころではなかった時期の話だ。

「一度スクープで名を揚げて調子づいていたんだろう。瑛一朗氏とは別の人たちの手による黒松《くろまつ》遺跡の発掘でも捏造があった、とろくに事実関係の精査もせず、先走った記事を発表した。確かに年代判定の難しい遺跡だったが、捏造と言えるものは何もない。発掘そのものには何ら問題はなかったんだ。だが、まだ瑛一朗氏の事件が尾を引いてたこともあって、世間がすぐに飛びついた。騒ぎになったせいで、潔白だった発掘者が自殺した」

　無量は息を呑《の》んだ。

「自殺……」

「後に遺族から訴えられて、新聞社は誤報を認めた。謝罪文を載せる騒ぎになって、如月は本社勤務を外された。けど懲りずにその後もあちこちでトラブルを起こしてる」

　忍は冷淡な目つきになって、如月たちのいる辺りを見やった。

「結果が出なくて躍起になってるんだろう。他社を出し抜いてスクープをとった快感が忘れられないんだろうな」

　現在、発掘調査の九割は地方自治体によるものだ。調査結果の報道機関への公開は、おおむね記者発表という形で行われているが、記事には行政側から「解禁付き」――情報の解禁日を指定した、いわゆる「しばり」をつけられるのが一般的だ。特定の報道機関によるスクープを嫌う行政側にとって、横並び報道ならば情報管理がしやすく、また現場の調査に支障を来さないという利点がある。

「過去にいろいろあったからね。特ダネを狙う報道が現場を混乱させたり、可能性のひとつにすぎない説を勝手にクローズアップして騒いだり。まあ、横並び報道が当たり前になったおかげで今じゃろくに反証もせず、一方的な行政発表を鵜呑《うの》みにしてるとこも多いみたいだ。そんな中であの人のやり方は、ジャーナリストの姿勢としては正しいのかもしれないが」

瑛一朗の事件の際は、充分調査して裏をとった上での、いわば「満を持しての掲載」だったという。あまりに鮮やかで、出し抜かれた他紙はぐうの音も出なかった。それは当時のデスクが優秀だったのだ、と忍は言った。例の誤認記事のほうは人事異動でデスクが替わった後にやらかしている。大スクープで他社の鼻を明かした「英雄」如月の強い意見に、考古学には明るくない新任デスクが押し切られた形だった。

「専門記者としては優秀らしいが、いかんせん、やり方がよくない。現場に地道に足を運んで、というのは素晴らしいと思うけど、張りつく相手に嫌われたら、意味がないだろうに」

「蛇みたいな執念深さですね。名誉挽回《ばんかい》のつもりなのかな」

「……にしても強引すぎる。文化庁の記者クラブでも出禁になったくらいだし。……新聞社には苦情を入れておいたが、無量。あんまりしつこいようなら、こっちにも考えがある」

萌絵がどきっとしたのは、忍がいやに酷薄な目つきをしていたせいだ。

忍には「目的のためには手段を選ばない」という非情な一面がある。敵を倒すためなら大企業も巻き込むし、いざとなるとラフな手も厭《いと》わない。忍の「考え」は時折、物騒なのだ。

「さ、相良《さがら》さん。怖い手を使うのは、ほどほどに」

「ムキになんなって。忍」

無量が呆れた口調で言い返した。

「俺はへーきだし。あんなのにビクビクするほど、もうガキじゃないし」

「でも無量」

「無視無視。びびるだけ損。屁《へ》でもねーし」

「……。なら、いいんだが」

ついさっきまで、気分が悪くなるほど不安に駆られていた、などとは無量も言い出せない。言えっこない。如月が怖いだなんて。そうやって、わざとへっちゃらを装う無量の強がりが、忍には手に取るようにわかるだけに、心配もひとしおなのだ。

忍と萌絵が島原にやってきたもうひとつの理由は、仕事だ。大場社長から依頼を受けた。実は歴史愛好者向けの国内史跡ツアーを考案中で「専門家による現地ガイド」を売りにしたいという。その人選を任された。萌絵と忍はまだ見習いなので「亀石の指導付き」が条件だが、実質、ふたりのコーディネーター初仕事となる（発掘ではないが……）。

その第一弾が長崎だったので、下調べに来たというわけだ。

「で、どうなんだ。無量」

と横から亀石が無量の肩をガシリと抱いた。

「今回の発掘の手応《てごた》えは。なんか出そうな気配はあんのか。財宝とか」

「人をダシにして。ゴルフに来たんでしょ。呑みすぎで目ぇ充血してるっすよ」

「いや呑んでない。相良が怖くて呑めない。呑みすぎると、最近背中に殺気を感じる」

振り向くと、忍がじっとりと亀石を見守っている。亀石はささっと無量の陰に隠れた。

「……ったく自業自得でしょ。遺構以外に何か出るとしたら、多分あのへんっすね」

無量が視線をやったのは、セミナリヨと見られる遺構の出たトレンチの右奥。松が一本、立っているあたりだ。

「昨日、キリシタン墓碑が出たんす」

「キリシタン墓碑……。確か、あれだよな。西洋式の。かまぼこみたいな形をした石の」

「出たのは扁平蓋石型《へんぺいふたいし》だったっすけど、きれいなカルワリオ花十字紋が入ってました」

実は追加トレンチの設定に迷っていた陣内に、助言をしたのも無量だった。

「学校に墓碑とは、妙な取り合わせだな……。墓地が隣接してたとか？」

「わかりません。セミナリヨと墓碑の時間的な前後関係も、まだ……」

今は墓碑だけだが、どうも埋まっているのは、それだけではないようだ。

「墓碑があるくらいだから」

「ええ。もしかしたら、あそこからは……」

言っている間に、そのトレンチ内が急に慌ただしくなってきた。作業員が「出た出た」としきりに声をあげている。無量も駆けつけた。出土したのは、なんと人骨だ。それもひとつやふたつではない。次々と出てきた。陣内調査員は軽く興奮し、

「やけに多いな。やはりキリシタン墓地だったのかな」

自らもトレンチに入って作業に加わった無量が「いや」と首を振った。複数の人骨が折り重なるように埋められている。

「頭骨に殴られたみたいな陥没痕《こん》があるっすね。こっちのは明らかに刀傷。……それにこれ」

土を丁寧にのけたところにいびつな鉛の塊がある。無量は険しい顔になった。

「鉛の……十字架？」

「これは」

作業員をかきわけて現れたのは、現場監督の千波暁雄だった。無量を押しのけるようにトレンチに入り、土に半分埋もれた鉛製の人造物を見下ろした。

「原城の、だ」

「原城？　島原の乱で一揆《いっき》軍が籠城《ろうじょう》した？」

「本丸跡で、籠城した一揆軍のものと見られる人骨と一緒に、これと同じ鉛の十字架が出土している。しかしなんでこんなところから」

島原の乱とは、寛永十四年（一六三七年）に起きた領民による大規模な一揆のことだ。長年、この地を治めた有馬氏はある事件で処罰され、日向に転封された。その後に入った新領主・松倉重政《まつくらしげまさ》は、手狭な日野江城を捨て、新しく島原城を築いた。それが分不相応な巨城だったため、多大な使役と重税を強いることとなり、領民を苦しめた。ついに耐えきれなくなった領民たちは不満を爆発させ、対岸の天草の民とも呼応して一揆を起こした。

その一揆衆を率いたのが、十六歳の少年・天草四郎時貞《ときさだ》だ。

もともと、有馬氏の遺民の多くはキリシタンだった。だが、新領主のもとで激しい迫害と弾圧を受け、そのほとんどが棄教していた。彼らは天草四郎のもとで結束し、再びキリシタンへと立ち帰ったという。

原城もまた、有馬氏の城だった。海に突き出た天然の要害で、その規模は九州でも屈指だという。有馬氏もゆくゆくは、日野江城からこの原城へと本拠地を移す計画だったようだ。

その原城には、幕府軍に包囲された一揆軍約三万七千人が籠城したというが、彼らが最後まで激しい抵抗を試みた本丸跡からは、発掘調査で、大量の人骨と共に、青銅製のメダイやロザリオの珠《たま》が出土している。それらとともに発見されたのが、鉛の十字架だ。鉄砲の弾を鋳直して作ったと思われる急拵《きゅうごしら》えの十字架は、それを持たずに城に籠《こ》もった者たちの信仰の支えとして渡されたようだった。不恰好《ぶかっこう》で武骨なそれらの十字架は、どれも人骨の近くで見つかっている。

千波は、原城本丸の発掘調査にも参加していた。

「どういうことすか。この人骨はつまり、原城から逃げてきた人たち……？」

「その可能性は高いな」

一揆軍は老若男女を問わず家族ぐるみで籠城していた。最後には全員、幕府軍によって無惨に殺され、全滅したと伝わるが、そんな幕府の絶対包囲網をかいくぐって、逃げ延びた者もいたということか。横から陣内が、

「取り上げが済んだら、鉛を成分分析にかけましょう。原城のものと一致すれば、この人たちが原城から落ち延びた者だと証明できます」

「いい考えです。そうしましょう」

「しかし、この人たち、幕府軍に見つかって殺されたんすかね。かわいそうに……」

人骨のそばにしゃがみこむ無量の横から、千波が「恐らく、そうだろう」と答えた。

「ここで虐殺されて、そのまま埋められたのだろうな。キリシタン墓碑は、後に誰かが、彼らの供養のために置いたものに違いない」

「原城のも、こんな感じだったんスか」

「ああ。原城で見つかった人骨の中には、幕府軍が壊した石垣の石で押し潰《つぶ》されているものも多かった。城は徹底的に破壊されて、遺体も無惨な扱いを受けたようだ。三万もの人間が虐殺されたんだ。さぞ凄惨《せいさん》な光景だったろう」

「………。自分たちを怖がらせた一揆軍が、そこまで憎かったんすかね……」

千波が驚いて無量を見た。そういえば、まともに言葉を交わすのはこれが初めてだった。怪訝《けげん》に思って「何すか」と訊《たず》ねたが、千波は「いや」と視線をそらした。横から再び陣内が、

「千波さん、ここ重点的に掘りましょう。手間がかかりそうなので、西原くんにも加わってもらっていいですか」

調査員は厳密には、雇用の関係で作業員に直接指示はできない。基本的には、発掘業者の現場監督を通して指示が出る。現場の力関係にもよるが、陣内は千波にお願いをする形だ。

「……。いいだろう。西原、おまえは今日から、俺とここ担当だ」

以降、千波と肩を並べて作業することになった。

いぶし銀のベテランは、無駄口もきかず、もくもくとジョレンをかける。そんな千波の右腕に、無量はやけに目立つ古傷の痕を見つけた。二十針はありそうな縫合痕だ。なんだろう、とは思ったが、自分も傷持ちなので深く気には留めず、手を動かし始めた。

すると、千波が、

「君は原城の跡には行って来たか」

自分の方から話しかけてきたではないか。無量は意外に思いつつ、

「いえ。まだっす」

「一度見てくるといい。人間の営みの中で最もむごたらしい行為が行われた場所だ。今は何もないが、そこに行って立ってみるだけでもいい。この土地を掘る意味がわかるはずだ」

それだけ言ってまた黙った。無量は、寡黙な発掘者の手の動きを見つめていたが。

右手にビリッと鋭い痺《しび》れが走ったのは、そのときだ。

土に触れた途端、感電したような痺れが来た。無量は驚いて手を止めた。なんだ？　土の中のものに反応したのか？　それとも……。

発掘面を凝視して、何かを探るように動きを止めてしまう。そんな無量の様子を、千波が横目で窺《うかが》っている。

発掘現場の盛り上がりに、ちょうど張り込んでいた如月記者が、黙っているわけがなかった。

「こりゃ何か出たな」

ここからではトレンチの中の様子が撮れない。望遠レンズで狙っているだけでは駄目だ、と思った如月が動いた。現場に立ち入ろうとした。立ちはだかった者がいる。

相良忍だ。

如月は見知らぬ長身の若者を怪訝そうに睨《にら》んだ。

「なんだ君は。邪魔だ。そこどいてくれないか」

「ここから先は関係者以外立入禁止のはずですけど」

「俺は報道だ。取材で来てる。そこをどけ」

「取材許可は取ったんですか。何か重要な発見があれば、発掘結果が出そろってから後日改めて発表されるはずです」

「プレス発表まで取材をしちゃいけないってルールはないはずだ。この遺跡の報道には『しばり』もかかってない」

「あなたが書きたいのは発掘の成果ですか。それとも発掘作業員のプライバシーですか」

忍の口調は静かだが、威圧感に満ちている。百戦錬磨の記者相手に、一歩も引く気はないようだった。全身から放たれる威嚇の気配が、如月を黙らせた。

「どこかで見た顔だな……。前に会ったことがあるか？」

「さあ。これ以上西原に張り付く気なら、つきまといとみなして警察に通報します。すぐにお引き取りください」

「……」

「応じていただけないならば」

忍が纏《まと》う不穏な空気から「分が悪い」と察したか、如月は撤収に応じた。渋々とカメラを片づけ、椅子を車に収め始めた。その時、発掘現場から亀石が「おーい、相良！」と忍を呼んだ。

「陣内さんが概要説明してくれるそうだあ！」

車に乗りかけていた如月が、その呼びかけに反応した。

「――……相良？　だと」

如月は振り返って忍を見た。容貌《ようぼう》に見覚えがあると感じた理由が、判明したのだ。

「まさか……あいつ、相良悦史の」

忍はいま一度、如月の方を一睨みして、亀石たちの待つトレンチへと去っていった。

運転席に乗り込んだ如月は、ステアリングにもたれかかり、なるほど、と笑った。

「こりゃあ、ますます面白くなってきたぞ……」

＊

「右手を撮られたって、それほんとなの⁉　西原くん」

風呂《ふろ》からあがってきた萌絵が、庭にいた無量に向かって、思わず問い返した。

その夜、カメケン一行は茂木家に招かれた。陣内や地元の発掘メンバーらも集まって親睦呑《しんぼくの》み会と相成った。結局そのまま泊まることになり、萌絵は（盛り上がる酔っぱらいどもの輪から抜け出して）一足先に風呂をいただいたところだ。

ちょうど庭へ酔い覚ましに出てきた無量と鉢合わせ、昼間の話を聞かされた。

無量は夜風に吹かれながら、普賢岳のシルエットを眺めている。萌絵は憤慨し、

「如月って人、ナニサマなの⁉　横暴すぎるよ。いくら何でもひどすぎる。警察に言おう、西原くん！」

無量は拒んだ。大事にはしたくなかった。

「相良さんには話した？」

「いや。忍には言ってない。言うとまた心配かけるし」

忍が「父親のリーク」から始まった西原家の不幸に対し、息子として責任を感じていることも、無量は気づいている。右手の火傷《やけど》を撮られたなんて打ち明けたら、ますます忍を怒らせるばかりか、彼の負い目を刺激してしまいそうだ。

「――……忍の奴、結構無茶するから……」

無量の心の内を察して、萌絵も口をつぐんでしまった。

無量からすれば、忍の方こそ危なっかしい。

捏造《ねつぞう》事件から数年後。家族を殺された忍が引き取られた先は、教育という名のもとに人間性すら奪われかねない場所だった。思春期を強い抑圧の中で過ごした忍は、物静かな性格を装うことで、ようやく心のバランスをとるための「重心点」を見つけたに違いない。

そんな忍にこれ以上、自分のことで心配をかけたくないのだ。

ふと背後の萌絵からシリアスな空気を感じとって、無量は振り返った。

「……つか、あいつキレると怖いでしょ。あのおっさん、ぼこぼこにされるかも」

無量は冗談めかして笑ったが、萌絵は笑わなかった。

子供の頃は、やんちゃなガキ大将だったという忍。天真爛漫《らんまん》で、裏も表もなかった忍の、健やかな内面を歪《ゆが》めた過去を思うと、萌絵の胸は塞《ふさ》ぐ。そんな忍は、無量と関わることで、昔の自分を――自分らしい自分を、一生懸命取り戻そうとしているようにも見えるのだ。

　夜中にうなされる無量への「罪悪感」を語った忍の言葉が、まだ耳に残っていた。騒動の火付け役だった如月記者の登場は、忍にとっても相当きつい軋轢《あつれき》になるはずだ。お互いを気遣い合って、危ういながらも平穏に過ごしている無量と忍の関係を、あの男が引っかき回すのではないかと思い、萌絵は不安で仕方なかった。

「だから、へーきだって。おとなしくしてるし、変な遺物も出さない。普通に発掘してるの見れば、ネタになりそうもないって諦《あきら》めてくれるだろ」

「大丈夫？　無理してない？」

「してない。今回はミゲルの教官だし。それに何も出なけりゃ、忍も俺を……」

　言いかけた言葉を、無量は、ふと途中で躊躇《ため》った。

　萌絵も、続きが気になり「忍も俺を、なに？」と促したが、無量は口をつぐんで、その先を言葉にしようとしない。

「どうしたの？　西原くん、最近なんか変。相良さんと何かあった？」

　無量は沈黙してしまった。

　夜風にキンモクセイの梢《こずえ》が揺れている。

　目を伏せている無量の横顔を、萌絵は見つめて辛抱強く待った。

「………。JKって誰なんだろ」

　え？　と萌絵は目を丸くした。

「JK……？　女子高生とか」

「だったら、逆にびっくりする」

目の前に広がる葉タバコ畑がざわざわと揺れている。その向こうには普賢岳の黒いシルエットが切り絵のごとく鎮座する。突起のように突き出た平成新山の上に、明るい星が瞬く。それを見上げて、無量は自分の体を抱えるようにしながら、ぼんやりと呟いた。

「〝〈革手袋《レザーグラブ》〉から目を離すな〟」

萌絵はきょとんとした。

「〝〈革手袋《レザーグラブ》〉が新たな遺物を発見した際は、その状況も含め、全て報告するように〟。……忍あてに来てた英文メール。こないだ、たまたま見ちゃって」

「革手袋って……まさか西原くんのその」

無量は右手に視線を落とし、胸にわだかまっていた言葉を、ポツリと口にした。

「──……俺、もしかして忍から監視されてんのかな」

萌絵は、抱えていたバスタオルを思わず落としそうになった。

「監視って、相良さんが西原くんを？　なんで？　なんで、そんなことする必要があるの？」

「わからない。わからないから、ずっとひっかかってる」

あのメールは一体誰からの指示なのか。忍に直接訊《たず》ねることもできず、自分の胸の中に溜《た》めて、ずっともやもやしている。

「ＪＫのメール全部見てやろうかと思ったけど、おっかなくてできなかった。盗み見なんてしたくないし……。そもそも俺を指した言葉じゃないのかもしんないけど」

「そ、そうだよ。たまたまだよ。きっと別の革手袋なんじゃないかな。西原くんが見張られる理由なんてないし、あの相良さんが西原くんを監視なんてありえないもん」

だよな、と言って、無量がやっと振り向いた。

「ないよな」

「うん。ないない。考えすぎ」

だと思った、と無量は言い、心が軽くなったのか、すっきりした表情で立ち上がった。

「じゃ、俺も風呂入って寝よ」と母屋に戻っていく。無量はずっと誰かにそう言って欲しかったのか。

　萌絵は庭に立ち尽くした。無量がひとりで持て余していた「忍への疑惑」を（いつか萌絵が彼にそうしてもらったように）一緒に引き受けることができたのは、萌絵にとっても喜ばしくはあったが、スッキリ断言できるほど、彼女も楽天家ではない。

「……考えすぎ、だよね」

　そんなふたりのやりとりを、物陰から窺《うかが》っていた者がいる。

　忍だ。

　冷ややかな表情をしている。

＊

寺屋敷遺跡の現場で大きな発見があったのは、週明けのことだった。

意外にもそれは無量たちが担当する「人骨の出た」トレンチではないところから、出た。しかも掘り当てたのは意外な男だったのだ。

「ミゲルが黄金を出しただと？」

誰より驚いたのは祖父の千波だった。ミゲルが掘っていたトレンチから、目が醒《さ》めるほど見事な十字架が出土した。発掘面の土に半身埋もれる形で、目映《まばゆ》い金色が顔を覗《のぞ》かせている。

発掘現場は騒然となった。

「素晴らしい……。こんな見事な黄金の十字架、ただごとじゃないぞ」

「大発見たい！　ミゲル、ようやったね！」

掘り当てたミゲルはまんざらでもなさそうだ。陣内調査員が出土状況の記録のためトレンチに入って、しきりに感嘆の声をあげている。

「錆《さび》が全くない。これは純金だな。純金の十字架だ。なんて美しい金細工なんだ。日本製じゃないのは間違いない。でも、このレース編みのような緻密《ちみつ》な形、どこかで見た覚えが」

「原城から出た黄金の十字架だ」

千波が人垣をかきわけてトレンチに入った。

「一九五一年に原城本丸跡で見つかった。あの黄金の十字架と瓜二《うりふた》つじゃないか」

「あれですか！　じゃあ二つもあったと！」

その美しい十字架は現在、大阪市北区中津《きたなかつ》の南蛮文化館に所蔵されている。今から約半世紀前に原城本丸跡から発見された、と伝わる、見事な金細工の筒型十字架だ。後の研究により、天正遣欧少年使節団がローマ教皇から贈られた「聖遺物入れ」ではないかとされている。レース編みのような透かしが美しい、立体的な金線細工の十字架で、粒金法と呼ばれる金の丸い粒を並べる高度な技術を駆使した見事な遺物だ。

確かによく似ている。

「原城の金十字架は、有馬の遺臣が持ち込んだとも言われている。同じものがここにあるということは、ひょっとするとひょっとするかも。きっとまだまだ出るぞ」

陣内調査員は興奮してデジカメのシャッターを切りまくる。

「有馬晴信の隠したイエズス会の財宝はここにあるのかもしれない！　掘りましょう！」

現場の空気は白熱した。作業員たちの興奮をよそに、無量はひたすら自分の持ち場を掘り続けている。ジョレンを握り、土に集中しきって騒ぎも聞こえていないようだった。

人骨はその後も続々と出てきている。

「なんで見に来んとですか。俺がお宝出したのが、そげん悔しかね」

トレンチの上から声をかけてきたのはミゲルだった。得意満面だ。無量は一瞥《いちべつ》しただけで、目線を土に戻した。

「いまこっちに集中してる。話しかけんな」

右手が騒いでいるとは言わなかった。言ったところでミゲルには意味不明だ。

「素人に先越されて悔しかね。宝物発掘師《トレジャー・ディガー》も大したことなか。俺はまだ見つけるけん」

鬼の首でも取ったように意気揚々と行ってしまった。無量はなおも掘り続けた。三十分ほど経ち、やっと一息入れた。皆が持ち場に戻ったのを確かめ、ようやく十字架の出たトレンチに向かった。陣内の傍らに座り、土に埋もれた黄金の十字架を見下ろした。

そのまま、じっと動かない。

「さ、西原くん……？？？　なんだい？　何か気づいたことでも？」

無量の顔が険しい。

突然、軍手を外した。さらに革手袋も外し始めた。ぎょっとしたのは陣内だ。鬼が嗤《わら》っているような醜い火傷痕《やけどあと》に驚いた。無量はかまわず直接素手で遺物に触れた。目を見開いた。が、唇は固く閉ざしたままだ。やや して、怪訝《けげん》そうな陣内を置いてトレンチを離れようとしたが、足を止めた。振り返り、やっと口を開きかけた、その時だ。

「こりゃあ、また面白いものが出たね。無量くん」

振り向くとそこに如月記者がいる。

驚いて叱りつけかけた陣内の鼻先に、如月が書類を突きだした。

「学長から取材許可証をいただきました。これで文句はないはずですね」

如月はちゃっかり手回しをしていたのだ。陣内は口ごもった。如月は出土地点を覗き込み、

「ほう。こりゃ大した発見だ。金の十字架ですか。有馬氏の埋蔵金てやつかな」

「……………。まだ調査中だ」

無量は青白い顔で睨《にら》みつけた。

「出てけ！」

「ふーん……」

如月は無量の警告を無視してしゃがみこみ、遺物を熱心に観察している。凝視する眼は誰よりも鋭い。写真を撮り始めたのを見て、嫌な予感を覚えた無量が思わず立ち上がり、如月の胸ぐらをひっ摑《つか》もうとした。が、それより先に如月の腕を摑んだ者がいた。

「こんにちは。如月さん。今日も取材お疲れ様です」

「忍……っ」

現れたのは相良忍だった。にこやかな顔で如月の腕をとるが、目が笑っていない。

「ちょっとこっちでゆっくりお話ししませんか」

如月はすっかり忍から逆マークされている。鬱陶《うっとう》しげな顔をしたが、渋々応じた。忍は無量に「こっちはまかせて」とアイコンタクトすると、強面《こわもて》のＳＰよろしく、如月を

伴って現場の外に出ていった。

「君の名前は相良忍。相良悦史氏の長男だね」

駐車場にあがったところで、先に切り出したのは如月のほうだった。

「へえ……。さすがですね。気が付いてくれましたか」

「西原事件のスクープは、君の父親のリークなしにはありえなかった。今も鮮明に覚えてるよ。あの日、俺は悦史氏と一緒に発掘現場に張り込んだんだ。……寒い朝だったな。望遠レンズが曇って何度も拭《ふ》いた。明け方、悦史氏が言った通りに助手が現れた時は、胸が高鳴ったよ」

煙草に火を点《つ》ける如月を、忍は用心深く見つめている。

「違和感ないように石器を埋める手口は、いかにもこなれてたな。大陸からの『遊動』を証明するために、わざわざ海外から石器を取り寄せたり、自分の学説と年代が合う土層を精密に選んだり……。『魔が差した』なんて言える範疇《はんちゅう》を越えていた。西原氏は悪質すぎたよ」

「過ぎたことです。もういいでしょう」

「だから悦史氏が死んだ時は、西原研究室からの報復を疑った」

忍はドキリとした。如月は「その線」で追いかけようとしていたが、社の方針で、取材を中止させられていた。

「悦史氏を殺した犯人は去年捕まったそうだね。記事は読んだ。放火だったとか。俺の読みは外れたが、興味深い事件だった。俺が東京本社にいたなら、もっといい特ダネを掘り出したのに」

「そりゃあ残念ですね。そうしてもらえれば、こちらも有り難かったのに」

「それが発覚した発掘に無量くんも参加していたのには、何か深い意味でも？」

「無量は関係ない」

豹変《ひょうへん》した忍が強い口調で否定した。

「無量は巻き込まれかけただけだ。事件とは関係ない」

「ほう。そのへん、もう少し詳しく聞きたいね。君は両親の死後、井奈波《いなば》グループの創始者一族が運営する養護施設に引き取られたそうだが、悦史氏を殺した男は井奈波に出入りのある者だったらしいね……」

「今度は僕を根ほり葉ほりですか。僕のプライバシーはともかく、井奈波に深入りすると火傷しますよ」

「火傷？　あいつの右手みたいにか？　ふん。痛くも痒《かゆ》くもないね」

如月が不敵な顔つきで言った。

「どうせ都落ちした身。今更守るもんもない。正直うちの社には失望してる。こないだも金山遺跡の報道で一面トップの特オチ（他社に特ダネを抜かれること）をやらかした。自治体から同じ内容の発表を受け取っておきながら、その発見の値打ちが分からなかったんだ。文化財報道できるまともな記者が育ってない証拠だ」

「あなたがやらかした誤認報道で及び腰になってるんじゃないですか」

「ふん。自分の書いた文章で人を殺したこともない奴に、真実なんか暴けるもんか。西原無量の経歴を調べた。当たり屋だと噂には聞いていたが、その確率が図抜けてる。ただの発掘作業員なんて決まったところを掘るだけなのに、あいつには何かあんのか」

「何かと訊《き》かれたら何もと答えるしかありませんね。ただ子供の頃からずば抜けた発掘勘があったのは確かです」

「………。右手の火傷とは、関係あるのか」

忍は黙った。無量の「鬼の手《オーガ・ハンド》」の秘密。

常識では説明できないその感覚について、明かすことはできなかった。無量の右手は遺物を嗅《か》ぎつける。獲物を探す猟犬のように。当然、科学的ではないとの理由で「うさんくさい」と陰口をたたかれる。奇跡の発見は「人為的な工作」と疑われかねない、諸《もろ》刃《は》の剣なのだ。

「関係なんかありません。あるはずないじゃないですか」

「………。君はなんで西原のそばにいる。父親の罪滅ぼしのつもりか」

忍は、眉《まゆ》を歪《ゆが》めた。如月には観察眼がある。「的を射た手応《てごた》え」を察知するのも早い。

「あいつに言われたよ。俺は〝正義の味方気分で捏造《ねつぞう》犯を裁いたつもりだろうけど、そのうさんくさい正義ヅラがムカつく〟ってね」

「無量が？」

「同じような本音を悦史氏に対して抱いていても、おかしかないいんじゃないかね」

忍の表情が固くなった。如月は揶揄《やゆ》をこめて、

「だとしたら俺たちは同族。同じセイギの側の人間だってことだ。そうだろ、相良忍」

「僕は無量を追い詰めたりはしない」

忍の静かな表情が怒りで歪んだ。

「あなたのような人を追い払うのが僕の仕事ですよ。如月さん」

如月は不遜《ふそん》な目つきをやめない。立場の違いを主張する忍を試しているかのようにも見えた。如月は見透かしたように、

「無理すんなって」

と忍の肩を叩《たた》いた。忍が目を剝《む》いた、そこへ、

「おーい！　またミゲルが出《しら》したぞ！」

発掘現場から驚きの報せが飛び込んだ。忍と如月も、これには意表をつかれた。

無量は十字架の出たトレンチから動かない。表情はますます険しくなっている。

＊

初心者ミゲルの立て続けのお手柄に現場は沸いた。

今度は黄金製のメダイだ。メダイとはキリストや聖母・聖者の姿を彫り込んだ金属製のメダルのことである。青銅製のものが多いが、発見されたメダイは見事な金でできている。いよいよ財宝発見か？　と現場は俄然《がぜん》、盛り上がってきた。午後には地元教育委員会の関係者も集まってきて、ますます賑《にぎ》やかになった。

「ビギナーズラックってやつかな。いきなりふたつも当てるなんてすごいじゃないか」

現場からの帰り道、忍も車を運転しながら興奮気味だ。

「やっぱり先生がよかったのかもな」

「俺は関係ないし――」

助手席の無量は頬杖《ほおづえ》をついて窓の外を見つめている。

「どうした、無量。元気がないな。ははあ。後輩に出されて悔しいんだろ」

「ちがうって」

「おまえ結構負けず嫌いだもんな。ふてくされちゃって」

「ちがうって言ってんだろ。もー」

「ま、おまえが出したら如月がなに言ってくるか分からなかったし、彼でよかったよ」

「………。あいつ、なんか言ってた？」

ふと無量が真顔で問いかけてきた。如月記者のことだ。忍も笑みを消して真顔に戻り、

「いや。まあ熱心には見てたな。にやにやして『こりゃ面白くなるぞ』なんて呟《つぶや》いてた」

「面白く〝なるぞ〟？　〝なってきた〟じゃなく？」

「ああ。……の割に、いやにあっさりともしてたかな。あの後すぐに帰ってったし」

「帰った？　すぐに？」

妙なところにいちいち引っかかる無量を、逆に不審に思った忍だ。

「何か気になることでも？」

「……ちょっと確かめたいことがある。一緒についてきてくんない？　忍」

「あれ？　かんざらし食べにいくんじゃないの？　楽しみにしてたんだけど」

「かんざらしはまた今度」


無量の指示でやってきたのは、諫早《いさはや》の街だった。

島原からは車で四、五十分といった距離だ。長崎市や佐世保方面に行くための分岐となる諫早は昔から交通の要衝で、島原からは一番近い「大きな街」でもある。無量はあちらこちらに電話をして、一軒のスナックに辿《たど》り着いた。

夜も八時を過ぎると、辺りはすっかり暗くなり、飲み屋街の看板が眩《まぶ》しい。心寂《うらさび》れた路地は人通りも少なく、通り雨で濡《ぬ》れた電線から時折、滴が落ちては水たまりに波紋を描いた。

「自宅で待ってたほうがいいんじゃないのか。無量」

「いつも夜中まで遊んでるんだと。家で待ってたら何時になるかわかんないし……きた」

　裏通りから現れたのはミゲルだ。そのスナックは仲間の溜《た》まり場だったのだ。

「……ってまだ十八だろ？　保護観察官もついてるのに飲酒はまずいんじゃないのか」

「うん。ちょっと見張ってて。忍」

　言うと、無量はミゲルの前に出ていった。驚いたのはミゲルだ。

「さ、西原……!?　こげんとこでなんばしよっと」

「おまえにちょっと訊きたいことがある」

　途端に無視して通り過ぎようとした。無量はすかさずミゲルの腕を掴《つか》み、振り払おうとしたミゲルを再度、制して、グイッと顔を近づけた。

「なんなんだっつの。あんた」

「おまえ、あの十字架、どこで手に入れた」

　ミゲルが目を剝いた。無量は言い逃れを許さない。鋭い眼になって、

「誰から手に入れた」

「なんば言っとっと。あの十字架は埋まっとったもん……」

「俺の目を誤魔化せると思うのか」

　無量は押し殺した声で問いかけた。

「あの十字架、純金にしては僅《わず》かに硬かった。恐らく銅と金の合金だ。なのに銅に見られる腐食生成物が全く見られないのは不自然だ。長く土に埋もれていたとは思えない。

それに土」

「はあ？」

「一度掘ってから埋め戻した土はどうしても締まりがなくなる。上から固めても容易には元に戻らない。遺物の周りの土が軟らかすぎる。あの出方は、どうしたって不自然なんだよ」

「俺が埋めたっていうのか」

「そうとしか考えられない。その少し前まで遺構面の土に異状はなかった。いったい何のつもりだ。あんな真似してバレないとでも思ったのか」

「人聞きの悪いかこつ言うな！　俺が捏造したっていうのか」

「捏造にならないうちに打ち明けて皆に謝れ。そうでないなら」

「でないとなんな。通報でんすっと？」

　ふたりの言い争いを聞きつけて、路地の向こうからミゲルの先輩たちが現れた。染め上げた髪にちりちりのパーマをかけた、柄の悪そうな連中だ。「おうミゲ、そこでなんばしよっと」と近付いてくる。

「グッさん、コイツがおかしか言いがかりばつけてくるっとです」

　ああん？　と口を曲げた先輩たちが威嚇をこめて無量に詰め寄ってきた。こうなると分が悪い。囲まれて壁に追い詰められた。胸ぐらを掴まれる無量を見て、まずいと思った忍が、咄嗟《とっさ》に物陰から飛び出した。

「警察だ！　そこで何をしてる」

その一言でミゲルたちが怯《ひる》んだ。保護観察中の身、警察の厄介になるのだけは御法度だった。やべえと慌てて、ろくに警察かどうか確かめもせず、路地裏へと逃げていってしまった。おかげで無量は無事だったが、肝心のところを問いつめきれなかったので、不服そうにしている。

「無量、今のはどういうことだ」

「聞いての通り」

「あの十字架、彼が自分で埋めたっていうのか！」

無量は苦々しい顔になって、乱れた襟を整えた。

「……たぶんメダイのほうも。ミゲルが埋めた。あいつが偽の遺物を埋めたんだ」

「なんのために」

「分からない。ただあの十字架は安い金メッキとも違う。イミテーションだとしても、あいつが簡単に手に入れられるような代物でもない。誰かから、埋めるよう、指図されたに違いない」

忍は顔を強《こわ》ばらせた。遺物捏造《ねつぞう》を指示するとはただごとではない。

「一体だれが。なんのために」

「さあ」

無量の表情も強ばっている。内心は、ひどく動揺していた。

気づいた時からずっと、平静を装ってはいたが、本当は動悸《どうき》が止まらない。うろたえまいとしても、手が震えた。

「でも今ならまだ初心者の出来心ってことで穏便に済ませられるはずだ。明日《あした》、陣内さんに言ってみる。……面倒なのは如月だ。たぶん気づいてる」

だてにこの道の取材を長くしてきたわけではない。如月クラスなら出土状況からそこらの発掘調査員よりも鋭く不自然さを見抜いてしまえる。

恐らく如月は事件性を見抜いた上で、特ダネを獲《と》るために事の進展をあえて傍観しているのに違いない。下手なことを書かれて赤間興業が信用を失っては大変だ。それ以上に無量が懸念するのは、何か裏で不穏な企《たくら》みが人知れず進行しているのではないかということだ。

嫌な予感がする。深入りするのは正直怖いが、放置できないと感じていた。

「手伝ってくれるかな。忍ちゃん」

無量は、ミゲルが去っていった裏通りの、暗い細道を見やった。

自分を奮い立たすように、拳《こぶし》をぎゅっと固めた。

「あの十字架の出所を調べて」

第三章　死の十字架

「金の十字架の出土状況に疑問がある？」

陣内《じんない》調査員は、無量《むりょう》の申し出に怪訝《けげん》な顔をした。

翌日、現場にやってきた陣内を、無量は第七トレンチへと連れていった。十字架が出土した場所だ。他の作業員には聞かれないよう、充分周りに配慮してから、切り出した。

「どういうことだい？　詳しく検証してくれって」

当惑する陣内に、無量は「ミゲルが埋めた」可能性についてまだ打ち明けなかった。ミゲルが埋めるところを目撃したわけではない。あるのは状況証拠だけだ。

「土をよく見てください。ジョレンをかけたのはここまでですけど、明らかに周囲の土のしまりが弱いんです。これは埋めるために掘った跡です。それにあの十字架は純金じゃない。合金です。合金遺物に腐食生成物がないのもおかしい」

無量の説得にも陣内は半信半疑だ。そもそも触れただけで合金と分かるものなのか。分かるのだ、無量には。指先が硬度を捉《とら》える。鉱石掘りで鍛えた指だ。だが陣内は発掘経験が浅く、なかなか理解してもらえない。

捏造だ、とはっきり口にするのは抵抗があった。祖父のこともあった。

こうなったら埋めた本人であるミゲルを連れてきて、陣内の前で直接問いただすのが早道だ。

が、そのミゲルが発掘現場に姿を現さない。

「もう三十分も遅刻しとる」

佐智子《さちこ》が電話をかけてもなかなか出ない。夜遊びのしすぎで大寝坊でもやらかしているのか。数度目の着信で、ようやくつかまったのだが……。

「え？　病院？　どげんしたと」

無量はどきりとした。佐智子との会話から事故がどうとか不穏な単語が漏れてくる。

無量は強引に佐智子と替わった。そして……。

「先輩が交通事故で死んだ……？」

ミゲルの声がいつになく動揺している。今日の未明、彼の先輩である川口《かわぐち》なる男が車で事故を起こして死亡したというのだ。

「なあ、まさか死んだ川口って、ゆうべの」

――グッさん、コイツがおかしか言いがかりばつけてくるっとです。

昨夜、飲み屋街でミゲルを問いつめた時、邪魔をしに割り込んできたちりちりパーマの男だ。嫌な予感がした無量は、ミゲルから病院名を聞き出すと、

「ちょっと行って来ます！　原チャリ借ります！」

陣内のスクーターに跨《また》がり、ミゲルが待つ諫早の救急病院へと向かった。

病院にはミゲルとその友人たちが集まっていた。遺体は霊安室に移され、遠方の家族が到着するのを待っている。ミゲルは廊下にいた。意気消沈する仲間から離れて、壁にもたれるようにして座り込んでいる。ガタガタと震えている。無量が現れるとギョッとした。まさか本当に病院まで押し掛けてくるとは思わなかったのだろう。

仲間の不審そうな目線を集めながら、無量はミゲルの腕を引き、外へと連れ出した。

「な、なんしにきよった……。こげんとこまで」

「ゆうべの男が死んだのか。おまえと一緒にいた」

ミゲルの先輩・川口。事故は単独事故だった。下り坂のカーブを曲がりきれず、センターラインを越えて側壁に突っ込んだという。搬送後、今朝方、死亡した。道路にはブレーキ痕《こん》もなく、警察は飲酒運転を疑ったが、ミゲルによれば川口は一滴も呑《の》んでいないという。運送業をしている川口は、翌朝の出発が早かったので、昨夜は酒を呑まなかった。

「俺ぱうちに送った後で事故ったと。居眠り運転やなかかって訊《き》かれたばって、別に眠そうでんなんでんなかった。まだ十一時前やったし……」

動揺のせいか、いつになく口数が多い。しかも事故現場は雲仙市内。ふたりの自宅はどちらも島原なのに、どうもミゲルを送った後、なぜか、もう一度諫早方面に戻ったらしいのだ。急用でもできたのか。誰かに呼び出されでもしたのか。あんな時間に？

「俺、どげんしたらよかね。グッさんが……あのグッさんが……死ぬなんて」

「ミゲル。もしかして川口という男」

どきっとして、ミゲルが振り返った。無量は鋭い目つきになり、

「おまえにあの十字架を埋めるよう、指示した張本人なんじゃないのか」

「ち、ちが……っ。あの十字架のこととグッさんとは、なんも関係……っ」

ミゲルは「あ」と口を押さえた。動揺のあまり、ぼろがでた。言外に不正を認めてしまったようなものだ。無量は「ほらみろ」とミゲルに迫り、

「やっぱり、おまえが埋めたんだな」

「……俺は」

「誰に頼まれた。あの十字架をおまえに渡したのは、誰!?」

ミゲルが立ち竦《すく》んでいると、後ろから「駄目だよ、無量」と声をかけてきた者がいる。振り返ると、路上にいるのは相良忍《さがらしのぶ》ではないか。

「親しい人が亡くなったばかりだ。あんまり追い詰めちゃ可哀想だ」

今朝のニュースで事故を知った忍は、佐智子から連絡を受けて、たったいま病院に駆けつけたところだった。

「担当の医師が警察と廊下で話してるのを小耳にはさんだ。亡くなった川口さんからはアルコールは検出されなかったが、尿から睡眠薬の成分が出たそうだ」

「睡眠薬……？　運転する前にか」

「ああ、変だろ。君を送った時には眠そうなそぶりはなかったんだね？　ミゲルくん」

「いっちょん、なか。あくびもしとらんかったばって、それ何ね。グッさんは自殺でんしたゆーこっですか」

いや、と忍は首を振った。川口はミゲルを送り届けた後、自宅とは反対方向の雲仙市内で事故を起こしている。ミゲルと別れてから一時間以上も後のことだ。その一時間、どこで何をしていたのか。

「誰かと会ってたとか？」

「可能性はあるな。その人物と会ってる間に薬を盛られたのかも」

ミゲルが青くなった。忍は神妙な口調で、

「君と別れた後、誰かと会うような話は？　会いそうな人物でもいい。心当たりはないかい」

「なんもなか。帰ったらすぐ寝るとしか……。あっ」

ミゲルは思い出した。「そういえば、別れ際に電話が鳴っとった」

川口が携帯電話に出た時には、ミゲルはもう車から降りていたので、会話までは聞こえなかった。それが犯人からの電話だったと？　ミゲルは目を真っ赤にして、

「グッさんはそいつに殺された？　なして殺されたっと！」

「わからない。わからないけれど、君が知っている事の中に、そのヒントが隠されてる

かもしれない」

ミゲルは詰まった。忍は真摯《しんし》な目つきになって訴えた。

「もし本当に殺害されたのだとしたら、このまま黙っていては君の先輩が浮かばれない。悪いようにはしないから、話してくれないか。君が知っていることを全て」

＊

「急用ができたから遅れるって、何かあったんですか。相良さん」

空港に到着した車の中で、電話を受けた萌絵《もえ》は困惑した。今日はこれから一緒にガイド候補と会う予定なのだが、その忍から遅刻の連絡が入った。朝の業務中（出張先でも通常業務はこなしていた）担当のクライアントにトラブルがあったという。

「……わかりました。二日酔いの所長を見送ったら、一件目の先方と会ってきます」

と電話を切った。亀石《かめいし》は荷物を降ろしながら、ぶつぶつ言っている。

「あいつら昨日から、なんかコソコソしてたな。俺に黙って財宝独り占めする気じゃないだろな」

「そういえば何か出たそうですね。ふたりとも全然教えてくれなかったけど」

「黄金の十字架だと。教育委員会の連中が有馬《ありま》の財宝じゃないかって騒いでた」

「すごいじゃないですか！　西原《さいばら》くんが出したんですか⁉」

「いや無量じゃない。別の作業員が見つけたらしい。これでホントに財宝だったら、何もないって皮肉言われてた日野江城にも売りができるじゃないか。めでたいこった」

「そんな凄《すご》い発見だったのに、西原くんも相良さんも一言もないなんて。……ん？」

メールが着信した。見ると忍からだ。画像が添付されている。

〃この十字架について調べてる。ちょっと厄介。手伝える？〃

土に半分埋もれた黄金の十字架だ。もしや昨日出土したというのは、これのことか。

萌絵はすぐに返信した。忍は「くれぐれも内密に」と付け加えてきた。亀石の視線を背中に感じて、萌絵がスマホをサッと隠すと、亀石は見透かしたように、

「おまえら、いくら滞在費は大場《おおば》さんとこ持ちだからって、妙なことに首突っ込んでんじゃないぞ。仕事たまってんだから、さっさと帰って来いよ」

＊

亀石の心配をよそに、無量と忍はすでに後には引けないところまで首を突っ込みつつある。

川口の運ばれた病院でミゲルを問いつめたふたりは、ついに決定的な「証言」を得た。

例の「金の十字架」について、とうとうミゲルが重い口を開いたのだ。

――俺が埋めた。グッさんに頼まれて。

無量と忍は、息を止めた。

観念して白状したミゲルは真っ青になっていた。

「俺が見つけたっちゃ嘘たい。川口さんに頼まれた。あの十字架とメダイば渡されて、誰にも見つからんよう、発掘現場に埋めて、見つけたふりばしろって」

「いったいなんのために」

——何のためにスか。

ミゲルも気になって川口に訊《たず》ねた。大体、そんな高価な十字架をどこで手に入れたのか。見るからに不審だったが、川口は何も教えてくれなかった。何も語らず「小遣いは出すけん黙ってやればよか」とだけ指示してきた。

——こんことは絶対、口外せんとけよ。誰に何ば聞かれても、しらばっくれろ。

——さもないと、コンクリート詰めされて諫早湾に沈めらるっぞ。

妙な言い方だ、と忍は思った。

「〝沈めるぞ〟じゃなく、〝沈められるぞ〟……か」

「先輩の頼みじゃ断れんかった。それに西原のじーさんの話ば聞いて、もし問題にでんなったっちゃ、うちのじーさん困らせらるっとかなーて……」

「……………」

それまで気持ちを抑えながら聞いていた無量が、いきなりミゲルの胸ぐらを乱暴に摑《つか》みあげた。拳《こぶし》を振り上げたのを見て、すぐさま忍が制したが、怒り心頭に発した無量は

抑えきれず、

「はなせ、忍！　……ミゲルてめ自分がなにしたか、わかってんのか！　おまえがやったことは……！　やったことはなあ！」

「だ、誰にもいわんでくれ……っ。バレたら今度は俺が殺される！」

はっと拳を緩めた。忍も眉《まゆ》をひそめ、

「殺される？　川口に睡眠薬を飲ませた人間にかい」

ミゲルは怯《おび》えて忍にすがりついてきた。川口は最近こそ真面目に働き始めていたが、かつては暴力団の下働きもしていた男だ。脅しが生々しく聞こえたのは、そのせいだ。

「あれは呪いの十字架たい。グッさんは口封じばされたっちゃろう……っ。次は俺たい。今度は俺が殺される……！」

震えるミゲルの大きな背中を、無量は茫然《ぼうぜん》と見つめている。


川口の遺体は遺族とともに搬送車で病院から出ていった。

黒塗りの車を見送るミゲルと仲間たちは、共に沈痛な表情だ。そんな彼らを少し離れたところから眺めて、無量が割り切れない口調で呟《つぶや》いた。

「……こんなに簡単に捏造《ねつぞう》やらかすなんて」

ショックだった。祖父の不正を通じて、無量はそれがどんなに許されざる行為か、文字通り、身を以《もっ》て痛感している。「千波《せんば》を困らせるため」なんて子供じみた理由でやってしまえるミゲルが心底理解できなかったし、したいとも思わなかった。

「無量の言うとおりだよ。初心者で、きっと本当に何にも分かってなかったんだろうな。確かに悪質だけど、そこまで悪意があったとも思えない。少なくともミゲルくんは」

「悪意がないから許されるってもんじゃねーし」

無量の怒りは収まらない。

「するほうもさせるほうもタチが悪い。ふざけやがって。やっぱ五、六発殴っときゃよかった」

気持ちは忍にも痛いほど分かる。分かるが、放置もできない。

「その上、人一人死んでるとなると、話は深刻だ。首謀者の悪意はそうとうなものがあるぞ」

「つか、そこまでして偽の遺物を出させる理由って一体……」

「川口氏が死んだせいで、手がかりの糸は途切れてしまった。警察も事件性を嗅《か》ぎ取って捜査を始めるだろうが、問題はミゲルくんだな。身に危険が及ぶ可能性も」

「知るか。そんなん自業自得だ」

「無量」

窘《たしな》めた忍が、ふとエントランスのほうを見やった。そして目を瞠《みは》った。くわえ煙草の中年男が立っている。如月《きさらぎ》記者ではないか。

「よう、ご両人。今日の現場は病院か？」

ふたりは固まってしまった。

「こ、こんなところで何してるんですか。如月さん」

「支局の記者が地元の事故を取材してちゃ変か？　君たちこそ、ここで何してる」

無量の脳裏に、かつて、この男から執拗《しつよう》につけ回された嫌な記憶が甦《よみがえ》った。たちまち体に変調を来した。呼吸が浅くなり、冷たい汗が流れ、革手袋の右手が震えだした。

気づいた忍が、その手を咄嗟《とっさ》に握った。驚いたのは無量だ。忍は無量を肩で庇《かば》うようにして、如月に向き直る。その振る舞いがあまりに自然で無条件な感じがしたので、思わず横顔を見つめて「しのぶちゃん……」と呟いてしまった。手を繋《つな》いでいつでも駆け出せそうな、その感じが、いじめっ子から守ってくれた少年時代とオーバーラップした。

だが忍は無量の手を摑んだまま、一歩も引く気はないようだった。握る手の強さで無量を力づけながら、如月と対峙《たいじ》する。

ミゲルが遺物捏造をしたことは、まだ彼らだけの秘密だった。

「一般市民が病院にかかっちゃ変ですか」

「はいはい……。そういや、ゆうべ支局に、発掘関係者を名乗る者から『寺屋敷遺跡の発見はまだ記事にするな』と電話があったそうだ。何か不都合でも起きたかな。たとえば……、そうね、不正を働いた奴がいるとか」

忍が鋭い目つきになった。

電話をかけたのは忍だ。如月が「金の十字架」発見について先走った記事を掲載しないよう毎経日報にかけあったのだ。幸いまだ記事にはなっていなかった。如月も拙速に出して後から誤報扱いされるのを避けたらしい。

犯人の目星もつかぬ今、下手にすっぱ抜かれては、ミゲルの身に危険が及びかねない。

「……まだ調査中の遺跡です。あなたが先走った誤報を出さないよう、老婆心ながら」

「やっぱり君か。そこの宝物発掘師《トレジャー・ディガー》くんが何かやらかしたのかと思ったよ。だが気遣いは結構。自然薯《じねんじょ》掘りは昔から得意でね」

「自然薯？」

「まず葉をみつける。次に少し掘ってヒゲを確かめる。周りの土を崩しながら、途中で折れないように慎重に掘り進める。根気が必要だ」

スクープを自然薯になぞらえているらしい。如月はジェスチャーを交え、

「芋は柔らかいから、最後まできれいに取り出すには、焦りは禁物。この芋はどうもデカい気がする。今のうちに分かりやすい目印をつけて世間に報《しら》せる手もあるが」

「……。その芋を旨《うま》いと思うのは、あなただけかもしれませんよ」

「そこはうまく料理するさ。ところで千波ミゲルくんはどこだい。ゆうべの事故の件で、ちょっと訊《き》きたいことがあってね」

さすがに抜け目ない。川口の事故に、ミゲルが証言者として関わっていることも、とっくに摑んでいた。そのミゲルが「金の十字架」の発見者であるのも勿論《もちろん》、分かっていて話を聞きに来たに違いない。百戦錬磨の如月から根ほり葉ほり訊かれたら、ミゲル

など、いとも簡単に尻尾《しっぽ》を摑まれかねない。

「ちょっと待ってください。如月さん。未成年者に話を聞くときは、保護者の立ち会いが必要なんじゃないんですか」

「そんな法律はない」

「でも協定にありましたよね。千波氏に電話しますか。それとも現場に行きますか」

「ちっ。うるさい奴だな。許可はとる。邪魔すんなよ」

火を点《つ》けたばかりの煙草を、吸い殻入れに押し込むと、病棟の中に入っていった。ようやく如月の毒気から解放された無量は、胸をなでおろした。

「ありがとな。忍」

右手の震えは止まっている。忍が摑んでいてくれたおかげだ。怯えているのを如月なんかに知られたくなかったから、ありがたかった。忍は微笑み、ようやく手を放した。

「さすがに嗅ぎつけるのが早いな。僕らがいたせいで、余計に変な確信を持たせてしまったかもしれないぞ」

「つか、如月のおっさん、ミゲルに捏造指示したのも川口だと、最初から読んでたのか？」

「………。まさか、如月が自分で仕込んだんじゃ」

え？　と無量が振り返った。忍は怖い表情に戻っている。

「如月が十字架埋めさせた張本人だとでも？」

「あの男ならやりかねない。スクープとるためにわざわざ騒ぎを起こす気なんじゃ」

「ちょ……っ。それこそ記事捏造だろ。川口に薬盛ったのも奴だっていうのか」

「ミイラ取りがミイラになることだってあるよ。捏造遺物が出て真っ先に得をするのは如月だ。そのための口封じだとしても変じゃない」

無量は「まさか」と笑ったが、すぐに笑えなくなった。

救急車のサイレンが近付いてくる。忍は腕組みをしたまま、深く考え込んでいる。

「呪いの十字架……ね」

＊

ミゲルはその後、川口と最後に会った人物だとして警察で事情聴取を受け、結局一日欠勤になった。無量は発掘現場に戻った。「金の十字架」はすでに取り上げが済んでおり、出土に不正があったか否かの検証は保留中だ。無量は気が重い。

この自分の目の前で、遺物捏造なんて、悪い夢だとしか思えなかった。

昨日の作業中、ミゲルから目を離したことを悔いていた。人骨が出土して、担当トレンチが変わったせいもある。「教官」の自分がちゃんと監督してさえいれば、こんなことにはならなかった。忍は「仕方ないよ」と慰めてくれるが、無量は責任を感じている。

ミゲルへの怒りは収まらないし、捏造を甘く見ていたミゲルに、祖父が受けた社会的制裁の凄《すさ》まじさをとことん思い知らせてやりたい気持ちにも駆られるが……。

今はとにかく本人の口から不正を明らかにさせて、調査に影響を残さないようにしなくては。

「……ったく、なんで俺が捏造なんかした奴の尻拭《しりぬぐ》いしなきゃなんないんだ」

だがミゲルが白状したことは、まだ陣内にも言えなかった。

――今度は俺が殺される……！

発掘チームを疑うわけではないが、どこで漏れるとも限らない。無量は伝えるタイミングを計りかねている。ミゲルの身に何かあっては困るが、このままにもしておけない。

しかし、なぜ犯人はあの「金の十字架」を埋めさせ、かつ、出させたのか。

九月に入っても、まだまだ残暑は厳しい。

熱中症にならないよう、こまめに水分をとりながら、作業員たちは土に向かう。

その後は目立つ遺物の出土はなかったが、かわりにフレスコ画の破片がほぼ出終わった。破片を組み合わせ、絵を復元する。乾燥させないよう園芸用のハンドスプレーで適度に湿らせ、注記と出土位置とを照合しながら、保護のための黒いポリエチレンシート上で大きなパズルを解いているのは、陣内と佐智子だった。

「うーん。合わないなあ。西原くん、ちょっと見てくれないか」

無量はしばらくじっとしゃがみこんで、破片の散らばるシート全体を眺めていたが、ふと天啓を得たように手を伸ばすと、迷いもみせず一気に破片を組み合わせ始めた。あれよあれよ、というまにフレスコ画がひとつの形をなしていく。

「おお……」

見事な一幅の絵が復元された。西洋技法で描かれた、群像画だ。

きらびやかな教会に大勢の人々が集う中、重々しいマントを身に纏《まと》う老王の前に、三人の少年が跪《ひざまず》いている。陣内が驚き、

「似たような構図の銅版画を見たことがあるよ。左にいる王様みたいな人は司教帽《ミトラ》をかぶってる。ローマ教皇グレゴリウス十三世だ。右にいる三人の少年は、天正遣欧使節団の少年たち」

無量と佐智子は驚いて、陣内を見た。

「使節団を描いとるいうことは、この遺跡は、彼らが帰国した後。一度禁教令で閉鎖した後、あちこち移ってから、もう一度戻ってきた時の建物……とみてよかとかしら」

「でも、ひとり足りなくないすか。四人ですよね」

「いや三人で正しい。謁見したのは伊東《いとう》マンショ、千々石《ちぢわ》ミゲル、原《はら》マルチノ。中浦《なかうら》ジュリアンは病で謁見の場にいられなかった。これはバチカン宮殿の『帝王の間』での謁見シーンを描いたものだ」

三人はそれぞれの手にクッション様のものを捧《ささ》げ持つ。奥の二人には、宙に浮かぶような構図で「十字架」と「剣と帽子」が。手前のひとりだけは「十字架」のみが描かれ

ている。

「記録によると使節団は教皇からの贈り物として、〝教皇の勅書〟と〝聖木十字架〟〝剣と帽子〟をもらったとある。……聖木十字架は、聖遺物を収めた十字架のことだ」

「聖遺物」

「キリストにまつわる遺物だよ。聖木や聖十字架とある場合は大体、キリストが磔《はりつけ》にされた時の十字架の欠片《かけら》を指すんだ。ただ世界中に結構な数が出回っていて、全部足すと実際の十字架、数十本にも及ぶらしいよ。この絵は三人に一組ずつ与えられてるなあ」

使節は一応「大友宗麟《おおともそうりん》、有馬晴信《はるのぶ》、大村純忠《おおむらすみただ》の三侯」からの使者という名目で、それぞれからの親書を教皇に差し出している。つまり——。

「剣と帽子はおみやげですか。ひとりだけもらえてないですけど」

「大友は豊後《ぶんご》王、有馬は有馬王と言われて王様扱いされたから贈り物も多かったけど、大村純忠だけワンランク下の扱いで〝十字架〟しかもらえなかった。……って、ちゃんと記録にも残ってる。この絵はその通りに描かれてるなあ」

「ということは」

「想像でなく、少年使節たちの証言をもとに描いたって証拠かな」

帰国後、有馬氏と大村氏のもとでは盛大な贈呈式が行われたと記録に残っている。ただひとり、大友だけはすでに宗麟が死んで息子がキリスト教を棄てていたから、贈り物を渡されなかった。

そもそも大友家には許可もなく、ヴァリニャーノの独断で「使節」を出した可能性も高いから、どちらにしろ、渡せなかったかもしれない。

大友に渡せなかった〝剣と帽子〟が、大村にちゃっかり渡されたようだ。

「三つの聖木十字架。金色に描かれてる。ってことは、金の十字架ですね」

と無量が言った。横から、佐智子が興奮気味に、

「もしかして、昨日出た『金の十字架』もこの中のひとつなんじゃないですか？」

陣内調査員も顎《あご》に手をかけ、うなずいた。

「なるほど……。原城で出た黄金の十字架が、もし本当に、ローマ法王から有馬氏に贈られた品物だったなら、ミゲルが出したあの『金の十字架』も、その可能性が高いな」

「ここに描かれた三つの『金の十字架』のひとつってことすか」

ミゲルが何者かに指示されて埋めたあの十字架は、最近作られたイミテーションなどではなく、確かに天正遣欧少年使節団が持ち帰った〝本物〟である可能性が出てきた。

「大村の十字架か、もしくは大友の十字架か。ふたつのうち、どちらかだとすると」

「大友の十字架は、結局、大友には渡せなかったんですよね。じゃ、どこに」

「たぶんイエズス会の誰かが――ヴァリニャーノあたりがずっと持っていたのかな」

巡察師アレッサンドロ・ヴァリニャーノ。天正遣欧少年使節団を企画し、四人の少年をヨーロッパへと連れていってローマ教皇に謁見させた人物だ。インドのゴアまで同行し、帰りも一緒にゴアから日本へ戻ってきた。少年たちの師である彼は、父親がわりの

ような存在であったろう。

「ヴァリニャーノはその後、秀吉《ひでよし》の宣教師追放令を受けて、一五九二年に日本を離れたが、贈り物も一緒に持ち帰ったかどうかまでは……」

「神のみぞ知るってやつですか」

無量は感慨深くフレスコ画を眺めた。この絵は天正遣欧少年使節団の栄光を称《たた》えて残したものだろう。だが間もなく訪れた禁教の嵐の中で破壊されたに違いない。無惨に砕かれた少年たちの姿に世の無常を感じ、柄にもなく切ない気分になった。ここに描かれたどの少年が「千々石《ちぢわ》ミゲル」かは分からないが、同じ名を持つ人間が「金の十字架」を仕込んだことに因縁めいたものまで感じた。

「これ、絵の近くに文字が書き込まれてますね」

「ラテン語だね。えー……と」

「って読めるんすか！」

「これでも専門は日本のキリスト教史だよ。ラテン語も少しはかじったさ。えーと……三人の手許《てもと》に何か書いてあるな。上から〝炎の聖十字架〟〝イブの聖十字架〟〝太陽の聖十字架〟……」

それぞれの十字架には名がついていたらしい。

「奥の二人は分からないけど、手前の少年は剣と帽子をもらえてないから、大村純忠あてだね。〝太陽の聖十字架〟か。ワンランク下のくせに豪勢だな」

さらに全体図の下には長文が記されている。

「〝パッパ様からお言葉を賜った。日本に戻った君たちがもし困難に陥った時、三つの聖なるものをひとつにしなさい。天使はきっと君たちを助けるため何百隻もの船を出すだろう。栄光の船を呼びたくば〟……その後は欠けちゃってる」

「パッパ様って？」

「教皇のことだよ。一般的には〝ローマ法王〟のほうが通じるかな。へえ、なかなか熱いメッセージだな。他の記録では見ない文言だ。三つの聖なるもの……三位一体のことかな」

無量はしゃがみこんだまま考え込んだ。

フレスコ画に描かれた「金の十字架」の造形は、ミゲルの十字架ともよく似ている。金線で繊細に編まれた「籠《かご》状筒型十字架」。原城の黄金十字架にそっくりな、ミゲルの十字架。

仮に原城のものが本物なら、あれも本物だというのか？

だとしても、なぜここにわざわざ埋めて出土させる必要があったのだろう。

そもそも持ち主は、それが教皇からの贈り物だったことを知っていたのだろうか。

＊

「遣欧使節が持ち帰った三つの聖十字架か……。ありがとう。無量」

長崎市内のちゃんぽん店で遅めの昼食を取りながら、忍がスマホを切った。病院を後にして萌絵と合流したところだ。皿うどんを平らげた萌絵はテーブルに身を乗り出した。

「フレスコ画にまで描かれてるってことは、やっぱり本物ですか？」

「いや。まだ裏はとれてない。けど手がかりにはなるかな」

具がたくさんのったちゃんぽんを着々と食べながら、忍は左手で器用にメモをとった。

「西原くん、ショックでしょうね……。まさか、目の前で捏造《ねつぞう》なんて」

忍から事情を聞いた萌絵だ。

「ああ。平気そうにしてるけど、あれは相当きついと思うよ。ゆうべもろくに眠れてないみたいだ」

忍は箸《はし》でつまんだナルトをスープに戻し、深刻そうな顔をした。

「二度とあってはならないことが、目の前で起きたんだからね。しかも、やらかしたのは、無量が教えてたミゲルだ」

「さすがに落ち込んでるでしょうね、西原くん」

決して越えてはならない一線を、何も考えず飛び越えてしまったミゲルの無知が、萌絵にはやりきれないし、腹立たしい。軽はずみにもほどがある。

「しかも西原くんの目の前でなんて、あてつけですか。許せない」

「逆に考えれば、無量がいたおかげでバレてしまったわけだし、犯人にとっては不運だったとも言えるね」

　忍はナルトを口に運び、また麵《めん》をすすり始めた。

「問題は、捏造に関わった人間が消されたかもしれないというところだ。明らかに口封じだ」

　萌絵もちょっと心配になり「ミゲルくんは大丈夫なんでしょうか」と問いかけた。

「実は長崎県警にちょっと知り合いがいてね。川口と最後に会った人物の手がかりが摑《つか》め次第、連絡をもらえる手はずになってる」

「連絡もらえるって……警察のひとがそんなに簡単に教えてくれます？」

「鳳雛《ほうすう》学院時代の同級生なんだけど、ちょっぴり弱みを握っててね。僕の頼みじゃ聞かないわけにいかないだろうから」

　萌絵は冷や汗だ。頼みを聞かずには済まないほどの弱みとは、一体どんな弱みなのだろう。

「けど人が死んでるとなると、立派な事件ですよ。私なんかにいいんですか。話しちゃって」

「なんで？　君は僕のパートナーじゃないか」

　さらりと凄《すご》いことを言われて萌絵は顔から火が出た。え？　私って相良さんのパートナーなんですか？　パートナーになっちゃっていいんですか？　顔を赤くしてどぎまぎしていると、忍はちゃんぽんの汁をすべて飲み干して、

「一緒に無量を支えるんだろ？　なら、あらかじめ情報共有しといたほうが、効率的に動ける」

「……あ、そういう意味ですか。ですよね。はい。思い上がってました」

「え、何を？」

「いえ、こっちの話」

まあ、パートナーと言っても「相棒」からは程遠く、よくて「助手」といったところなのは、重々わかっている殊勝な萌絵だ。……すると、不意に真顔になった忍が、テーブルに身を乗り出して、萌絵の顔を覗《のぞ》き込んできた。

「……。なんなら深い意味をこめてもいいんだけど」

萌絵は固まり、次の瞬間、頭が真っ白になった。「そそそそれってどういう……っ」

とうろたえる萌絵を見て、忍が「プ」と吹きだし、盛大に破顔した。

「ははは！　永倉《ながくら》さんて耳まで赤くなるんだね！　……おっと、もうこんな時間か。車じゃ行けないところらしいから、このまま路面電車で行こう。遅れたお詫《わ》びにここはおごるよ」

忍は伝票を握って、すたすたと会計に行ってしまった。からかわれた、と気づいた萌絵は、またしても「おのれサガラ」と拳《こぶし》を固めた。

ふたりが訪れたのは郷土史家の住まいだ。風頭山《かざがしら》の麓《ふもと》にある寺町《てらまち》と呼ばれる界隈《かいわい》、中《なか》島《しま》川にかかる編笠《あみかさ》橋なる石橋から細い急坂をあがったところにある。ふたりは人懐こい野良猫に導かれながら、墓地の脇を通る急坂を、息切らしつつあがった。坂の途中のこぢんまりした平屋が目当ての人物の家だった。

「やあ、いらっしゃい。わたしが三笠《みかさ》です」

小さな庭で盆栽を手入れしていた白髪の老人が、にこやかに迎えた。三笠孝行《たかゆき》は亀石おすすめの名物郷土史家だ。かつては造船所で働いていたが、十年前にリタイアしてからは本格的に郷土史研究に没頭しているという。県下のキリシタン遺跡を踏破して、地元ではボランティアの名ガイドでも知られていた。

「よかよ。ガイド引き受けるよ」

ふたりの申し出にはあっさりOKだ。気さくな上に喋《しゃべ》りも「立て板に水」といった調子で淀《よど》みない。

「この辺の寺は皆、禁教令でキリシタン寺院を壊しまくった後で建てたもんさね。こん坂ば上がったところに亀山社中《かめやましゃちゅう》のあったけん、龍馬《りょうま》あたりはよう呑《の》んで、酔って、さるかっとった（ぶらぶらしていた）とやなかろかね。あー…、龍馬といえば」

三笠は根っからの喋り好きのようだ。放っておくと、このままガイドの実地研修に突入してしまいそうだ。話の切れ目をなんとか衝《つ》いて、忍が「先生にちょっと見てもらいたいものが」と座卓の上にスマホを置いた。

「この十字架に見覚えありませんか」

三笠は老眼鏡をかけて画面を覗き込んだ。

「こいは原城から出た黄金の十字架じゃなかね」

「いえ、よく似てますが、下部の球形部分、金線の編み方が異なるかと」

見せたのは、ミゲルの十字架だった。

腕組みをして穴が開くほど凝視している。忍と萌絵は息を詰めて答えを待った。三笠は「ちょっと待ってなさい」と言い、一度奥へ引っ込んだ。戻ってきた時には、数冊のアルバムを抱えている。三笠は頁をめくって、ある古い写真をふたりに示した。

「これは」

黄ばんだモノクロ写真に写っているのは、よく似た十字架だ。金線を編んだような立体的な筒型十字架で、下部がやはり球形の籠状になっている。特徴もそっくりだ。

これは、ミゲルの十字架と、同一のものではないか。

「この写真はどこで」

「戦前、マカオで撮られたものとしか、わからんとですな」

マカオ？　と忍は表情を険しくした。

「こいは、いわくのある十字架でしてな。持ち主が次々と命ば落とすいう」

萌絵も忍も言葉を呑んだ。三笠は殊更、声を低くして、人目を憚《はばか》るような仕草をみせた。

「なんでん沈没船から引き揚げられたもんだそうで、手に入れた持ち主が、次々と死ぬもんやけん、〝死の十字架〟なんて呼ばれとったそうですよ」

「〝死の〟……〝十字架〟」

なんとも不気味な異名だ。

ふたりは古い写真とスマホの画像を見比べて、黙り込んだ。

「最後の持ち主が、マカオの娼館《しょうかん》の女主人やったとは聞いとっとです。そいが今どこにあっとかまでは、定かではなかです……。そん女主人の息子と交流のあったいう知人が口之津《くちのつ》におって、こん写真ば譲ってくれたっとですわ」

ふたりは顔を見合わせた。

三笠はアルバムを閉じて、にっこり微笑んだ。

「もっと詳しかこつば知りたければ、笹尾《ささお》さん紹介すっか？」

＊

「はあ？　死の十字架……？」

無量は聞いた途端に「ぷっ」と吹きだした。

「ないない。そんなのどうせ作り話でしょ」

発掘作業を終えた無量は、「残業」の名目で、調査チームが拠点として借りている文化センターの一室にいた。大学が遠いので、一時的に出土遺物をここに集め、整理・実測作業を行っている。例の「金の十字架」もここで保管されていた。

無量は偽遺物の正体を探るため、「金の十字架」を調べに来たところだった。

「アレだ。死のダイヤとかと一緒でしょ。金持ちが高価なもん盗られないように、不吉な噂わざと広めて、ひと遠ざけてるってゆー、ありがちな手でしょ」

『でも何人も死んでるのはほんとらしいよ』

電話口の向こうの萌絵は、まともに取り合わない無量へ、ムキになって言い返した。

『呪いはアレかもだけど何か秘密があるんじゃないかな。触れちゃいけないようなのが。川口さんが亡くなったのも、それが理由かも』

「秘密ってどんな。まさか持ち主は『死の十字架』が怖くて、発掘現場に捨てさせたとか？」

そんな単純な理由だろうか。捨てるだけなら別に発掘現場でなくてもいいはずだ。

とりあえず萌絵と忍は明日《あした》、口之津にいる「笹尾」なる人物と会うことになっている。

無量はパイプ椅子に腰掛けて、箱の中にある「金の十字架」を観察した。

「……ま、けどマカオにあったっつーのは、何となく説得力あるな。イエズス会の東アジア拠点はマカオにあったし、キリシタン禁令で追放された宣教師や日本人司祭はマカオに逃げたらしいから、ローマ法王の三つの十字架のどれかがマカオに持ち出されててもおかしくない」

『うん。相良さんもそう言ってた』

「特徴は確かに似てるし、……たぶん、これが……。ん？　ちょっと待って」

無量は白手袋をはめて、遺物の十字架を直接、手にとった。

下部の球形部分の底が、開閉できるようになっている。蓋《ふた》を開けると、中に見事な彫金が施されているではないか。

「……いま気づいたけど、底の部分が蓋になってる。開けると、アルファベットが彫られてる。これは……」

飾り文字が浮き彫りされている。ちょっとしたレリーフのようだ。

「〝S〟の字を左右反転した感じ……。なんだ、この印。ちょっと待ってて」

無量は一旦《いったん》電話を切り、携帯カメラに収めた。画像をメールに添付して萌絵に送ろうとしていた、矢先。

廊下から人の足音が聞こえてきた。話し声からすると、数人。無量は慌てて十字架を収蔵箱にしまうと、自分は部屋続きになっている隣の作業室に身を隠した。

陣内調査員に連れられて入ってきたのは、数人の男たちだ。欧米系外国人の老紳士を連れている。彼がメインゲストのようで、付き従うように日本人男性がふたり。ひとりはノーネクタイにジャケット姿の小太りな中年男性だ。もうひとりは恰幅《かっぷく》のいいスーツ姿の年配男性で、通訳も兼ねているらしく、大きな声で寺屋敷遺跡の説明をしている。

隣室と繋《つな》がるドアの隙間から、無量は様子を窺《うかが》った。

「あの外人……、どっかで」

陣内調査員が寺屋敷遺跡の出土品について説明し始めた。誇らしげに「金の十字架」

のことまで話しているではないか。まずいな、と思ったが、白髪の老紳士はたいそう興奮して喜んでいる。会話の中でしきりに互いの名を呼びあっている。思い出した無量は「あ」と声をあげそうになった。

「うそ。あのおっさん、なんでこんなとこに」

二十分ほど説明を熱心に聞いて、一行は去っていった。無量は再度、長崎市内にいる萌絵に電話をかけ、

「なあ……。元イコモスのミヒャエル・ブルーゲンって、もしかして日本に来てる？」

電話の向こうの萌絵は面食らった。

『うん。こないだの会議に。どうしたの、いきなり』

「いま陣内さんが連れてきた」

『ええっ！　あのブルーゲン氏を！』

「おおばサンって人と一緒だったけど、誰か知ってる？　ちょっと小太りで、お笑い芸人似の」

『芸人似のって……それ東アジア旅行の大場社長？　私たちのクライアントだよ。なんでまた。というか、西原くん、ブルーゲン氏のこと知ってるの？』

数年前、とある海外の遺跡で、たまたま視察に来たブルーゲン氏と挨拶《あいさつ》を交わしたことがある。後に世界遺産登録された遺跡だったが、その過程がどうも不自然で、政府の人間と癒着があったんじゃないか、なんて変な噂が立ったりもした。

『そういえば、こないだのゴルフの時、大場社長はブルーゲン氏とも昵懇《じっこん》だとか言ってたよ。大場社長は長崎の世界遺産登録に力いれてる人だし』

「十字架が出たって聞いて、わざわざ連れてきたわけか。……くそ、面倒な奴を」

まだ未発表の出土品だ。だがローマ法王からの贈り物かもしれない。それを特別に見せて、イコモスとユネスコに影響力を持つ人物にアピールするつもりだったのかもしれない。しかし、それが「捏造《ねつぞう》」された出土品だと分かったら、とんだ逆アピールになってしまう。

「しかも陣内さん、十字架を金庫に入れちゃったたな。まだよく見てなかったのに」

『ねえ……この逆さまの〝S〟って』

萌絵が無量から送られてきた画像を指して、言った。

『もしかして、封蠟《ふうろう》に使うためとかじゃないかな』

「ふうろう……？」

封筒に封をする時に、蓋（もしくは結び目）の上に炙《あぶ》った蠟を垂らして、固まる前に上から印璽《いんじ》（シーリングスタンプ）を捺《お》すという、ヨーロッパの風習だ。封書や文書に封印を施して未開封であることを証明する。印璽のデザインは各々異なるので差出人の証明にもなる。

『ほら。要するにハンコ。〝S〟の字が逆なのは、捺した時に正しい形にするためじゃない？』

「つまり聖遺物入れの十字架の底がスタンプになってる……？」

なんとも奇妙な十字架だ。もう一度確かめたかったが、実物はすでに金庫の中だ。

無量はますます怪訝《けげん》な顔になった。

「一体、あの十字架は……」

＊

空には重い雲が立ちこめてきた。先程まで黄金色に輝いていた橘《たちばな》湾も、急に薄暗くなってきた。海に面した小浜《おばま》の町は温泉街で知られている。昭和の風情を感じさせる温泉旅館が軒を連ね、あちこちから情緒のある湯煙があがって浜辺の町を包んでいる。

雲仙警察署で事情聴取を受けていたミゲルがようやく解放されたのは、夜七時近かった。降り出した雨に気づき、憂鬱《ゆううつ》そうに雲を仰いだミゲルを、出迎えた者がいる。

「お疲れ様。帰ろうか」

警察署の玄関で、傘を差して待っていたのは、忍だった。これにはミゲルも驚いた。だが強面《こわもて》ミゲルもなぜか忍の前ではおとなしい。疲れているせいか、それとも降り出した雨に気力を奪われたのか、素直に忍の車に乗った。忍はミゲルの自宅に向けて国道五十七号線を走り出した。山にあがると、ますます雨は強くなってきた。

警察はハナからミゲルを疑ってかかっていたらしい。川口と最後に会った人物だから、というのは仕方ないが、川口とのことや交友関係を執拗《しつよう》に聞かれ、疲労困憊《こんぱい》だ。

「警察には、川口さんから遺物を埋めろと指示されたこと、言ったのかい」

「いっとらん」

「言わなかった？　それを言わなかったら犯人の手がかりも見つけてもらえないぞ」

ミゲルはワイパーが規則正しく雨を打ち払うのを眺めている。

「それ言ったら、俺が捏造したって世間にバレっとやろ。西原のじーさんみたいに」

意気消沈するミゲルの気配を探りながら、忍はカーブの続く登り坂の先を見ていた。

「……まあ、まだ発掘途中の遺跡だし、バレたとしても捏造したのが初心者の君じゃ、無量のおじいさんの時ほど大騒ぎにはならないと思うけど」

「なんや。ならんとか。つまらん」

「………。本当は無量に見つけてもらって、ホッとしてるんじゃないのか」

ミゲルは助手席で長い脚を持て余すように膝《ひざ》を折り、うずくまった。忍はちらりと見、

「千波さんを困らせてやりたかったけど、いざ大事になるのも怖い。まして川口さんがこんなことになってしまって、次は自分じゃないかって不安なんだろ」

「そげんこつなか」

「無量の奴も意地っ張りでね。やせ我慢してるけど、如月記者に見つかって、本当は震えるほど怖い思いしてる。君に少し似てるかな」

ちょっと意外そうに、ミゲルが青い瞳《ひとみ》で忍を見た。

「あんたは西原のなんなん？」

「兄貴分てところかな。それと無量のおじいさんを告発したのは、僕の父だ」

ミゲルは驚いた。忍はポーカーフェイスで雨の強くなったセンターラインを見つめ、

「あの事件で当事者の家族だった無量は大変な目に遭ったから、君のしでかしたことに強く腹を立てるのもよく分かる。君の無知を責めてた。同時に自分も責めてる」

「西原が？」

「ああ。自分がついていながらって落ち込んでた。無念だったんだろうな。せっかくだから、君にも少し話しておこうか。当時のことを」

忍は十四年前の捏造事件について語り始めた。高名だった無量の祖父、友人の不正を見逃せなかった忍の父、最初に暴いた如月記者、過熱報道が招いた一連の騒ぎと激しいバッシング、事件がきっかけで離婚した無量の両親、学校での虐《いじ》め、そして、右手のこと……。

聞いているうちにミゲルは、想像以上に苛酷《かこく》だった無量の身の上を理解し、だんだん神妙な表情になっていった。

「遺物捏造がどれだけ許されない行為なのか、無量は身を以《もっ》て思い知ってる。たぶん学界にいる誰よりも。もしかしたら瑛一朗《えいいちろう》氏以上に。君のしたことで、無量は深く傷ついたはずだ。それは、わかっててもらってもいいと思う」

「……………。俺は……」

「やっぱり打ち明けた方がいい。発掘チームのみんなにも、警察にも」

ミゲルは黙り込んでしまった。

鬱蒼《うっそう》とした雑木林を貫く国道は、時折、山のほうから対向車が降りてくるばかりだ。雨足はどんどん酷《ひど》くなっていく。山越えのカーブを照らすライトに無数の雨の矢が浮かび上がる。ワイパーは最速だが、窓へ叩《たた》きつける雨に追いつかず、視界は悪くなる一方だ。忍が黙りこんだのは、ミゲルの反応を待っているからではなかった。先程から後ろにぴたりとくっついている車がある。道を譲るつもりで左に寄って速度を落としても抜かす気配はない。やっとミゲルも気づいた。

「なんや。あの車さっきから」

「………。ちゃんと座って。ミゲル」

忍は冷徹な目つきになって前方を見据えた。

「ちょっと乱暴にいくよ」

「え」

言うや否や、忍がアクセルをべったり踏み込んだ。土砂降りの雨を物ともせずに、後続車を引き離しにかかった。だが、ついてくる。しっかりスピードをあげて真後ろに食らいついてくる。

「な、なんやアイツ！　追ってくっと！」

「つかまって」

忍がスピードを落とさずカーブを曲がった。濡《ぬ》れた路面で後ろのタイヤが横に滑る。真横に滑りながらコーナーをこなし、次のコーナーへと容赦なく突っ込んでいく。ミゲルは真っ青だ。タコメーターの針がレッドゾーンで震えている。忍は鬼のようなスピードで山道を攻めるが、後続車も負けじとついてくる。

マークされている。狙いは、ミゲルか。

敵も然《さ》る者、豪雨の中、スピードをあげて張り付いてくる。車の馬力も排気量も向こうが上だから、登り坂では圧倒的に不利だ。平坦《へいたん》道に入ったところでUターンをかまして振り切るか。

忍がそんな計算をしていた時だ。カーブがなくなり道が直線になった。すると、後ろに無距離で張り付いていた後続車がすーっと前に出て、忍たちの車の真横に並んだのだ。雨だというのに助手席の窓が開いた。一瞬の稲光が、黒い筒状の物体を照らしあげた。筒の先はこちらに向けられている。忍がぎょっとして、

「動くなミゲル！」

ブレーキを踏むのと運転席のガラスが割れるのが同時だった。ミゲルは悲鳴をあげた。咄嗟《とっさ》に何が起きたのか分からなかった。前に出た黒い車から男がひとり身を乗り出し、こちらに向けて数発、発砲してきた。忍に頭を押さえつけられ、ミゲルは伏せたが、フロントガラスの数カ所に蜘蛛《くも》の巣状のヒビが入り、最後の一発で粉々に砕けた。

黒い車はそのまま闇の向こうに走り去ってしまった。

止まった車の中で、ミゲルは茫然《ぼうぜん》自失だ。

「う……撃たれた……と……？」

「怪我はないか、ミゲル」

はっと顔をあげると、ミゲルに覆い被《かぶ》さっていた忍がこめかみから血を流している。

「撃たれたっとか！」

「平気。ガラスの破片でちょっと切ったみたいだ」

相手は拳銃《けんじゅう》を持っていた。これは立派な銃撃ではないか。うろたえるミゲルの横で、忍はあくまで冷静だった。シートに食い込んだ鉛弾を見つけ、

「BB弾じゃないけど本物にしては威力が弱かったから、改造モデルガンか改造エアガンてとこかな。でも数発でガラスを割るくらいには殺傷力があった」

「まさか俺……？　俺ば狙ったと？」

忍は険しい顔つきを崩さない。そうとしか考えられない。

激しい雨の吹き込む車内から出て、忍は濡れるのも厭《いと》わず、車が走り去った雲仙温泉方面を睨《にら》みつけた。

「……面白い。この僕を敵にまわすつもりなら、受けて立とうじゃないか」

殺気を漂わせた冷ややかな横顔を、稲光が浮かび上がらせる。

雲仙岳に雷鳴が轟《とどろ》き始めた。

第四章　マカオのマリア

無量《むりよう》の動揺は半端ではなかった。

銃撃をくらった忍《しのぶ》とミゲルはやむなく警察に通報し、今度は被害者として事情を訊《き》かれる羽目になった。その後二人は病院に、窓ガラスを割られたレンタカーは修理工場に。報《しら》せを聞いた無量が、佐智子《さちこ》の車で、小浜町の温泉街にある病院に駆けつけた時には、もう手当ては終わっていた。ミゲルは軽傷、忍は側頭部を数針縫ったが、大事には至らなかった。無量の顔を見ると、情けなさそうに手を振ってみせた。

「悪いな。無量。でも大した怪我じゃないから」

無量は、確かめるように忍の肩を摑《つか》むと、安堵《あんど》のあまり、額をその肩に押しつけた。「銃撃」と聞いて、もっとひどい状況を想像してしまっていたのだ。

「誰にやられたんだ、忍！」

辺りはもう暗かったし、土砂降りの雨の中だ。「見えなかったよ」と忍は答えた。無量の動揺は一気に怒りへと塗り変わった。いきなり外へ飛び出していきかけた無量を、忍が慌てて引き留めた。

「どこに行く!」

「こんなむちゃくちゃすんのは如月《きさらぎ》しかいない!　もう我慢ならない。あのおっさん、とことん問いつめ……っ」

噂をすれば影だ。夜間外来口から現れたのはまさにその如月記者ではないか。見た瞬間に無量の怒りの針が振り切れた。突進して、如月の胸ぐらを摑みあげた。

「てっめえ、そうまでして捏造《ねつぞう》してーか!」

「おいおい、なんだいきなり」

これには忍が急いで止めに入った。キレた無量は簡単には宥《なだ》められない。さっきまで同じ男の前で震えていたのが嘘のようだ。凶暴さを剝《む》き出しにして食ってかかっていく無量に、如月はびっくりしていたが、状況を察すると、やんわり引き剝《は》がして、「やれやれ」と顎鬚《あごひげ》を撫《な》でた。

「俺がなんでこいつら銃撃なんかしなきゃなんないんだよ」

「すっとぼけんなクソが!」

「違う、無量。この人じゃなかった」

水を差されて無量は「え」と目を剝いた。「だっておまえも疑って……っ」と反論しかけた無量に、忍は撤回表明だ。無量の腕を引き、耳元に囁《ささや》いた。

「ミゲルが襲われた時点で、もうこの人じゃない。仕組んだ張本人が如月なら、ミゲルにだけは決して手を出さないからだ」

もし如月なら、捏造を依頼するために接触した川口《かわぐち》を口封じしても、ミゲルには手を出さない。記事にするためには捏造した本人の自白が必要だからだ。そのミゲルが襲われた。つまりこれは捏造自体を隠蔽《いんぺい》したい人物の仕業だということだ。

「襲撃車は右から追い越してきたとか。運転してたのは君だね、相良《さがら》くん。犯人の顔見た?」

実は忍、稲光に一瞬浮かび上がった犯人を目に焼き付けていた。とは言っても目だし帽をかぶっていたので、誰とも分からない。ナンバープレートも黒いガムテープで隠されていた。

「モデルガンを改造するくらいには、専門知識がある人間。もしくは、暴力団系かもしれない」

無量とミゲルは、青くなった。たかが遺跡発掘に場違いすぎる。そんな物騒な連中まで絡んでくるとは一体、どういう裏があるのか。と、そこへ「ミゲル!」と太い怒鳴り声があがった。玄関口に仁王立ちしているのは、祖父の千波暁雄《せんばあきお》だった。

「じーさん……」

千波は憤怒の形相だ。額に青筋を立てていて、ミゲルを見ると、物も言わず、手にしたセカンドバッグでミゲルの体を叩《たた》き始めた。これにはさすがの如月も驚いて止めに入ったが、物凄《ものすご》い勢いで睨みつけられた。

「……出来の悪い孫のせいでご迷惑をおかけしました。さあ謝れ、ミゲル!」

千波は無理矢理、ミゲルの頭を下げさせると、孫の大きな体を乱暴に車へ押し込め、湯煙の漂う夜の坂道を、走り去ってしまった。今回に限って言えば、ミゲルこそ被害者なのだが。

如月が無量たちの目の前に横からスマホを差し出した。

「警察に先回りして手に入れた。阿母崎《あぼざき》駅近くのコンビニの、監視カメラ映像だ」

見覚えはないか、と訊《たず》ねてくる。動画には川口らしき人物が映っている。日時を見ると、昨夜。ミゲルと別れた一時間後だ。彼が乗る黒い軽自動車に近付いていく男がいる。体型や雰囲気からすると、若くはない。せいぜい五十代といった様子だ。角度が悪く鮮明でもないので顔の特徴を見いだすのは難しいが……。

「年配男性……。この男が川口に睡眠薬を盛ったというんですか」

「服装からすると、そこそこちゃんとしたとこの人間だな。会社員か公務員てとこか」

「テキトーなこと言ってんなよ」

「新聞記者ナメんなっつってんだろ。いいからよく見ろ。何か見覚えはないか」

発掘チームを疑っている。が、こんな粗い画像ではわかりっこない。如月は「使えねーな」と毒づいてスマホをしまった。

「まあいい。なんか思い出したらここに連絡しろ。じゃオダイジに」

と名刺を忍の胸ポケットに押し込んで去っていった。強引というか高圧的というか。

「何から何までムカつくおっさんだな。……どうした？　忍」

いや、と忍は首を振った。何か引っかかるものがあるようだ。

夜の温泉街に湯煙が沸き立つ。船の灯《あか》りが暗い海で小さな星のように、瞬いている。

＊

結局その夜は、忍も佐智子の厚意で茂木《もぎ》家に泊まることになった。長崎市内にいる萌《も》絵《え》も駆けつけようとしていたが、夜も遅いので「大事ない」と伝えて思い留《とど》まらせた。

「ブルーゲン氏が出土品を見に来た？」

布団を並べた客間で、忍が聞き返した。無量は枕に頭を預け、ぼんぼりに似た吊《つ》り下げ照明の、ほんのり灯《とも》るナツメ球を眺め、こくり、と頷《うなず》いた。東アジア旅行の大場《おおば》社長に伴われ、ブルーゲン氏は、世界遺産候補で推薦待ちをしている「原城跡と日野江城跡」を見学に訪れたらしい。そのついでに、出土品が保管されている文化センターに立ち寄ったのだろう。

「まあ、たまたま日本に来てたんだろうけど、なんかタイミングがよすぎって気も」

「………。あの十字架を出させたのは、ブルーゲン氏へのアピールだっていうのか？」

うん、と無量はぼんやり頷いた。

「あの『金の十字架』が、天正遣欧少年使節団が持ち帰ったローマ法王の贈り物だとしたら、本物なら、それこそ文化財指定される代物だと思うんだ。アレとよく似た、六十年前に原城で見つかった『金の十字架』のほうは、三つの十字架のひとつかもしれないって言われてるけど、今のところ、なんの指定も受けてない。根拠が弱いからだ」

　本丸跡近くの畑から農作業中に見つかったという。だが当時はそれがどういういわくのものかも分からなかったし、そもそも出土状況が曖昧《あいまい》だったため、文化財指定も難しかったと見える。その点、今回の発掘は、当時の包含層から出てきた（ことになっている）から、年代も明確だ。二つ目が出てきたことで「同じものが三つあった」可能性も高まった。ローマ法王の贈り物と認定されて文化財指定されれば、日野江城の文化遺産としての値打ちもグッとあがる。

「そうなることが狙いだった……と？」

　わかんね、と無量は右手を照明にかざした。でも、もしそうなら……。

「世界遺産登録を狙ってる誰かが仕組んだってことになんね？」

「それはまたずいぶんざっくりしてるな」

　忍も横になってタオルケットを腹にのせた。

「確かに長崎のキリスト教関係の史跡が世界遺産になることを願っている人は大勢いると思うが、遺物捏造をしてまで……となると、並大抵の執念じゃない。余程の理由があるとしか」

　無量にも「その理由」が思いつかない。まして人ひとり死んでいる。そこまでして世界遺産にしなくてはならない理由なんて、どこにある？　それに、いっそ「原城の十字架」に似せたイミテーションを作って埋めたというなら、捏造工作の意図も明快だろうが、マカオにあったという「死の十字架」の存在が不気味に事をややこしくしている。

忍もしばし考え込み、

「ただ世界遺産が絡んでるとなると――……腑《ふ》に落ちるな。あのことも」

「あのこと？　なに？」

忍は言わない。「裏を取ったら話す」とだけ答えた。

「無茶すんなよ、忍。飛び道具を持ち出されたら、あの永倉《ながくら》だって敵《かな》わないんだから」

「そうだね。下手な鉄砲でも数撃ちゃってこともあるから、防弾チョッキでも用意しとくかな」

忍は呑気《のんき》に言うが、無量は気が気でない。

ミゲルの身も心配だ。千波の激昂《げっこう》は意外だった。

「……もしかして、千波さんも気づいてるんじゃ……」

周りで起きる出来事の核心を掘り当てられないもどかしさで、無量の目はやけに冴《さ》えた。発掘を始めた日から、右手が苛立《いらだ》ちを訴えるように痺《しび》れている。あの「金の十字架」にはほとんど反応しなかったくせに、埋もれた遺物の匂いだけは鋭く嗅《か》ぎつけているのだ。おそらく。

折り重なるように埋もれていた人骨。鉛の十字架と共に出てきた死者。呼んでいるのは彼らなのだろうか。ここを掘れ、掘ってくれ。一体なにを出せと訴えているのだろう。

自分が耳を傾けるべきはその声なんだろう。偽の遺物になど気をとられていないで、土の下の声だけに集中しろ、と右手は訴えているのだろうか。

虫の声が響いている。静かすぎる夜が、無量の不安を掻《か》き立ててやまない。


その夜、無量は怖ろしい夢を見た。

灼熱《しゃくねつ》の炎の中だ。燃えさかる城で大勢の人間が焼かれていく。

無量は恐怖で立ち竦《すく》んでいた。喉《のど》を焼く熱風が渦を巻いていた。阿鼻叫喚《あびきょうかん》の声の代わりにオラショが響いている。キリスト教の祈りの唄《うた》だ。炎が上昇気流で天へと吸われていくように、それは天に向かって響いていた。いや、オラショだと思った声は、やはり人々の阿鼻叫喚なのだ。

砲弾が瓦《かわら》を吹き飛ばす。よじのぼってくる敵に必死の投石を繰り返す。城を包囲する旗の群れ、人々はしかし手に手に鉛の十字架を握って、苦悶《くもん》の中で祈り続けているのだ。

さんたまりや、私たちは死を恐れない。ぱらいその寺にまいろうや、ぱらいその寺に。

試練の先に天国がある。光が見える。ぱらいその寺にまいろうや、ぱらいその寺に。

逃げろ！　と無量は叫んだ。

こんなところで死んでも犬死にだ。生きるんだ！　逃げて逃げて逃げ切って、生きろ！

だが人々の耳に説得は届かない。彼らの目に見えているのは燃え落ちる城ではなく、神が待ち受ける栄光の城なのだ。

軍旗が燃え上がり、描かれた天使が焼かれていく。槍《やり》で貫かれた若者、頭を割られた老人、手足のない子供の遺体、血の匂いと肉の焦げる臭いが立ちこめ、折り重なった屍《しかばね》は皆、口に聖なるメダイをくわえていた。

逃げてくれ、頼むから逃げろ！

無量は訴えるが、届かない。そのうち自分の右手にも火が燃え移った。焼かれる右手に無量は悲鳴をあげた。自分の皮膚が焼ける臭いが生々しく鼻を突く。必死に消そうとしたが、消せない。火はやがて全身にまわった。

焼かれた体が鬼になる。右手がそうであったように醜い鬼に。

そこに小さな子供がやってきた。子供もひどい火傷《やけど》を負っていたが、穏やかな顔で自らの十字架を無量に手渡したのである。鉛の十字架だった。だが無量が手にすると、それは黄金の十字架へと姿を変えたのだ。

——天使が船を出してくれるよ。

子供は言った。

——大きな大きな船が迎えにくるよ。

子供は海を指さした。

断崖《だんがい》の先に広がる海、その向こうから黄金色の船がやってくる。帆に風をはらませて、それはそれは巨大な船だ。舳先《へさき》には天使が翼を広げている。

——聖なる三つのものを大地に探しなさい。「ぱらいその鍵《かぎ》」を探しなさい。

目が覚めた。汗びっしょりになっていた。まだ辺りは暗く、隣の忍は安らかな寝息をたてている。無量は安堵《あんど》した。息を整えながら、頭に鬼の角が生えていないか、思わず確かめた。皮膚の焦げる臭いがまだ鼻に残っている。それはとりもなおさず、右手を焼かれた時に嗅いだ、あの臭いだ。

「聖なる三つの……。あの十字架のことか？」

それとも……。

＊

翌日、ミゲルは現場にやってきた。

昨日の今日なので、怖くて外出などできないだろうと無量は踏んでいたが、千波に無理矢理、連れてこられたと見える。だが、さすがに落ち着きがない。

「ここは塹壕《ざんごう》じゃありませんよ。ミゲルさん」

無量に心配されたミゲルは「んなこと知っとる」と強がったが、トレンチの陰に大きな体を丸め、隠れるように作業しているところを見ると、やはり相当怯《おび》えている。まあ、これだけ見通しのいい段々畑の真ん中だ。余程、腕のいい狙撃手《そげきしゅ》でもなければ、命中させるのは難しい。

「ま、変な奴が近付いてこなきゃ平気だろ。つか、ちょっと可愛いな、おまえ」

「だからビビっとらんて」

「……ふん。いい気味だ」

とはいえ、何があるとも限らないので、同じトレンチで一緒に作業することにした。

ミゲルを襲撃した犯人は、まだ誰とも分からない。

あんなことがあったので、ますます十字架の出土が捏造《ねつぞう》だったことを言い出しにくくなってしまった。下手に公にしようものなら、今度は全力でもみ消しにかかってくるだろう。「捏造隠蔽《いんぺい》」の第一は、当事者を黙らせることだ。そうなったらミゲルの命が危うい。

——どこに犯人の手先がいるとも限らない。気を付けろ、無量。

忍からは釘《くぎ》を刺された。

——疑いたくはないけど、陣内さんにも犯人の息がかかっていたら、故意に無視する可能性もある。迂闊《うかつ》に話すな。打ち明けるのは、敵か味方か、よく見極めてからだ。

そうは言われても、何をどう見極めろ、というのか。

無量は言い出しかねている。こうなると、まるでこの自分がミゲルの捏造をかばっているようで、不本意だ。イライラする。

肝心の陣内も朝から姿が見えない。県の教育委員会の人々と会うとかで忙しいようだ。

こんな状況でも調査期間は限られているので、仕方なく作業にいそしむ。

人骨の発掘は、骨の位置や配列、骨相互の位置関係の把握が重要だ。骨格部位による高さの違いにも注意を払う。どういう体勢で埋まっていたかが、しばしば状況解明の鍵になるからだ。写真撮影と実測も、頻繁に行い、状態が悪い時は、身長推定に有効な四肢骨などの最大長を計測する。

取り上げでは、後で照合できるように、実測図に個々の骨の番号をつけ、骨格部位ごとにまとめて新聞紙などに包む。恐竜化石の発掘で慣れた無量は手際がいい。

それにしても、酸性土壌が大半を占めるこの土地で、これだけ人骨が残っていたのは幸運だった。

「深青色の結晶が見られる。地下水の影響かもしれない」

「どげんこつね？」

「この結晶は藍鉄鉱《らんてっこう》って言って、地下水の鉄イオンと、骨に含まれるリン分が化合したものだ。地下水に浸《つか》りやすい状況では、骨も残り易いんだ。木製品なんかも」

だが、さすがに脆弱《ぜいじゃく》になっていて、取り上げもすみやかに、慎重に行わなければならなかった。

取り上げ作業をしている最中も、ゆうべの夢が、無量の頭から離れない。あれは何だったのだろう。人骨の周りの土を削り、頭蓋骨《ずがいこつ》の口許《くちもと》から出てくるメダイを取り上げると、熱い。埋もれていた青銅に熱などないのに、熱を感じてしまう右手と、無量は格闘中だ。

殺された人々ならば、尚《なお》のこと、その亡骸《なきがら》には怨念《おんねん》が染み込んでいそうなものだが、不思議と人骨そのものには、右手はさほど反応しない。遺物にだけ執着を示す。やはり「祖父の生き霊」が宿っているのでは、と疑ってしまう。

「……幕府軍は原城から逃げた者まで、わざわざ探し出して殺した、というからな」

隣で千波がジョレンがけをしながら言った。

「この人骨たちも逃げ切れずに見つかって殺された者たちだろう。ただ参加したキリシタンの中には、籠城《ろうじょう》する前に、戦闘に加われない老いた親や妻子を殺して、ひつやつづらに死体を隠してきた者もいるという。すでに死を覚悟した上での籠城だったようだ」

「……むごいっすね。参加者の子孫は、全然残ってないんスか」

「南島原の農民は、ほとんどが島原の乱で根絶やしにされてしまったからな。おかげで田畑は荒れ放題になり、新しい領主が致し方なく、よそから移住者を呼び寄せた。南島原の旧家も、大部分は移住者の子孫で、一揆《いっき》を知らない人々だ」

「一揆側の内情があまり伝わってないのは、そのせいですか」

「唯一の生き残りという山田右衛門作《やまだえもさく》なる者の証言だけだ。内通者だった」

子孫が残っていれば伝わっていたものもあったろう。が、ことごとく失われた。全滅した原城の死者が唯一残したものが、かろうじて、この人骨とメダイと鉛の十字架なのだ。

彼らの身に何が起きたのかは、残された遺物から読み解くほかない。「勝った側しか記録を残せない、そんな時代だ。権力者はいつの時代も、名も無き人間の声を封殺する。原城には何もないと皆は言うが、全てが断絶されてしまうほどの闘いを想像できるか」

白髪のベテラン発掘者の手つきに、無量は、師匠である鍛冶大作《かじだいさく》を思い浮かべた。常に反権力側の目線で物を語るところが、鍛冶と似ている。世代が近いせいだろうか。無量は、反骨精神にあふれた鍛冶の物言いを思い出し、親しみを感じた。

「……千波さん。後で原城に連れてってもらってもいいスか」

「なんだ。いきなり」

「作業が終わってからでいっす。原城の発掘について教えてくれませんかね」

「かまわんが、遺構の整備はろくに進んどらんぞ」

迷惑そうに言う。せっかく歩み寄ってみても、相変わらずニコリともしない。余所者《よそもの》である上に「西原《さいばら》の孫」で「宝物発掘師《トレジャー・ディガー》」なんて呼ばれる、うさんくさい発掘員が歓迎されていないのは分かるが、こう無愛想にされると気が滅入《めい》る。

無量はトレンチ内を見回した。先程から気にかかっているのは、まだ掘り出しきれていない奥のグリッドにある人骨だ。腰骨の一部しか露出していないが、形から女性のものと分かる。右手が掘り出したがってウズウズしている。衝動を抑えるので精一杯だ。

「ここ俺やっけん、あんた、そっち掘ってよか」

ミゲルが唐突に促した。竹べらを動かしながら、

「さっきからずっと気にしとっけん。掘りたいなら掘れば」

「駄目だ」

千波が即座に禁じた。

「手順通りやれ。勝手な真似は許さん」

「ここの作業なら俺でもできる。掘りたいとこ掘らせればよかろ」

「おまえは黙っとれ。現場監督の指示を無視するなら、契約を切るぞ」

「なんや凡才の妬《ねた》みか。西原が先にお宝見つけっとの怖かね」

突然ミゲルが見当違いなことを言いだした。

「それとも西原が捏造すっとでも思っとっと？　なんや。二言目には従え従えって、現場監督だか保護者だか知らんが、でかいツラすんな！」

思わず千波が立ち上がり、ミゲルに鉄拳《てっけん》をくらわせかけたので、慌てて無量が止めた。

「ちょ待って！　言われたとおりやるっすから、喧嘩《けんか》しないで！」

騒ぎに気づいた作業員たちが顔をあげて注目している。こんなところでとっくみあいでもされては敵《かな》わない。祖父と孫の険悪さは爆発寸前だ。ミゲルは止められなかった。

「気づいとっとなら言えばよか！　それとも世間体ば気にして、自分の孫が捏造しでかしたっちゃ言えんと？」

「おいミゲル！」

「そげんやけん、おふくろも出てったと！　青い目の子供なんか、みっともなかけん！」

無量を振り払って千波がミゲルを平手打ちした。頰を張られたミゲルは、キレてすぐに掴《つか》みかかったが、今度は作業員たちに止められた。ひどい騒動になった。が、最後は無量に宥《なだ》められて、ミゲルもどうにか怒りを抑えつつ作業に戻っていった。大きな背中が震えている。嗚《お》咽《えつ》を堪《こら》えているのだと判った。すると、千波が、

「F５グリッド、掘っていいぞ。西原」

右手が反応している場所のことだ。無量は驚いた。千波は背を向けて、

「作業が遅れているから手早くやれ」

この人は、もしかして孫とまともに向き合うことを恐れているのだろうか。

無量はふと思った。疎んでいるのではない。……見たくないものを見せつける孫を、恐れているのではあるまいか。

祖父・瑛一朗《えいいちろう》の面影が心をよぎった。もう何年もまともに会話をしていない祖父だ。むろん自分たちとミゲルたちとは、事情が違う。溜息《ためいき》をつくと、肩を竦《すく》めて「じゃ遠慮なく」と言い、右手が呼ばれている場所に、手を着けた。

＊

「な、永倉さん……。なにその恰好《かっこう》」

待ち合わせ場所のフェリーターミナルに現れた萌絵を見て、忍は絶句した。萌絵は全身迷彩服に黒ブーツ、ベレー帽をかぶって黒いサングラスをかけている。腰のベルトにはヌンチャクとトンファーバトンをさし、ベレー帽の代わりにヘルメットをかぶったら、このまま自衛隊の演習に参加できそうな装いだ。忍を見ると、サングラスを外して、泣きっ面で駆け寄ってきた。

「相良さん、大丈夫ですか！　怪我は！」

「あ……ああ。平気。ちょっと頭切っただけ」

「すみません！　すみません、私がついてなかったばっかりに！」

「いや、ついてても一緒だったと思う……。てか、どこいくの。サバイバルゲーム？」

銃撃の報《しら》せを受けた萌絵の衝撃は、大変なものだった。「無量を守るのが自分の仕事」とは常日頃思っている萌絵だったが、忍の身にまで危険が及んだと聞き、いてもたってもいられなくなった。こうしてはいられない、と忍を護衛できるよう、わざわざ長崎のサバゲーショップで一式揃えてきたのだ。

「これでいつでも闘えます。指一本触れさせません」

「永倉さんて、結構、形から入るタイプだったんだね……」

「防弾チョッキも用意しました。領収書は亀石《かめいし》所長あてで」

「あ、ありがとう。……でも必要なのは僕じゃなく、ミゲルのほうかな」

先方が怖がるといけないので、とりあえず、武装は解除させた。

「……しかし、こうなるとますます気になるな。あの『金の十字架』が何なのか」

忍が、萌絵の乗ってきたレンタカーを運転しながら、無量の見解を語った。

「じゃ、世界遺産登録させたい誰かが、ミゲルくんに埋めさせたっていうんですか」

「うん。ブルーゲン氏へのアピールじゃないかって。犯人はそのためにローマ法王のおみやげを仕込んだ可能性もあるが、気になるのは、十字架の蓋《ふた》の浮き彫りだ」

「シーリングスタンプっぽい、あれですね」

「〝S〟とあったんだろ。何か意味があるような気がしてならない」

「ローマ法王の十字架には名前がついていたんですよね？　確か〝炎〟と〝イブ〟と〝太陽〟……。〝S〟だから〝太陽《sun》〟とか？　──あれは〝太陽の十字架〟？」

「とすると、大村《おおむら》氏に贈った十字架ってことになるが──」

大村氏はその後すぐにキリスト教を棄教してしまうのだ。忍はステアリングを握りながら、冴《さ》えない表情になった。

「やっぱり、あの十字架の正体を確かめることが先決だな」

ふたりがこれから訪ねるのは、昨日、三笠《みかさ》氏に紹介された人物だ。古い写真に写っていた「死の十字架」について調べるためだった。島原半島の南端・口之津港にほど近い集落にその家はあった。庭にはマキの木が植えてあり、その下でエプロン姿の年配女性が雑草取りをしている。

名は笹尾博子《ささおひろこ》。三笠に「死の十字架」の写真を譲った笹尾幸之助《こうのすけ》の孫娘だった。

「これがイヌマキですか。変わった形の実ですね。ひょうたんみたいな」

「ええ。秋にかけて赤くなって、甘か実のなっとですよ。子供の頃は、これがおやつでした」

どうぞ、と笹尾夫人は穏やかな笑顔で、忍と萌絵をいざなった。玄関先にはいきなりウミガメの剝製《はくせい》が飾ってある。客間にも、珍しい南国の民芸品や帆船の模型、貝細工の人形からコアラのぬいぐるみまで、国際色豊かな珍品が溢《あふ》れている。

「主人が昔、外国船の船乗りやったとです。これ全部、おみやげ。口之津は船乗りが多かったんですが、いまはもう安い賃金の外国人に代わられてしまって、ほとんどやめてしもたとです。昭和の頃はどこの家も外国のおみやげで溢れとったとですよ」

笹尾夫人がお茶を出しながら、懐かしそうに語った。夫は二年前に他界していた。

「なぜ、口之津はそんなに船乗りが多かったんですか?」

「昔、三井三池《みついみいけ》炭鉱の石炭を海外に輸出するための積出し港だったとです」

笹尾は庭から望める口之津湾を眺めて、微笑みながら言った。

「口之津は水深が深くて大型船が入りやすかったとでしょうね。団平船《だんぺいぶね》と呼ばれる運搬船で運ばれてきた石炭を、この港で大きな船に積み替えて外国に持ってったとですよ。明治の頃はたくさんの船で賑《にぎ》わったとか。今はこげん田舎の町ですばってん、その昔は三井の豪華な商館や、いろんなお店や、接待のための高級遊郭まであったと聞きます」

今はフェリーが日に数本行き来するくらいで、静かなものだ。

「三池に港ができてからは、口之津は使われんようなってしもたとですね。三井さんが気を遣って、口之津の船員を大勢雇って、船員養成の街になったとです」

その後も口之津出身の船員は外国航路で活躍した。口之津弁が使えなければ一人前の船乗りではないとまで言われたほど、その数は多かった。今も港の近くには国立海上技術学校がある。

「隠れた外国貿易の玄関口というわけです。古くは南蛮船も来たそうです」

「有馬《ありま》晴信《はるのぶ》の南蛮貿易は、この港で行われたんですね」

「ええ。ヴァリニャーノさんだとかルイス・フロイスさんも来られたそうですよ」

地元の人にそんなふうに言われると、ついこの間のことのようだ。天然の良港だった口之津は、南蛮船の寄港地として、豊かな海外貿易の拠点となったのだ。南蛮船一隻が積んでくる商品は、現在の額に換算するとザッと百億円とも言うから、有馬氏がどれだけ莫大《ばくだい》な利益を得ていたかは推して知るべし、だ。なるほど「有馬氏の財宝」なんて噂が飛び出てくるのも納得だ。

忍は、三笠が保存していた例の十字架の写真を、笹尾夫人に見せた。

「お尋ねしたいのは、この写真のことです。おじいさまから譲っていただいたと聞きました」

笹尾夫人は、スマホを覗《のぞ》き込んだ。表情が固くなった。

「……わかります。死の十字架ですね」

「マカオの娼館《しょうかん》の女主人が所有していたと聞きました。おじいさまはその息子と知りあいでいらしたとか」

「その女主人というのは」

夫人は感慨深そうに色褪《いろあ》せた写真を見つめた。

「私の大伯母《おおおば》・初江《はつえ》です」

忍と萌絵は軽く言葉に詰まった。笹尾夫人は苦笑い気味に、

「娼館の女主人が身内というのは、世間様には少々、言いにくいものですけん、祖父もつい『知人』と言ってしもたとでしょうね」

「しかし……笹尾さんのおじいさまの時代といえば、明治時代くらいですよね。大伯母様はなぜマカオなんて遠いところに」

「〝からゆきさん〟をご存じかしら」

忍と萌絵は答えられない。どこかで聞いたことはあるような……。

「昔、身売りをして東南アジアに連れて行かれた若い娘たちのことです。この口之津は石炭船で賑わったと言いましたね。その一方で、女衒《ぜげん》に買われた貧しい家の娘が、石炭船の船底に身を潜めて東南アジアに渡り、娼館に売られていったとです」

萌絵は困惑しつつ「もしかして、大伯母様という方も」と問いかけた。

「はい。事業で失敗した親の借金を返すために、身売りさせられたと聞いています」

〝からゆきさん〟と呼ばれた娘たちは、マレーシアやシンガポールの娼館に売られ、そのほとんどが、望郷の念を抱えつつも、二度と日本の土を踏むことはなかったという。ボルネオのサンダカンには、彼女らの墓が今も残っている。そういう商売が横行していた時代とは言え、痛ましい話だ。故郷に戻れなかった娘たちの墓は日本に背を向けて建てられていると聞き、萌絵はますます胸が塞《ふさ》いだ。望郷と恨みとの狭間《はざま》で揺れながら生涯を閉じた女性たちを思えば、同じ女として「気の毒だ」の一言では済まないと思えた。

「そんな中、マカオに渡った私の大伯母は、数少ない〝成功者〟となりました。身売り先で裕福な後ろ盾を得て、自ら高級娼館の主人となったのです。娼館と言っても上流階級向けともなれば一種の社交場ですけん、財界人や政治家などとも交流を持ち、日本にも何度か帰国するまでになったそうです」

マダム・ハツエと呼ばれ、界隈《かいわい》ではずいぶん名の通った女主人として、娼館だけでなく手広く商売をして成功したという。

「それでは、この金の十字架は」

「はい。顔なじみの上客からいただいたものだと聞いてます。ただ、ご存じの通り、曰《いわ》く付きの十字架で……」

「持ち主が次々と死ぬというものですね」

「そんな謂《いわ》れがあるにもかかわらず、大伯母は大切にしていたそうです。というのには理由がございまして」

ご覧に入れましょう、と笹尾夫人はふたりをなぜか仏間に招いた。仏壇の奥から取りだしたのは、木製の彫像だ。子を抱いた、たおやかな観音像だった。

「もしかしてマリア観音……ですか」

「はい」

隠れ切支丹《キリシタン》と呼ばれる人々が信仰の対象として祀《まつ》っていた仏像だ。観音像に似せてはいるが、聖母マリアとキリストの姿で、「観音信仰」と偽装することにより、幕府の目を欺いていた。

「口之津も有馬領だったので多くのキリシタンがいたのですが、島原の乱で全滅してしまいました。当家の先祖もよそからの移民でしたが、キリシタンでした」

遠方にある幕府の直轄領から強制移民させられた者を『公儀百姓』、年貢免除を聞きつけ近隣から自ら移ってきた者を『走百姓』と呼んでいた。笹尾家は一族で大村から移ってきた潜伏キリシタンだったのだ。

「キリシタンであることを隠して仏教徒のふりをしながら、密《ひそ》かに信仰を守り続けてきたそうです。時にはお経消しのオラショや、絵踏みの後には悔い改めのオラショを唱えて。大伯母が生まれた頃には、禁制は解かれていましたが、カクレとしての信仰は続けておりました」

「それで初江さんはあの十字架を手に」

「はい。しかも十字架の名が、故郷で拝んでいた村の守り神と同じだというので、喜んで受け取ったそうです」

「名前？　『死の十字架』には名前があったのですか」

「はい。その名も『まだれいなの十字架』」

忍は眉間《みけん》にしわを寄せた。

「まだれいな……」

笹尾夫人は仏壇の引き出しから、分厚い封筒の束を取りだした。ずいぶんと色褪せた古い手紙の束だった。

「これは大伯母からの手紙です。大伯母は戦時中にマカオで亡くなりました。なんでも娼館が火事で全焼してしまったとかで遺品も何も残っていなかったそうです。『まだれいなの十字架』もその時に一緒に焼けてしまったものと伝わっていたのですが」

忍と萌絵は怪訝《けげん》な顔をした。焼けた？　ではあの「金の十字架」は……？

「この中に何か詳しかこつの書かれてあるかもしれません。よければ、お持ちください」

「ありがとうございます。お借りします」

「せっかくですから『まだれいな様』をご案内しましょう」

夫人に連れられて、家の裏側にある果樹園にやってきた。その中にぽつりと小さな石碑らしきものがある。膝丈《ひざたけ》ほどの小さな石碑だが、表面にはこれといって石仏のような姿もない。磨耗したのか、もともと何も刻まれていないのか。

「これが『まだれいな様』です」

由来は何も伝わっていないが、路傍の神様として祀られてきたもののようだ。忍と萌絵はしゃがみこんで観察した。初江も幼少の頃から通りかかるたびに拝んできたのだろう。集落を守る神様と言われていたというから、近所のお地蔵様のような感覚だろうか。

「『まだれいな様』……。どういう神様なんだろう」

首を傾げる萌絵の横で、忍は石の表面を観察している。

そっと指を伸ばし、背面を撫《な》でた。

＊

「火事で焼けたはずの十字架か……。ますます分からなくなってきたな」

笹尾家を後にして、忍は島原に向けて車を走らせながら呟《つぶや》いた。窓の外には口之津湾が広がる。港にいる天草行きのフェリーがちょうど桟橋を離れるところだった。

「しかも笹尾初江は焼死……。死の十字架はその名の通りだったってことかな」

助手席では萌絵がスマホを片手に調べ物をしている。

「まだれいな、まだれいな……。あった！　ありましたよ、相良さん」

車を道路脇に寄せて、萌絵のスマホを覗き込んだ。

「島原市に『まだれいな銘のキリシタン墓碑』っていう史跡があるみたいです」

「キリシタン墓碑か」

島原半島にはキリシタンのものと思われる墓石が多く残っている。それもそのひとつで、最も美しい墓碑として県指定史跡に認定されていた。ふたりはさっそくその墓碑を見に向かった。

島原城から少し集落を分け入ったところにある。遠くに眉山《まゆやま》を望む、寺の墓地の中央にセメント製の覆屋がある。その中に自然石でできた立碑型の墓碑が安置されている。表面にはカルワリオ十字架が刻まれていた。こぢんまりとした墓碑だ。

「可愛い墓碑ですね」

「キリシタン墓碑というから、羊羹《ようかん》型や蒲鉾《かまぼこ》型を想像してたけど、こんな形のもあるんだな」

「笹尾さんのとこのと似てますね。つまりあれも」

「うん。どうやらキリシタンの墓を『集落の神様』として崇《あが》めてたようだね」

説明文によれば「まだれいな」とは女性のキリスト教名であるという。別の案内板を見ると、英文で「Magdalen」とある。そうか、と忍は合点した。

「〝まだれいな〟は〝マグダレナ〟の日本風の呼び方か」

「〝マグダレナ〟って？」

「洗礼名だ。マグダラのマリアのことだよ」

マグダラのマリアとは、「新約聖書」に登場する女性の名だ。キリストの復活を見届けた証人で、キリストの足に香油を塗ったとされていることから宗教画ではよく香油瓶を手にしている。元・娼婦《しょうふ》だとも言われ、キリストと出会って悔い改めた。そう聞くと初江が思い入れた理由も理解できる。

「よくキリストの奥さんじゃないか、なんて言われてる人ですよね」

「ああ。つまり『マグダレナの十字架』ってことだけど、うーん……」

そうなると、ますます謎は深まる。ローマ法王の贈り物かもしれないその十字架は、なぜ「まだれいなの十字架」と呼ばれるようになったのか。

墓碑にはひらがなで「まだれいな」と刻まれている。どんな人物だったかは、不明だ。

調べてみたところ、「まだれいな」というのは当時の女性キリシタンには割と多く見られる洗礼名であることがわかった。笹尾家の「まだれいな様」も墓碑のもとに埋葬された人物のようだった。

カフェで落ち着いた二人は、笹尾初江の手紙を検証してみることにした。博子の祖父（初江の弟）は大切に手紙をとっていたようで、消印を見ると終戦直前の一九四五年六月まであった。

マカオはポルトガル領で、太平洋戦争中は東アジアで唯一の中立地帯だったため、戦火を逃れた中国人が難民となって逃れてきたという。日本からは、駐在武官が置かれていた。

「写真も多いな。初江さんはなかなかに社交家だったみたいだね」

「本国ポルトガルが中立だったせいか、戦争中も色んな国の人が来てたみたいです。普通にアメリカ人やイギリス人やドイツ人っぽい名前が出てきますね。中には神父さんもいたみたい」

　萌絵も、初江の達筆な崩し字から、必死に文章を読みとった。

「マカオはスイスやローマみたいな街だったのかもしれない。つまり敵国と同盟国の人間が入り乱れて情報合戦をしたような。初江さんはその両方に顔が利いたようだから、実は密かに人繋《つな》ぎなんかの役目をしてそうだな……。ん？　これは」

　忍が読んでいた手紙の一文に目線を止めた。あの十字架のことが書いてある。

　萌絵も身を乗り出した。「なんて？」

「ああ……。〝『まだれいなの十字架』は藤田《ふじた》さんに預けます。日本によい思い出はない私ですが、祖国を救うためにそれが必要だというならば、喜んで差し出しましょう。それがひいては内地にあるあなたがたを救うことにも繫がるからです〟……」

　忍は萌絵と顔を見合わせてしまった。――祖国を救うため？

「どういう意味だろう」

「待って。確かさっき見た写真の中に」

　萌絵が一度見た手紙を漁《あさ》り始めた。その中に、お茶会中と思われる写真があった。数名の外国人と日本人がテーブルを囲んでいる。「この人じゃないですか」と萌絵が指さした。

「右から二番目にいるスーツ姿の日本人です。裏に名前が書いてある」

写真に写る人々のシルエットをなぞった紙が貼り付けてあり、ひとりひとりに名前が記してある。「Mr.FUJITA」とある。

「誰かに似てません？　このひと」

その誰かがうまく思い出せない。忍も写真を凝視したきり腕組みをしてしまった。

「この日本人に預けると言ってたのか。でも祖国を救うためって、いったい……」

忍は便せんの最後に記された一文に、再び注目した。走り書きのような文字で追伸文がある。


〃この手紙が届く頃には、私はもう生きてはおらぬやもしれません。藤田さんの力になってあげてください。鉄のカラスが十字架を奪う時、日本はいんへるのと化します。ぱらいその鍵《かぎ》は、はんたまりやの懐に。神のご加護があらんことを〃

読み終えた忍は、ただならぬ文面に困惑しながら、険しい表情になった。萌絵も神妙そうに文面を覗《のぞ》き込んでいる。

「これって……」

「〃いんへるの〃は当時のキリシタンの言葉で〃地獄〃を指す言葉だ。あの十字架には、何か秘密が隠されてたみたいだ。少なくとも戦時中に国の存亡を左右するような……」

萌絵はゴクリと唾《つば》を呑《の》んだ。

それが何なのかは、この文面からは読みとれない。だが――。

「封蠟《ふうろう》だ」

同封の白いカードに封蠟が施されている。赤茶色の蠟にはっきりとシーリングスタンプが捺《お》されていた。飾り文字で〝S〟とある。萌絵は慌ててスマホを出し、昨日、無量から送られてきた「金の十字架」の画像を映した。底に刻まれた彫金の画像を見比べた。

「……。同じですね」

「決まりだな。初江さんの『まだれいなの十字架』は、ミゲルが埋めた『金の十字架』と見て、ほぼ間違いない」

しかも初江はこの十字架のために焼死した可能性もでてきた。

「それにしても〝鉄のカラス〟とは一体……」

そこへ忍のスマホにメールが着信した。見ると、無量からだ。

文面を見た忍は、目を瞠《みは》った。

「どうしました」

「無量が寺屋敷の現場で、妙なものを出したらしい」

妙なもの？　と萌絵が問うと、忍が画像を向けてきた。

土の中に錆《さ》びた金属製の棒らしきものが、顔を覗かせている。

「……鉄製の釘《くぎ》みたいだって。しかも三本。いよいよ、きなくさくなってきたな」

萌絵にはどう「きなくさい」のか分からない。錆びた鉄釘のどこが？　と萌絵が訊《たず》ねかけた時、忍が珈琲《コーヒー》を飲み干して立ち上がった。

「僕はちょっと急ぎの用事ができた。永倉さんは無量から離れないで。おかしな人間が近付いてきたら構わない。迷わずボコボコにしていいから。あと──」

忍は冷徹な眼になって言った。

「防弾チョッキをもう一着。もちろん、無量の分だ」

第五章　鉄釘の秘密

無量《むりょう》が掘り当てたものは、三本の錆びた鉄釘だった。

それは一見、地味な発見だった。寺屋敷遺跡の発掘現場でも、ミゲルが「金の十字架」を「掘り当てた」時ほどの興奮はなく、皆にも危うくスルーされるところだ。鉄釘自体はさほど珍しい出土物ではなく、屋敷の構造物の一部として出ることは、ままある。

これが奇妙な発見だと気づいたのは、ベテラン発掘員の千波《せんば》だった。

「この遺体が持っていたものじゃないか」

無量も同意だ。鉄釘は、無量が掘っていたF5グリッドの人骨の下から出てきた。メダイや鉛の十字架の出土状況ともよく似ている。鉄釘は三本まとまっており、人骨が身につけていた、と見るのが自然だったのだ。

「木の箱か何かに入ってたんじゃないスかね。……こっちに顔出してるの、彫金金具だと思います。豪華な簞笥《たんす》とか桐箱なんかの飾りでよく見る。建材にしちゃ細かすぎるから多分」

と無量が土を竹串《たけぐし》でほじくりながら、釘のそばにある薄い金属片を串先で指した。腐食生成物に覆われているが、よく見れば、鏨《たがね》で彫った花らしき図柄が確認できる。木箱のほうは、木片が残っていたが原形は留《とど》めていなかった。

「高価な箱に入れて所持していたということか？　鉄釘を？」

「出土状況から見ると、懐に入れてた感じっすかね。出てきた場所も肋骨《ろっこつ》の近くですし、右手が、こう、腹の前で折り畳まれて、何かを守るような形になってる。余程大事に持ってたとしか」

「所持者は、原城から逃げてきた女性キリシタン……か。しかし、鉄釘なんか、何のために」

謎の出土品に、千波と無量は頭を悩ませている。そんな発掘現場に客がやってきたのは、作業終了間際のことだった。

陣内《じんない》調査員が連れてきたのは、白髪の欧米人だ。無量はギョッとした。

「ミヒャエル・ブルーゲン……っ。ちょ、あのおっさんまだいたの？」

無量を見つけると満面の笑みで「ムリョウ」と叫び、握手を求めてきた。足りずに熱く抱擁した。度が過ぎるほどの親愛表現だ。ポカンとしている作業員たちに、陣内が言った。

「西原《さいばら》くんが来てるって話したら、どうしても会いたいと仰《おっしゃ》ってね。紹介します。こちらは……」

元イコモスの事務局長も一目置く無量に、ミゲルが一番驚いている。「宝物発掘師《トレジャー・ディガー》」

ムリョウ・サイバラの名は、国内よりも海外で知られていた。

　その無量が奇妙な遺物を発見した、と聞き、ブルーゲンは興味津々だ。現場に入ってそれを見た。まだ取り上げが済んでいない、土まみれの「三本の鉄釘」を前に、無量が出土状況を説明した。

「……というわけで、わざわざこれを持って原城から逃げてきたとすると、やはり何か特別な意味をもつ遺物なんじゃないかと。錆《さび》がひどいですけど、X線で見てもらえば、もっと詳しいことが判るかもしれません」

　ブルーゲンは、神妙な表情でトレンチの中を覗き込んでいる。

　そして英語で直接、無量に質問を投げかけてくる。島原の乱とこの人骨の関係を説明しろ、と言っている。鉛の十字架やメダイの出方が、原城での出土状況とよく似ているのだ、と無量が英語で答えてやると、ブルーゲンは奇妙な笑みを口許《くちもと》に浮かべた。目だけがいやに爛々《らんらん》としているのを見て、無量は不審に思った。

「原城の発掘は、千波さんのほうが詳しいので、そちらから……千波さん？」

　その千波は、ブルーゲンの同行者と面識があったらしい。同行の日本人は、どこかの会社の重役めいた、恰幅《かっぷく》のよい年配男性だ。先日、文化センターに来た時も、確か一緒にいた。

「千波じゃないか！　発掘業者になったと聞いていたが、この現場だったとは！」

「城田《しろた》か……？　おまえ、こんなところで何をしてるんだ」

「ブルーゲン氏の接待役を仰せつかってね。かれこれ三十年ぶりか。懐かしいな！」

昔なじみの知人らしい。ふたりに気を取られた無量へ、ブルーゲンが質問を畳みかけてくる。応じねばならなかったので、千波たちのやりとりまでは気が回らなかった。

——ありがとう、ムリョウ。殉教者の貴重な遺品だから、大切に取り上げてくれ。

そう言い残し、ブルーゲンたちは黒塗りの高級車で帰っていってしまった。

入れ替わるように、萌絵《もえ》が駆けつけた。

「今のブルーゲン氏……？　まだ島原にいたの？」

「雲仙温泉が気に入って滞在中なんだと。事務局長やめて暇なんかね……。つか、あんただけ？　忍《しのぶ》は？」

鉄釘の出土を聞いて、萌絵は忍から「無量のそばを離れるな」と指示されたのだ。

「なんだそれ。別に俺なんかいいし。守んならミゲルでしょ」

「私もそう思うんだけど……」

忍は「鉄釘」のどこに引っかかったのか。ただ、原城からの逃亡者が後生大事に所持していた「鉄釘」だ。何かある、とは無量も思う。だが「身に危険が及ぶ」と心配されるほどとなると、その根拠は一体……。

「あ、ミゲルくん！　大丈夫？　大変な目に遭ったって」

ミゲルは驚き、柄にもなくよそゆきな態度で「チャス」と頭を下げた。

「安心して。今日から私が身辺警護係です。西原くんとまとめて送り迎えしてあげます」

「げ！　なにそれ。つか、あんたに送り迎えされるほうが、よっぽど身の危険感じるんですけど」

は？　と萌絵が無量を睨《にら》みつけた。その時、トレンチの中から佐智子《さちこ》に呼ばれた。記録が済んだので取り上げ作業に入るという。「鉄釘《てつくぎ》」は慎重に土中から取り上げられた。一連の作業を、ミゲルは珍しく食い入るように見ていた。

「表面ぼこぼこやん。よう鉄だってわかっとね」

「錆の色とか、周りの土の様子からもわかる。鉄はこんなふうに褐色になるのが多いかな。精錬された金属は、人の手を加え続けないとその状態を維持できない不安定な物質だから、自然界におかれると、酸化することで安定した状態になろうとすんだ。それが腐食。錆《さ》びることで身を守ってる。でも最終的には、金属としての鉄そのものはなくなって、鉱物化してしまう」

「錆びることで、身を守る……」

「長い間、自分を保つためには、錆びるのも必要なんだと」

無量が三本目の釘を取り上げながら、言った。隣にいる千波が、ちょっと驚いた顔をした。

「……って師匠が言ってた。俺にはよく意味がわかんなかったけど」

ミゲルにも「意味不明」だ。ただ土層に続いて金属にも興味が出てきたらしい。不思議そうに遺物を見つめる目が子供のようだ。

その日の作業は、日没後まで続いた。

＊

「まだれいなの十字架……？」

笹尾《ささお》博子《ひろこ》から聞いた「金の十字架」の正体に、無量は驚いていた。

夜、茂木《もぎ》家の庭では、子供たちが花火をして遊んでいる。少し離れたところから見張りをしながら、縁側で萌絵が語った。

マカオの娼館《しょうかん》にあったという十字架。初江《はつえ》によって「藤田《ふじた》」なる日本人に渡されるはずだった。が、娼館と共に焼けた。そう伝わっていたが、こうして今ここに在るところを見ると——。

「……亡くなる直前に『藤田』って人に渡してたってことかな」

藤田なる男の手許にあったものが、どういう経緯でか、川口《かわぐち》に渡り、ミゲルに渡り、寺屋敷遺跡から「出てきた」ことになった、という流れだろうか。が、その意図は依然不明のままだ。

「その『藤田』さんが何者か、わかれば、経路がわかるかも、なんだけど」

「戦時中か……。〝国の存亡がかかってた〟とかってフツーじゃないし。大体、ローマ法王のおみやげだってことまで、初江さんたちはわかってたの？」

「さあ。そこは何とも言えないけど、バチカンのほうで特徴さえ伝わってれば、何らかの経緯で判明しちゃう可能性はあるんじゃないかな。底に刻まれた飾り文字が証拠とか」

無量は携帯電話の画像を見つつ棒アイスをかじった。「金の十字架」は、底に逆「S」の飾り文字が刻まれていた。

「つか、ただ証拠を刻みたいだけなら、別に反転とかさせなくてもいいんじゃないの？」

「やっぱり〝シーリングスタンプ〟なとこに意味がありそう。たとえば、三つでひとつのスタンプになるとか」

「三つでひとつ？」

「うん。ほらここ。右側だけ不自然に枠が途切れてるでしょ。隣に繋《つな》がってるんじゃないかと思うの。フレスコ画に書かれてた言葉――〝三つの聖なるものをひとつにしなさい〟って『金の十字架』のことじゃないかな。三つのスタンプが揃って初めて、一個のスタンプになる」

「分割スタンプってこと？　合体すると正しいスタンプになる？　なると、どうなる？」

「何かが起こる」

「何かが起こるって何？　〝天使を呼ぶ〟？　なに天使って」

　頭を悩ませながら無量はアイスを食べきった。残った棒を十字架に見立てて、手近なペンで「S」と書いた。そばにいた陸人《りくと》からも棒を受け取り、萌絵の分と三本揃えた。

「この『まだれいなの十字架』が〝S〟で『太陽の十字架』。……残り二本は『炎の十字架』と『イブの十字架』だから『炎』なら〝F〟だし、『イブ』なら〝E〟……か？」

　残りの棒にも書き込んだ。〝F〟と〝E〟と〝S〟。

　並べても、意味は通じない。

　暗号にでもなっているかと思えば、そうでもないようだ。

「初江さんは藤田さんから『十字架を譲って』ってずいぶん前から頼まれてたみたい。何のためかは分からないけど、祖国を救うっていうのも、要するに戦争に負けないためって考えれば、説明つくんじゃない？」

「一九四五年なら、終戦間際だしな……。その頃にはもうだいぶ敗色濃かったはずだし。でも十字架ひとつで、戦況が覆せるなんて考えられる？　アリかな。そんなん」

「わからないけど、戦局を握る何かがあったんじゃ」

「十字架自体に何かがってよりも、戦局を握るキーマンが絡んでたのかもな。引っかかるのは、その十字架を〝鉄のカラス〟に奪われると〝地獄〟になる……って文章か。つか、マカオで一体なにがあったんだ？」

悩む無量のもとに、陸人が来て、打ち上げ花火をせがみ始めた。萌絵が、無量は火が

苦手なことを思いだし、

「あたしやろうか？」

と申し出たが、無量は「やるから、へーき」と答えて点火棒を手に取った。

家庭用の小さな打ち上げ花火を庭の真ん中に置いて、火を点《つ》けてやった。忍から「無量は火を怖がる」と聞いていたけれど、さほどの様子も見せず、着火した。色とりどりの火が噴き出し、最後に「ぽん」と音をたて、何かが宙にあがった。可愛い落下傘がひらひら降りてくる。子供たちが歓声をあげ、取りに行こうとして駆けだすと、降りてきた落下傘を、その先で受け止めた者がいる。無量たちは目を剝《む》いた。

「ミゲル⁉　そこで何してんの！」

「……………。じーさんと喧嘩《けんか》した」

ミゲルは気まずげに答えた。

「茂木さん。今日、ちょっとここに泊めてくれんね？」

茂木家はすっかり合宿所の様相を呈してきた。

千波とまたしても喧嘩して家を飛び出してきたミゲルだ。事情を聞いた佐智子が気を回して連絡をとってくれた。さすがに呆《あき》れ顔だ。八等分に切った梨を皿に載せて縁側に運んできながら、ミゲルに言った。

「千波さんには電話しといたけん。今夜はうちで預かりますって。しかし、よう飽きもせず喧嘩しよるね。どうしたらそこまでこじれっと？」

祖父との喧嘩のたびに家出するミゲルだ。が、今回ばかりは昨夜の連中の襲撃を恐れて下手にうろつくこともできず、無量を――というより忍を頼ってきたのだが、不在と聞いてがっかりしている。

「なにそれ。忍はよくて俺じゃ駄目なの？　一応、俺が教官なんですけど」

「相良《さがら》さんは別っす。頼りになるっす。オトコっす」

「イヤミか。俺に」

「まあまあ……。けど衝突すっとも仕方なかね。千波さんも頑固な信念の人やし。昔は学生運動の闘士でならしたほどやけん」

学生運動？　と無量が佐智子に聞き返した。今から四十年以上も前、昭和四十年代の話だ。

「千波さんが大学生だった頃は、ちょうど学生運動が一番盛り上がってた時期なの。一九六八年、六九年。所謂《いわゆる》、全共闘世代ってやつで、角棒もってヘルメットかぶった学生のデモ隊が、しょっちゅう機動隊と衝突したりしとったとよ」

無量もそれを聞いて合点がいった。師匠の鍛冶《かじ》も同じ世代だ。権力に対して常に批判的な物言いをする反骨精神は、安保闘争などで騒然とした時代に養われたものだったらしい。

「そやけん、島原の乱のキリシタンにも感情移入しとるっちゃなかかねえ……」

そう言われると腑《ふ》に落ちる。尤《もっと》もミゲルにとってはどうでもいいらしい。「あんな奴とっとと死ねばよか」と毒づいている。「こらっ」と萌絵に叱られた。

まあ、目の届くところにミゲルがいてくれれば、無量たちも安心は安心だ。反面「捏《ねっ》造《ぞう》なんかしでかした奴を、なんで守らなきゃなんないのか」とふてくされてもいる。ここは割り切れ、と無量は自分に言い聞かせた。それよりも——。

忍からの連絡が途絶えている。携帯電話は沈黙したままだ。ひとりで行かせて大丈夫だったのだろうか？

——相良忍には、気を許すな。

柳生《やぎゅう》の警告が、心の片隅にこびりついている。右手には、忍の手の感触が残っている。如月《きさらぎ》から守ってくれた手だ。

無量は顔を曇らせた。

＊

今夜は、忍と入れ替わりにミゲルが転がり込んできたため、結局ひとつの部屋でミゲルと枕を並べることになってしまった。

ふたりきりになると、どうも気まずい。

寝る支度をして、手袋をとった無量の右手を、ミゲルが横からじっと見つめている。

気づいた無量が「なんだよ」と手を隠した。

「いや……」

――遺物捏造がどれだけ許されない行為なのか、無量は身を以《もっ》て思い知ってる。

――君のしたことで、無量は深く傷ついたはずだ。

忍の言葉は、ミゲルの脳裏にこびりついている。いやにじろじろと見られて、無量は居心地が悪そうだ。

「おまえさ、どーすんの。市の人とかも動いてるし、早いとこ白状しないとマジでヤバイことになるよ」

「……。俺が赤間《あかま》をやめりゃよかとやろ」

ミゲルはこちらに背を向けて横になった。

「元々やりたくてやった仕事でんなか。じーさんに無理矢理押しつけられただけったい。転職は慣れとるし、またバイトでんして適当に」

無量の目つきが急に変わり、横になったミゲルをこちらに向かせ、胸ぐらを掴《つか》んだ。

「おまえ問題が何か全然わかってねーな。少しは反省してんのか」

驚いたミゲルは「知るか」と無量を引き剝《は》がした。が、無量はミゲルの肩を掴んで、

「そうやって逃げてんだろ、いつもいつも。振り込め詐欺の時も、なんで自分が責められてんのか、どうしてそれが罪なのか、深く考えたことなんかねーんだろ」

「うっせえ！　説教ならたくさんたい」

「何でもかんでも自分のコンプレックスのせいにして、それ以上のことから目ぇそらしてる。千波さんがおまえにつらく当たるのは、おまえの目が青いからじゃない。おまえがそうやっていつまでも甘ったれてるからだ、違うか！」

痛いところを衝《つ》かれたミゲルが、カッとなって無量の胸ぐらを摑み返した。そのまま勢い余って押し倒す。体格で勝るミゲルに本気を出されると、無量はかなわない。

「おまえに何がわかる。鏡見るたび胸くそ悪くなる。見たこともないオヤジそっくりなこの顔が昔から大嫌いやった。おふくろが出てったとも、俺がこげんな見てくれしとるせいや。せめて、おふくろに似て日本人のごたる顔立ちで黒か髪で黒か目やったら、こげんなことにはなっとらんたい！」

無量に覆い被《かぶ》さりながら、ミゲルは吐き出すように言った。

「俺なんか生まれてこんほうが、よかったっとやろ！」

ミゲルの吐露を聞いていた無量は、ふと真顔になると、手袋をしていない右手で、ミゲルの頰に触れた。ミゲルは一瞬ドキリとした。その手で、無量は子供をなぐさめるように頭を軽く撫《な》でた。

「おまえの気持ちは、わかるよ……」

「え」

「でも、生まれもったもんはどうしようもない。傷ついた気持ちを抱えてその場所に留《とど》まっていても、自分がつらくなるだけだ。自分じゃどうしようもないものよりも、自分の力で少しでもどうにかできるもの、手に入るかもしれないものに目ぇ向けたほうが、楽になる。俺がそうだった」

「西原……」

「遺物捏造がなんで罪なのか。教えてやろうか」

無量は怖い表情に戻って、ミゲルを真っ直ぐ見あげた。

「遺物は本来、嘘をつかないからだ。文献はいくらでも嘘が紛れ込む。書いた人間の立場、主観で、いくらでも都合のいいようにねじ曲げられる。でも、遺物は違う。遺物は何も言わないけど、或《あ》る時代の土層に埋まっていた、ただそれだけの単純な事実が、揺るぎない真実で、その時代にそこに存在したっていう動かし難い証拠になる。考古学はそれを大前提にして研究を始める。全ての土台なんだよ」

「土台……。全ての」

「そこに一度でも嘘が入り込んだら、全てを疑ってかからなきゃならない。それは土台が崩壊することを意味するんだ。そうなったら考古学は成り立たない。どの時代に何があったかが、ぐちゃぐちゃになって、過去そのものが崩壊する。嘘をつかないはずのものが嘘をつくのは、人の手が入ったときだけだ。断じて踏み越えちゃいけない、聖域なんだよ」

ミゲルは言葉を失ってしまった。無量はひたむきな眼差《まなざ》しで、

「俺のじーさんは、踏み越えてはならないものを踏み越えた。地位も名誉も剥奪《はくだつ》された

けど、それは不正という形ばかりを責められたわけでも何でもなくて、考古学者として絶対に手を入れてはならない聖域に手を入れたことへの、罰なんだ」

「……」

「わかるか。おまえは大学教授でもその道の権威でもないけど、やってしまった罪は一緒なんだ。おまえがあの十字架を埋めたせいで、歴史に嘘が紛れ込んだ。たとえあの十字架が、確かにその時代に存在したものであっても、あの場所に埋まってたことは嘘だ。おまえが埋めたせいで、本当に埋まっていた他の遺物たちの真実まで、疑わしくさせてしまった。彼らがありのまま宿していた真実の値打ちを、台無しにしてしまったんだ」

今の今まで、ミゲルはそんなことを思いもしなかったのだろう。川口の死を目の当りにして、自分も殺されるのでは、とただひたすら怯《おび》えるだけだったミゲルも、ようやく自分がしでかしたことの重大さに気づいたようだった。

打ちのめされたような顔で、無量から離れた。無量も体を起こした。

「今ならまだ間に合う。打ち明けて、取り消そう。ミゲル。あの十字架の出土はなかったと」

ミゲルは何も言わずに背を向けて、ごろりと横になる。それきり何も言わなかった。

無量もそれ以上は言わなかった。

だが、一夜のうちに、事態は予想外の速さで進んでしまったのだ。

＊

翌朝、無量たちは佐智子のはしゃぎ声で起こされた。

「ミゲル！　西原くん！　起きて起きて！　新聞に『金の十字架』が載っとっと！」

眠気が吹っ飛んだ。飛び起きて新聞を見ると、地方版に、出土した「金の十字架」の写真が載っている。無量は真っ青になった。土の中から顔を出しているのは「発見された」時の状態の十字架だ。〝ローマ法王からのおみやげ？〟との見出しで、寺屋敷遺跡の記事が載っていた。

「毎経日報……っ。如月！」

あン の野郎！　と激昂《げっこう》して、無量はすぐに忍へ電話をかけた。長崎市内のホテルにいる忍は、すでに起きていて、記事も見ていた。

『やられたな……。如月さんも先走ったことを』

痛恨だった。記事自体は写真と数行の文のみだが、土に半分埋もれた十字架は、謎めいていて、読み手の目を惹《ひ》いた。明らかに計算尽くの掲載だ。これでもう出土自体をなかったことにはできなくなった。いずれは「捏造だった」と発表しなければならない。

「あいつ……っ。全部わかってて、わざと！」

『こうなった以上、こっちも腹をくくるしかない。とにかく二報を潰《つぶ》すよう手を回そう』

「このまま好きにさせてていいのか、忍！」

『むろん、ただで済ませるつもりはないよ。それより、おまえはミゲルの安全を』

いやに冷静な口調が、かえって忍の深い怒りを表していた。

佐智子たちは、捏造だったなど思いもしない。新聞に載ったと素直に喜んでいる。ミゲルは外に出ていってしまった。

無量は怒りのぶつけどころがない。たまらず壁を殴った。

＊

ミゲルが埋めた「金の十字架」の「出土」が、世間に知らされた今、忍は機敏に動かねばならなかった。

向かった先は、警察署だった。死んだ川口があの夜、コンビニで会っていた男の画像を、確認するためだ。県警にいる同級生を通じて、監視カメラの画像を解析してもらっていた。

該当の画像を三度見た忍は、担当警官に頭を下げた。

「………。すみません。心当たりがあるような気がしたんですが、人違いだったみたいです。お役に立てなくて、ごめんなさい。失礼します」

その足で、忍が向かったのは、長崎市内にある商工会館だ。商工会議所の事務所が入っている。ある男に会うためだった。昼休み、忍から呼び出されて、その男は現れた。

「おお。相良さんじゃなかですか。突然どうしたんですか。こげんな所まで」

会館近くのカフェで、忍が落ち合った相手は、鐘田清《かねだきよし》だ。先日博多で行われた世界遺産候補のシンポジウムで知り合った、商工会議所の観光担当職員だった。忍の来訪に驚いていた。

「この間のゴルフコンペでは、色々ありがとうございました。勉強になりました」

「いえいえ。若い人は力任せに打ちがちだけど、相良さんはフォームがよかけん。ドライバーが着実に決まり始めれば、すぐにスコアもあがりますよ」

「これささやかなんですけど、教えてもらった御礼です。地元の御菓子で恐縮ですが」

「え？　こんなのいいのに。気を遣わせちゃったね」

大場《おおば》社長主催のゴルフコンペで、たまたま同じ組で回ったこともあり、昼食がてらゴルフ話で打ち解けた。だが目的は勿論《もちろん》、ゴルフの御礼ではない。食事を終えるのを見計らって、本題に入った。

「そういえば、今朝の新聞に、日野江城下の発掘で『金の十字架』が出たって記事が載ってました。天正遣欧少年使節団が持ち帰ったローマ法王のおみやげなんじゃないかって。ご覧になりましたか？」

「え……？　いいや。初耳だよ。すごい発見じゃないか」

「それって世界遺産登録の後押しになりますかね」

「専門家じゃなかですけん判らんが、イコモスへのアピールにはなるんじゃないかな。カトリックの総本山と日本のキリシタンが繋《つな》がっていた証《あかし》でしょう。ヨーロッパの人から見れば、キリスト教の力が遠く極東まで及んでいた証だし、遺跡の値打ちはグッとあがるはずです。象徴的な遺物ですよ。凄《すご》い発見だ」

「でも、それと全く同じ十字架がどういうわけか戦時中のマカオにあったという資料が出てきたんです。これどう説明したらいいでしょう？」

鐘田は顔色を変えた。

「それは本当か」

忍は鐘田の動揺にあえて気づかなかったふりをした。

「戦時中にマカオにあったものが、四百年前の土層から出てくるのは、おかしいですよね。鐘田さんは、どう解釈したらいいと思いますか」

「それは……同じものが二個あったということではないかな。使節団は三個の十字架を持ち帰ったそうじゃないか。だとしたら、あとふたつ、同じものがあるということだろう？」

シーリングスタンプのことは、忍は言わなかった。じっと鐘田を凝視し、

「ですよね。もし同一の十字架だとすると――そこから出土したこと自体に、嘘がある……ってことになってしまいますからね」

「嘘が、というのはよくわからんが、世界遺産認定の目玉ができたのは大歓迎でしょう。待ち望んでいた人も多いはず。発見した人には感謝状でも贈りましょうかね」

鐘田はゴクゴクと勢いよく水を飲んだ。忍は冷静に反応を見続けた。「冷房の効きが悪いなあ」としきりにおしぼりで汗を拭《ふ》いている。落ち着きがない。

ふたりは店を出た。ロビーで、別れ際に忍が問いかけた。

「月曜日の夜、鐘田さん、島原にいらっしゃいませんでしたか」

鐘田は笑顔を消した。なんのことかな、と訊《たず》ねてきたので、忍が、

「いえ。夜中、阿母崎駅近くのコンビニでお見かけしたので。声をかけようとしたんですけど、ご友人と一緒だったようなので」

朗らかに微笑みながら、眼は慎重に鐘田の出方を見ている。

鐘田は笑った。

「人違いでしょう。私、典型的な長崎顔だと言われるので、よく他人と間違えらるっとです」

「人違いでしたか。すみません。乗ってた車の車種まで同じだったものですから。こんな時間に変だなあとは思ったんです。月曜の深夜に遠出なんかしないですものね」

「その日は会合でしたし」

「しかも、そのそっくりさんと一緒にいた人、事故に遭って亡くなってるんですよ」

鐘田の顔から完全に笑顔が消えた。忍は世間話でもするように、

「……なんか睡眠薬を飲んでたらしくて。それで運転なんて自殺行為ですよね。まあ、自分の意思で飲んだならって話ですが」

「………。なんでそんな話まで私にするのかな」

「いや。事故死した人、例の『金の十字架』を出した発掘員とも知り合いだったらしいんで」

言葉を選びながら、鐘田の反応を窺《うかが》っている。明らかに青ざめている。

忍は腹をくくって、真顔になった。

「……あれがあなたなら、理由が知りたいです。なんのために捏造《ねつぞう》を指示したのか」

「なんの話だ」

「世界遺産登録のためですか。捏造工作を考えついたのは、あなたですか。それとも」

「何を言っているのか、さっぱり意味がわからん」

忍は口を一文字に結んだ。瞳《ひとみ》の温度がスッと下がり、追い詰める目つきになった。

「勘違いなさらずに。僕は別に川口氏を殺した犯人を告発したいわけじゃないんです。赤の他人の川口氏に、そこまでする義理もない。知りたいのは理由です。発掘者に不正を強いた理由」

「な、なにを言って……」

「新聞社には、手違いだったと訂正記事を出させて『金の十字架』の出土はなかったことにさせます。あなたがこれ以上、発掘現場に不正を持ち込まず、今回の件も終わりにすると――ミゲルや無量たちにこれ以上、手を出さないと約束してくれるなら、あなたの犯罪については口外しません。何も起こらなかった。これは取引です。鐘田さん」

鐘田は顔を強《こわ》ばらせて立ち尽くしている。

「君は何者だね」

「ただの発掘コーディネーター見習いです。話してくれませんか。今回の件で仕組まれたこと全て。もし困ってる事があるならば、力になれるかもしれません」

鐘田は動揺していた。そこへエレベーターから、どっと人が降りてきた。我に返った鐘田は、菓子包みを忍の胸に突き返すと、人目を憚《はばか》ったように踵《きびす》を返した。

「話すことなんか何もないですよ。失礼します」

「電話をください。ふたりだけで会って話をしましょう。待ってます」

鐘田はそそくさとエレベーターに乗り込み、閉まるドアの向こうに消えた。忍は軽く溜息《ためいき》をついて、突き返された菓子箱を見た。鐘田が察しのいい男なら、これが取引という名の脅迫であることに、間もなく気づくだろう。

いや、気づいてくれなくては困る。暴力を厭《いと》わない連中が関わっているなら、尚更《なおさら》。無量たちを守るためにも。

側頭部の傷がズキリと痛む。忍の表情は険しくなった。

そんな忍のスマホにメールが着信した。中身をチェックした忍は、差出人の名を見てニヤリと微笑んだ。

「……援軍到来だ」

ロビーの壁には世界遺産候補のポスターが貼られている。

煉瓦《れんが》色《いろ》の天主堂を背に、白いマリア像がこちらを見下ろしている。

*

毎経日報の「金の十字架」出土の記事は、案の定、反響を呼んだ。その日のうちに、陣内調査員は取材申し込みの対応に追われ、発掘現場にも見物人が足を運び始めていた。

無量と萌絵は苦い気持ちでいっぱいだった。

如月のおかげで「金の十字架」の発見は、一躍注目を集めるようになってしまったからだ。

勝手を知らない見物人は、放っておくと現場のトレンチ際まで入ってこようとしてしまう。即席警備員の萌絵が見物人の誘導を受け持ったが、好奇心で集まった善男善女の中に先日の襲撃者が紛れこんでいるのでは、と気が気でない。

「だから……。作業中は大丈夫だから、いいよ。見張ってないで。自分の仕事しろって」

寺屋敷遺跡に朝から張りついている萌絵はトレンチの畦《あぜ》に仁王立ちだ。強面風コンバットスタイルで不審者を威嚇している（つもりなのだ）。萌絵の厳重警戒ぶりに、無量はあきれ果てていた。

「相良さんから『そばを離れるな』って言われてるんです」

「このだだっ広い畑の真ん中で、どう襲われるんだっつの。てか、おまえが一番不審だ」

漲《みなぎ》る緊張感とは裏腹に、萌絵は眠気と闘っている。というのも昨夜遅くまで、笹尾初江の手紙を解読していたせいだ。「藤田」とは何者なのか。ぽつぽつと把握できたのは、藤田は内地から来た宝石商で、マカオをはじめ、様々な国で買い付けを行い、英語は勿《もち》論《ろん》ドイツ語やイタリア語、中国語にも堪能《たんのう》だったらしい。宝石商だから「死の十字架」のこと「まだれいなの十字架」も単に宝飾品として扱っていたのかもしれない。藤田は初江に「十字架」を譲ってくれるよう頼んでいたようだが、「先方が望んでいる」との文言が何度も出てくるので、買いたい客がいたのだろう。その客が「祖国を救」える立場にある人物で、「まだれいなの十字架」を売ることを、条件にしていた？

戦争に勝つための取引？　相手は武器商人だったとか？

その「藤田」は初江と同郷だったらしい。平戸の出身で、敬虔《けいけん》なクリスチャンでもあった。それが懇意な間柄になるきっかけのようだった。

しかも「他のふたつは手に入れた」との文面があったから、やはり藤田は十字架が三つあることを――ローマ法王の贈り物であることまで知っていたようだ。「先方」も知っていて、それを理由に、求めたのだろうか。

「……出身は平戸かあ。もう少し手がかりがあれば」

近くはないが、同じ県内なら行けない距離ではない。年齢を考えれば、存命である可能性は低い。「宝石商の藤田」と写真だけを手がかりに、果たして身元を摑《つか》めるだろうか。算段を巡らす萌絵のもとへ現れたのは、佐智子の父親・政夫《まさお》だった。近くのＪＡに収穫物を運んだ帰りだった。地元の歴史通でもある。

「永倉《ながくら》さん、昨日の約束。これから案内しますけん。ちょっと回ってきましょう」

「えっ。今からですか」

昨日の夕食の席で、萌絵が「北村西望《きたむらせいぼう》の実家もコースに入れたい」と言ったのを覚えていたのだ。無量が露骨に喜んで「どうぞどうぞ」と背中を押し、抵抗する萌絵を軽トラに押し込むと、すっきりした顔で手を振っている。

「ついでに飲み物買ってきて」

警備どころか、使いっ走りだ。それどころじゃないのに、と内心困り果てつつも、萌絵はおつかいがてら、西望公園に立ち寄ることになってしまった。

「わあ、いい眺めですね……」

高台にある公園からは、段々畑の向こうに有明海が望める。低く垂れこめた雲を割って差し込んだ光が、海面をきらきらと輝かせて眩《まぶ》しい。数条のレンブラント光線がそこはかとなく荘厳で、萌絵はしばらく眺めに見入ってしまった。

その公園には、長崎県出身の彫塑家・北村西望の実家が残っており、見学できるようになっている。屋外にはその作品が展示されていた。

「西望さんって、長崎の平和公園にある、あの有名な像を造った方ですよね」

「ええ。こちらに平和祈念像の小さいのがありますよ」

男神を思わせる、堂々とした体軀《たいく》の、力強い男性像だ。右手は天を指し、左手は水平に差し伸べられている。その表情は、祈るようでもあり、戒めるようでもある。公園内に展示された作品は、どれもパワーと緊張感に溢《あふ》れ、人間の本質をあぶり出すような気迫に満ちている。萌絵が心惹《こころひ》かれたのは、天を仰いで肉体をねじるようにして立つ男性の裸体像だ。天を仰ぐ首は少し傾げ、下からではその表情はよく見えないが、突っ張らせた両手は指先まで力がこもり、全身で何かの衝撃を受け止めているような姿だ。

「〝光にうたれたる悪魔〟……か。不思議なタイトル」

「西望さんは、南有馬の誇りですばい」

原城にある天草四郎《あまくさしろう》の像も手がけていた。強く主張する肉体を裏切る淡泊な顔立ちが、独特な作風を醸しているので、一目で分かる。萌絵は圧倒されながら、見ていたが……。

「ん？　これも西望さんですか」

小さな祠《ほこら》の中に、二体の可愛らしい石仏らしきものが祀《まつ》られている。いや、と茂木が言い、

「それは地元に祀られとったもんですな。道祖神か何かに見えよっとですが、キリスト教の〝神父〟を模しとるようです。隠れ切支丹が密《ひそ》かに祀っとったのでは、と言われて

ます」

「隠れ切支丹……。そういえば笹尾さんのおうちも。でもこれどのへんが神父様なんでしょう。帽子らしきものはかぶってるようですが」

「手に三つ叉《また》の棒を持っとるとでしょう。三本の聖なる釘《くぎ》やと言われとっとです」

萌絵はドキリとした。――三本の、釘？

「それって、どういう」

「ええ。キリストが磔《はりつけ》にされた時、手足を十字架に釘打ちされた時のもんです」

萌絵は「あ！」と思わず声をあげてしまった。三本の聖なる釘。まさか……！

「相良さんが言っていたのは……このこと」

無量が出した「三本の鉄釘」。

あれはキリストを磔にした釘――「聖釘《せいてい》」だったとでもいうのか。

「まさか本物なんていうんじゃ……っ。なんでそんなものが、あの遺跡から……」

＊

一方、無量は引き続き、人骨のトレンチを発掘していた。

昨日取り上げた「三本の鉄釘」はX線回折法による分析にかけるため、分析委託業者のもとへ運ばれていった。

右手がだいぶ落ち着いたところを見ると、やはりあの鉄釘に反応していたようだ。でも、まだ何か埋まっているとの勘が捨てきれず、無量は同じトレンチでの発掘を続けている。

女の人骨のそばからは、その後、ロザリオの珠《たま》と青銅製とおぼしき十字架が出てきた。彼女がなぜあの「三本の鉄釘」を持っていたのか。死者は何も語らない。残されたものは遺物だけだ。遺物が語るものから、読み取るしかない。

でも掘り続けるうちに、無量の脳裏には浮かぶのだ。ここに埋もれた人骨たちの最期の場面が。むろん想像だ。必死の思いで原城から脱出した人々。幕府の目を逃れて、命からがら、かつてセミナリヨだった寺の跡に逃げ込んだのだろう。そこで幕吏に見つかった。命乞《いのちご》いしたが、斬り殺された。人骨の首には、刀傷とおぼしき跡が残っていた。

どこへ逃げようとしていたのか。なぜ「鉄釘」なんかを持ち出した？　あなたは誰？

人骨は何も語ってはくれない。彼女には、自分が誰かを証明する術《すべ》すらない。

待てよ、と無量は思った。彼らはただ「逃げてきた」のではない？　むしろ、何かの目的を果たすため、危険を冒して城を出たのでは。その使命を負っていた？　何かを伝えるため？　何かを届けるため？　何を——あの「鉄釘」を？

どこへ？

「なあ……。あの永倉ってお姉さんさあ。彼氏とか、おんの？」

隣で作業していたミゲルからの呑気《のんき》な質問に、無量は集中力を削《そ》がれた。

「いきなり何」

「なあ、彼氏おっと？　どうなん？」

「いたら、あんなに忍にデレデレしてない」

「相良さんとつきおうとるん！」

「ちげーよ馬鹿。なにおまえ。永倉に気があんの？」

　ミゲルが「しーっ」と指を立て、慌てて辺りを見回した。顔が赤らんでいる。無量は呆《あき》れた。……あんなんのどこがいいんだか。

「ミゲおまえ、いい加減にしろよ。記事が出た以上、捏造《ねつぞう》でしたっていつかは世間様に白状しなきゃなんないんだぞ。会社のみんなに迷惑かけるんだぞ。どのツラ下げて惚《ほ》れた腫《は》れたって」

「わかっとー。そぎゃん怒らんでも」

「おまえ何なの？　馬鹿なの？　昨夜俺が言ったこと全然わかってねーじゃねーか！」

「だから、わかっとるて！　焦っとるけん言うてみただけったい！　そっちこそムキばなっとる。それとも俺に告《コク》られたら、マズイことでもあるんですか」

　不毛なやりとりをしているふたりの頭上を、ヌッと黒い影が覆った。濁声《だみごえ》で「調子はいかがですか。宝物発掘師《トレジャー・ディガー》さん」と問いかけられ、無量はギクリと顔をあげた。

　如月記者が、しゃがみこんでトレンチを覗《のぞ》き込んでいる。

無量は上目遣いで睨《にら》んだ。怒りで目が煮え立っている。如月は、顎《あご》をしゃくって外に誘った。ちょっと顔貸せ、と。

　ふたりは駐車場で向き合った。

「なんすか、話って」

「今日は相良の息子はいないのな。君を箱入り扱いしてる」

　無量は怒りを剥《む》き出しにしていたが、もう右手は震えなかった。自分で握りしめて、忍が握っていてくれた時の感触を、必死に右手へ思い出させていた。

「また変なもん出したそうだな。三本の釘だって？　ここは何か。キリストの墓か？」

「なんで記事出したんスか。嫌がらせですか」

「取材許可は得てるわけだし、何も問題ないよな」

「あんた、どこまで、ひとの気を逆撫《さかな》でしたら……！」

「記事を取り下げて欲しけりゃ、右手の秘密を教えてよ」

　無量は詰まった。如月の眼は、獲物を狙う猛禽《もうきん》そのものだ。無量は抗《あらが》うように、

「……秘密なんて何もない。古傷に不自由してますけど、人様に言えないことは何も」

「〝西原瑛一朗《えいいちろう》に右手を焼かれた孫、発掘にかける情熱〟──見出しはこんなとこかな」

「ふざっけんな……っ」

「イヤなら十字架の続報を出すだけだ。有識者のコメントをたくさん入れて、盛り上げるだけ盛り上げたとこで『不正があった』とスクープ入れる。……さあ、どうする」

　無量が追い詰められた表情で、怒りに震えていると、不意に、如月の肩を背後から摑《つか》

んだ者がいる。

振り返ると、そこにいたのはミゲルではないか。ミゲルは「みてろよ」とでもいわんばかりに如月の注意を惹《ひ》きつけると、いきなり作業員たちへ向けて「聞いてください！」と呼びかけた。

何事か、と皆が顔を上げたところへ、

「すいません！　俺、嘘ついてました！　あの『金の十字架』、掘り当てたいうのは嘘でした！　俺が自分で埋めて、見つけたフリばしたっとです！」

これには佐智子をはじめ作業員全員ポカンとなった。見物人もいた。たちまち騒然となり「どういうことだ」と皆に詰め寄られた。

「全部嘘なんです！　すいません！　あの十字架が出たことは、なかったことにしてください！」

無量は棒立ちだ。呆気《あっけ》にとられている。如月は顔面を押さえた。やっちまった、とうなだれている。皆に取り囲まれて容赦ない追及をくらいながら、ミゲルは「どうだ」とばかりに振り返った。如月は苦い顔だ。

「……先走りやがって。消されても知らねーぞ」

胸のつかえがとれたミゲルは晴れ晴れとした表情だが、どこに襲撃者が潜んでいるとも知れない状況で、堂々と自白するのは無謀すぎた。犯人は、いよいよ捏造が証明されてしまう前に、再び暴力に訴えるかもしれない。現場には千波の姿もある。千波はじっとミゲルを見て、厳しい表情を崩さない。

「気づいたか。あいつ、おまえをかばったんだぜ」

え？　と無量は如月を振り返った。……ミゲルが、俺を？

「ちっ。西原の孫が捏造に関わってるってぶちあげて盛り上げるはずが台無しじゃねーかよ」

如月がスマホを差し出した。今度は写真だ。どこかのホテルのロビーで隠し撮りしたらしい。スーツに身を固めた日本人男性が歓談している。見覚えあるか？　と訊《き》かれた。

無量はハッとし、

「これ、こないだブルーゲン氏と一緒に、現場に来た奴じゃ……」

やっぱりな、と如月はスマホを胸ポケットにしまった。

「城田尚道《なおみち》。大手ゼネコン大村建設の元社長。諫早湾の干拓事業で揉《も》めた時も、推進派として剛腕振るったって話だ。オランダランドの工事だの地元の大型案件にはたいがい嚙《か》んでて、黒い噂もよく聞く。今は菱川《ひしかわ》重工で役員やってる。したたかなじーさんだ」

「なんでそんな人が」

「地元政財界のカオだ。世界遺産登録推進運動の旗振り役。先週の会合にブルーゲン氏を招待したのも、この男だ。猛アタックしてるらしい」

「まさか、こいつが黒幕……？」

ちら、と如月が無量を見た。無量は「ヤバ」と口をつぐんだ。

「大村建設は昔から景誠会《けいせいかい》っていう地元暴力団との癒着があった。死んだ川口も、一時期そこのパシリをやってた。俺が掴んだのはここまでだが」

無量はじっと如月を睨んだ。

「こんなデカイ芋蔓《いもづる》掴んでるくせに、俺なんかと引き替えにしちゃ勿体《もったい》ないでしょ」

「ふん。どうやらおまえらの見立ては、俺のと近いようだな」

如月がカバンからクリアファイルを取りだした。

「山梨《やまなし》支局の記事だ。君が出した釘《くぎ》の正体の、多少はヒントになるかもしれない」

新聞記事のコピーだった。ある旧家から見つかった肖像画と古文書について記されている。

「有馬《ありま》晴信《はるのぶ》の家臣……が残した〝血のマリア〟?」

「日野江城主の有馬晴信は、ある事件で甲州《こうしゅう》に追放されて死罪になった。その晴信に随行した家臣の子孫が、山梨にいて、そこから晴信時代の古文書が出てきたらしい。まだ全部解読はできてないが、原城からの使者の手紙が見つかったそうだ」

「原城からの？　それマジすか」

如月は手の甲で、無量の頬を軽く叩《たた》いた。

「貸しは作った。きっちり返してもらうぞ」

その日の作業後、無量は千波に声をかけられた。てっきりミゲルの捏造自白の件で厳しく問いつめられるものと思ったのだが、千波は何も言わず、無量を車に乗せた。連れて行かれた場所は、原城跡だった。先日のリクエストに応《こた》えて、発掘現場を案内してくれるつもりらしい。

原城は南有馬にある。寺屋敷の発掘現場からは、車で五、六分。有明海に面して、ひときわ緑が多い。広大な縄張りを持つ城跡は、県下最大だという。

「いい眺めスね……」

本丸前の駐車場に降りた無量は、夕焼けの海を見て、潮風に吹かれた。海に面したほうは断崖《だんがい》絶壁になっていて、まさに天然の要害だ。

広大な敷地は公有化が進んでいるそうだが、まだ畑や田んぼなどの耕作地が目立つ。駐車場下の海側、蓮池《はすいけ》と呼ばれるあたりは、たまねぎ畑になっている。駐車場の付近は、本丸の正面玄関にあたる。かつては大手門があった。

「こっちにきたまえ。まず最初にここで拝んで」

千波に呼ばれて行くと、古い石碑の上に可愛らしい石仏が立っている。毛糸の赤い帽子とピンクのマフラーは、誰かが作ってかぶせたものだろう。

「ホネカミ地蔵、と呼ばれていて、島原の乱の百三十年後に、有馬村にある願心寺《がんしんじ》の注誉上人が、乱で死んだ人々の骨を拾い集めて供養したという。ここを訪れる時は、必ず最初に、ここにおまいりすることにしてる」

千波にならって、無量も手を合わせた。

城跡は、乱の後、長い間、忌み地のような扱いで放置されていたという。一揆《いっき》で領民がほぼ全滅し、よそからの移住者に入れ替わった後も、この土地が無惨な死に満ちた場所であることは伝わっていたとみえる。

「〝骨かみ地蔵に花あげろ　三万人も死んだげな　小さな子供も居たろうに　骨かみ地蔵に花あげろ〟……ここはただの戦場跡じゃない。戦争の名の下で大量虐殺が行われた場所でもある」

「三万人……」

原城には村ぐるみ家族ぐるみで籠城《ろうじょう》した。有馬村、深江《ふかえ》村、加津佐《かづさ》村、口之津村……、それぞれの村ごとに集まり、本丸から二の丸、三の丸、この広大な敷地で約三ヶ月籠城生活を送った。

「この大手門口でも大量の人骨が見つかった。陥落の翌日、城が破却された時に、遺体の上に石垣を崩したりして埋めたようだ。約四百体の人骨が見つかったが、むろん、それで全部じゃない。記録によると、多くは海に投げ捨てられたりもしたようだ」

「海に……」

「それに損壊状態がひどかった。首だけだったり、首だけなかったり、臑《すね》から下がなかったり。自然に分離したのでないことは、本来外れやすい肩や肘《ひじ》などの関節部がつながったままだったことからも言える。わざと遺体を切断したんだ」

「なんのために」

キリシタンは死んでも甦《よみがえ》るという俗説があったためだ。首を刎《は》ね、体をばらばらにして、甦らないようにしたという。

無量は痛ましい気分になった。

「むごいっすね……」

「ああ。元領主の有馬晴信も、まさか自分の城で、後年、領民たちがそんな凄《すさ》まじい死に方をするとは思ってもみなかったろう」

発掘によって出た大桝《おおます》形石垣の名残と虎口《こぐち》の部分は、今は平らに整備されて、それとわかるようになっている。コの字形の虎口にそって、本丸櫓《やぐら》跡へと歩いた。のどかな風景だ。土塁の地形はそのまま使われ、今は畑になっている。

「尤《もっと》も、領民たちをキリスト教に改宗させたのは、有馬晴信だ。そのために元々あった仏教寺院を破壊してる。僧侶《そうりょ》には、改宗か、この地を去るか迫ったし、宣教師が仏像を破壊したりもしてる」

「異教徒ってわけですか。どっちもどっちっつーか……。でも、なんで晴信はそうまでして領民ごとキリスト教に改宗させたんです？」

「一説には、イエズス会の援助が欲しかったからだと言われる。有馬氏は一時期、龍造《りゅうぞう》寺《じ》から攻め込まれて、存続すら危うかったほどだ。イエズス会は最先端の武器から資金からたくさん持っていたから、最後の頼みの綱だったんだろう」

「イエズス会……ですか」

きっかけは援助目当てだったとしても、その信仰は領民に根付いた。後の禁教令で、迫害され、弾圧され、元領民たちも一度はキリスト教を棄てたが、新しい領主の苛政《かせい》によって苦しみ、既存の権威を信頼できなくなったためか、一揆を前にキリスト教信徒へと立ち帰っていった。

「そういう精神的支柱を与えたってことですよね。それも晴信の遺産だ」

千波は思わず無量の横顔を見つめた。打てば響くように言葉を返してくる無量に、いちいち驚かされている。

「……その通りだ。一向《いっこう》一揆の時もそうだが、信仰を得た庶民は強い。強いというのは、すなわち、死を恐れないということだ。死を恐れない人間こそ、権力者が一番恐れるものだ」

あそこだ、と千波が土塁の下にある小さな畑を指さした。

「六十年前、あそこの畑から『金の十字架』が見つかった」

「あそこですか。本丸の石垣の下？　変なとこから出たんすね」

土塁の下を覗《のぞ》き込んで、無量が言った。……てっきり本丸から出たものと思っていた。

「城を壊した時、たまたま紛れ込んだのか。さもなくば所有者の遺体と共に埋められたのか」

「……。下、ですか」

無量は顎《あご》に手をかけて、考え込んでしまう。

「あのあたりには半地下式の竪穴《たてあな》建物跡が見つかってる。人骨や陶磁器や瓦《かわら》も出てて、一揆衆がこもった小屋ではないかと思われるから、そこにあったのかもしれないな」

「千波さんは、原城の十字架が本当にローマ法王のみやげだったと思いますか」

「さあな。だが成分分析したところ、ヨーロッパ産の金を使っているのは間違いないそうだ。十六世紀末から十七世紀初めのものではないかと言われてる」

「年代は合いますね。でも……」

無量はまだ釈然としない。

ふたりは本丸の中心部に向かった。

虎口にあったという大きな隅櫓が「四郎の家」と呼ばれる。四郎たち幹部がつめ、教会代わりにもしていたようだ。そのそばには発掘中らしきトレンチが残されていた。たくさんのガレ石は破却された遺構の一部だろうか。

その先は広場になっている。

白い十字架がたっている。

海が見える。

厚い雲の切れ間が赤く滲《にじ》んでいる。手前に見える、灯《あか》りが灯《とも》りだした湾は、口之津港。穏やかな夕闇迫る海のはるか向こうに横たわる陸影が、天草だ。

「天草四郎の故郷ですか」

本名は益田《ますだ》四郎時貞《ときさだ》。父はキリシタン大名・小西行長《こにしゆきなが》の家臣だった。

弱冠十六歳で一揆衆のリーダーに担ぎ出された四郎は、「海を歩いて渡った」「掌《てのひら》でハトが卵を産み、そこから聖典が出てきた」などの不思議な逸話に彩られている。「神《デウス》の子」として一揆衆の熱烈な支持を集め、信仰によって皆の心をひとつにまとめあげた。

フェンスの外の崖際《がけ》に、小さな石像が三体、その天草のほうを向いて立っている。望郷するかのようだ。

「四郎の首は原城の門前に晒《さら》され、その後、長崎で晒され、最後は浦上《うらかみ》に葬られたそうだ。昔は首塚があったそうだが、原爆で吹っ飛ばされて、今はもうない」

「それ本当に四郎だったんでしょうか」

「母親が首実検している。……かわいそうに。それまでは気丈に固く口を閉ざしていたが、息子の首を見た途端、こらえきれずに号泣したので、それが四郎だとわかったんだそうだ」

城跡には大きな桜が枝を広げ、北村西望作の天草四郎像が佇《たたず》んでいる。海を背に小さな墓碑が建っている。天草四郎の墓碑だった。今も彼を偲《しの》んでここでミサが行われるという。

海の真ん中に島がひとつ。湯島《ゆしま》という。天草の民と島原の民が談合した島だ。

その前をゆっくり船が横切っていく。

「幕府の総大将・松平信綱《まつだいらのぶつな》は、この城を陥落《おと》すために、オランダにかけあい、沖にオランダの軍艦を呼んで、海から城を砲撃させたんだ」

「オランダの軍艦ですか」

「松平伊豆守《いずのかみ》の言い分によると『一揆衆が南蛮国と申し合わせ、追っつけ南蛮から加勢を寄越す算段だといって百姓たちを騙《だま》しているから、同じ南蛮の異国船から砲撃を受ければ、見捨てられたとがっかりして、降伏するだろう』と。だが、一揆衆は砲撃を受けても、うろたえるどころか、あっさり見抜いて嘲笑《あざわら》ったそうだ。本当の味方が砲撃するわけがないって」

「味方っていうのは、ポルトガルのことですか」

「ああ。ポルトガルとオランダは当時、戦争状態だったからね。一揆衆が外国からの応援を期待してたというのが本当かどうかはわからないが、そんな国際情勢にまで通じる者が城にいたんだとしたら、凄《すご》いことだ」

無量は顎に手をかけ、ますます考えこんでしまう。なんだか引っかかる。

「――南蛮からの、加勢……」

当時はすでに宣教師の行き来も絶えていたはずだ。なのに、どうして援軍がくるなどと言えたのだろう。その根拠は？　単なる希望的観測か。望みの薄い期待を拠《よ》り所にしていたのか。それとも伊豆守の言うとおり、一揆《いっき》衆が味方の逃亡を防ぐために使った方便だったのか。

原城出土のキリシタン遺物は、ほとんどがこの本丸広場で見つかっているという。地表面より十センチ～三十センチ下に焼土層があり、そこから出土していた。

千波と無量は、四郎の墓碑に深々と頭を垂れた。

「寺屋敷の人骨も、ここから逃げてきたんですかね」

「鉛の成分が原城のものと一致したそうだ。間違いないだろう」

「そうですか。やはり」

「……十二万の幕府軍に対して、よく戦ったものだ。強大な権力と戦うのは、容易なことじゃなかったろうに、三ヶ月もよくもった。総攻撃からたった二日間で陥落してしまったが、私には彼らの気持ちがよくわかる。心の支えだったものの姿が。私は……生き延びてしまったが」

「……生き延びた？　何からです？」

物思いにふけっていた千波が、我に返り、なんでもない、と取り繕った。

やっぱり似てます、と無量は言った。

「俺の師匠も、アンチ権力みたいなとこがあって、抵抗した側によく肩入れしてました」

「君に鉄錆《てつさび》の話をした人のことか」

「はい。千波さんとは違って、お喋《しゃべ》りで口うるさい師匠ですけど」

「錆びることで身を守る、か。人も一緒だ。平穏に暮らすためには、いつまでも研《と》ぎ澄《す》まされて輝いてなんかいられない。多くの人間は赤茶色に錆びていきながら、日々を円満に暮らしていくんだ」

「……それは、いつまでも純粋ではいられないってことですか」

「錆びなかった人々は殉教者になった。なれない者は、錆びて生き延びるのを選んだ。それだけだ」

無量には意味がよく摑《つか》めなかった。千波は遠い目をしていたが、喋り過ぎてしまったと思ったのか、また寡黙になった。いつもの気難しい顔に戻り、

「……師匠というのは、君のおじいさんのことかと思ったが」

「まさか」

無量は苦笑いした。「祖父とは発掘の話なんか、したことないっす」

「そうか」

と言うと、素っ気なく先を歩き出していく。色々と訊《き》かれるかと思った無量は、拍子抜けした。だが千波の無関心に救われもしていた。ふと千波の右腕にある大きな傷痕《きずあと》が目に入って、また気になった。

「あの、千波さん。その右腕の傷……」

千波が肩越しに振り返って「ああ」と低く答えた。

「戦傷みたいなもんだ。若い頃の」

――全共闘世代ってやつで……。

――角棒もってヘルメットかぶった学生のデモ隊が、しょっちゅう機動隊と……。

もしかして、その時の傷？　さっきの話も、大学闘争の経験を重ねたのだろうか。

辺りは薄暗くなってきた。本丸を一周して、駐車場へと続く道を歩きながら、千波が言った。

「送っていこう。茂木さんの家でいいのか」

茂木家には、一足先に萌絵と一緒に帰ったミゲルがいる。顔を合わせれば、また揉《も》めるのでは、と気を遣った無量は「じゃ、家の近くのコンビニまで……」と言いかけて、口をつぐんだ。ここに至ってまだ、ミゲルの捏造《ねつぞう》自白について何も触れようとしないことに気づいたのだ。

「あの、千波さん。さっきのミゲルの件ですけど……」

千波は振り向きもせず、立ち止まりもしない。その沈黙がかえって重たく感じた。

「何も訊かないんですか。あの『金の十字架』のこと」

遠くでフェリーの汽笛が響いた。歩みを止めないまま、やっと千波が答えを返した。

「……馬鹿な孫の言うことなど、いちいち相手にはしとれん」

まともに取り合ってもいない。捏造自体を信じていないのか。信じたくないのか。それとも気付いていて否定するのか。無量には千波の真意が図りかねた。

先を歩く千波の、白髪の後ろ姿が、ふと祖父と重なった。海も暗くなり始めている。ややして、千波が振り向かずに言った。

「君と最初に原城の話をした時のことを覚えているか」

「え……」

「君は幕府方による惨殺行為について『自分たちを怖がらせた一揆軍が、そこまで憎かったのか』と言った。それを聞いた時、君のおじいさんを羨《うらや》ましく思ったよ」

無量は意表をつかれた。

「あの、それどういう……」

「私は研究者じゃない。一介の現場監督だ。現場しか知らない。学界のエライ人たちのことはよくわからないが」

ふと足を止めて、薄闇に沈む本丸を振り返った。

「……気に懸けているんじゃないかね。君のこと」

無量は目を伏せて「それはないと思います」と右手を見つめた。

「むしろ、忘れてしまいたいんだろうなと思います……」

千波は無量を見つめている。

緩やかな丘に広がる田畑にも、夕闇が迫っていた。遥《はる》か向こうにうっすらと普賢岳が望めた。駐車場へと戻ってきた無量は、少し離れた路上に、不審な車が停まっているのを見つけた。

昼間でも往来は少なく、農作業の車の他は、たまに観光車両が来るくらいだ。

黒い車の中に人がいる。動き出す様子はない。窓にはスモークが貼られている。こんな時間に、こんなところで何をしているのだろう。

「どうした。乗りたまえ。西原くん」

千波に声をかけられて、無量は車に乗り込んだ。不審な車はまるで無量たちを監視しているかのようだ。だが、手を出してくる気配はない。

夜の帳《とばり》が降りてきて、死者の眠る城に静寂が戻る。

無量たちは原城を後にした。

＊

同じ頃、忍は長崎市内にいた。

厚い雲に覆われた街には、風が出始めていた。帰宅の時間とあって車も増え、路面電車の灯《あか》りが、その間を縫うように連なっている。

忍のもとに商工会議所の観光課長・鐘田からメールが入ったのは、夕方のことだった。

〝君に話したいことがある。今夜会ってくれ〟

どうやら「取引」の意味を理解してもらえたらしい。

忍は鐘田から一連の捏造工作の全容を聞き出すつもりだった。恐らく、十字架を川口に渡し、ミゲルに埋めさせるよう、指示した張本人だ。

一体、なんのためにこんな不正工作を企てたのか。

忍は、鐘田と会うため、指定された西坂《にしざか》公園に向かった。

長崎駅からほど近い場所にある、二十六聖人の殉教地として知られる史跡だ。かつて大勢のキリシタンがここで磔《はりつけ》にされた。殉教者のブロンズ壁像が並ぶ巨大な記念碑の正面には、芝生の広場があり、ちょっとした見晴らし台になっている。

街はすでに夕闇に包まれ、稲佐山《いなさやま》の灯りが瞬いている。高層ビルに隠れて、ここからは長崎駅は見えないが、商業施設の賑《にぎ》やかな光が溢《あふ》れ、低く垂れ込めた雲を照らしている。建物と建物の間から車両基地が望め、その更に先には長崎港と、海が黒く広がっている。

背後を振り返れば、ガウディを思わせる教会の尖塔《せんとう》が、西坂の夜景を背負っていた。

忍は記念碑の前の階段に腰掛けていた。

「はい……、いえ、今のところ問題ありません」

電話で、どこやらと話をしている。

人目をはばかるような低い声で、伏し目がちに、忍は英語でやりとりをしている。

「〈革手袋《レザーグラブ》〉には念のため警護をつけました。但《ただ》し、関与は限定的かと。ただ状況次第では、動かざるを得なくなることも……。了解。例の情報待ってます」

電話を切った忍は、肩で大きく息をついた。物憂げに、街の灯りを眺めた。

「──無量……」

　夜空を流れる雲が速い。風が強くなってきた。

　後ろ暗さを噛《か》み潰《つぶ》し、スマホをしまいかけた時、再び電話がかかってきた。今度は鐘田からだった。出ると何だか様子がおかしい。すぐに電話の向こうの異変に気付いた。

「鐘田さん……？　どうしたんですか。そこはどこです。何かあったんですか」

　荒い息づかいが聞こえてくる。苦しそうな声で、とぎれがちに、鐘田が返事をした。

『相良くんか……？　いまどこだ』

「西坂公園です。待ち合わせの場所に」

『気をつけろ』

　と鐘田が言った。

『君を呼んだのは、僕じゃない……っ。鉄のカラスは、聖遺物に触れたものを全て喰《く》い殺す。鉄のカラスに気をつけろ……！』

「それどういう意味ですか。鐘田さん……？　鐘田さん！」

　電話は一方的に切れた。不穏なものを感じて、忍は何度かかけ直したが、二度と電話が繋《つな》がることはなかった。焦りを隠せない忍のもとに、人影が近付いていた。

「なんだ、おまえら」

　黒いパーカ姿の男が、ふたり。目だし帽の上からフードをかぶっている。

　不穏な気配をまとって、忍に詰め寄ってくる。街灯の光にナイフの刃が閃《ひらめ》くのを、忍は見た。

「おまえら……っ、あの夜の」

凶行は唐突に始まった。フォールディング・ナイフを腰だめに構えて、襲いかかってくる。ぎりぎりでかわした。振り回す刃をよけ、防御するものを足許《あしもと》に探したが、芝生の広場には何もない。護身用に隠していたヘアスプレーで目潰しをし、暴漢の脇をすり抜けて逃げようとしたが、その先に三人目がいた。スーツを着た男だ。まずい、と思って方向転換すると、目だし帽の追っ手が立ちはだかっている。もみ合いになり、押さえ込まれ、とうとう羽交い締めにされた。

無防備になった忍の胸めがけて、男がナイフを突き刺した。

「……ぐ……っ」

うめきと共に胸からナイフが抜かれた。刃が鮮血で染まっている。

ずるり、と忍の体が膝《ひざ》から崩れた。俯《うつぶ》せに倒れた。

暴漢たちは刺したナイフを茂みに放り投げ、忍の手からこぼれたスマホを踵《かかと》で踏み潰すと、それも茂みに投げた。やがて人目を警戒したように、その場から逃げ去っていく。

臥《ふ》した忍は、ぴくり、とも動かない。

西坂公園は再び静まり返った。

ブロンズ製の殉教者たちだけが、凶行を見つめていた。

第六章　鉄のカラス

長崎港に男性の遺体があがった。

埠頭《ふとう》近くの海面に浮かんでいたという。

忍《しのぶ》と連絡がとれなくなってから、二日が経っていた。無量《むりょう》と萌絵《もえ》は心配して、ホテルにも確認したが、おとといの朝から帰っていないという。一向に足取りが摑《つか》めず、捜索願を出そうとしていた矢先の報せだった。身元不明の遺体が発見されたことは、ニュースで知った。無量の動揺は激しかった。顔色は真っ青になり、今も車の助手席で、浅い呼吸を繰り返している。

「大丈夫だよ、西原《さいばら》くん。遺体の特徴聞いたけど、相良さんにしては背が低いし。年齢も違うみたいだし」

萌絵は無量と一緒に長崎市内に向かっているところだ。萌絵は気丈だった。可哀想なほど動揺している無量を見て、自分がしっかりしなくては、と思ったのだ。

「でも水死体だっていうし、なんかで縮んだりしてたら……」

「そんなわけないでしょ。水死体は膨張すんの！」

「ぼ、膨張って……っ」

「しっかりして！　大丈夫、相良さんじゃないってば！」

いつもの強気が嘘のようだ。というより、こちらが本来の無量なのだろうか。こんなにぐらぐらになる無量を初めて見る萌絵は、弟を叱る姉の気持ちで励ましながら、ハンドルを握った。

気になるのは、忍が残した「置き手紙」だった。ホテルから連絡があり、忍の部屋にフロント宛ての封書があるのを清掃係が見つけたという。無量と萌絵の名が記され「ここへ来たら渡してくれ」とあった。忍は何を伝えようとしていたのか。

県警本部に着くと、遺体の身元はすでに判明したという。忍ではなかった。

「鐘田《かねだ》さん……⁉　商工会議所の鐘田清《きよし》さんですか！」

萌絵は絶句した。

鐘田を知らない無量は怪訝《けげん》な顔だが、萌絵は先日ゴルフコンペで会ったばかりなのだ。突然、廊下から号泣する声が聞こえた。見ると、中年女性が署員に伴われて隣の部屋から出てきたところだ。鐘田の妻だという。鐘田は忍と同じく二日前から行方不明だったが、長崎港にて変わり果てた姿で見つかった。司法解剖中だが、自殺の可能性も高いという。

萌絵はショックのあまり、言葉がない。自分たちの周りで一体、何が起きているのか。なぜ、次々と顔見知りが巻き込まれていくのか。不吉だ、と萌絵は感じた。やはり

「死の十字架」が関わっているせいなのだろうか。

冷たくなるその手を引いたのは、無量だった。

「行こう。まだ確かめなきゃなんないことがある」

ふたりは忍の宿泊するビジネスホテルに直行した。フロントで、事情を聴き、念のため部屋の中も見せてもらった。部屋は二日前に忍が出掛けていった時のままになっており、特に異状は見られない。忍の置き手紙を受け取ると、ロビーのソファで、顔を突き合わせるように文面を追った。

「〝おまえがこれを読んでるということは、僕の身に何かが起きたということだね〟」

ふたりはギョッとした。

そんな一文で始まった手紙には、驚くべき事実が記してあった。

「嘘でしょ……。鐘田さんが捏造《ねつぞう》を指示した犯人？」

忍は断言している。川口《かわぐち》に手を下したのも、恐らく鐘田で間違いない。昼に会って感触を探ったが、やはりクロだろう。謝礼を渡すために呼び出した時、睡眠薬入りの何かを飲ませたのだろう。彼が自分で仕組んだのかもしれない。あるいは誰かから指示された可能性もある。未必の故意というやつだ。

十字架を託したのも鐘田だ。動機は恐らく、世界遺産登録に絡んだ何か。

自分も先程、鐘田に呼び出されたので、これから会いに行く。もしその後、自分と連絡がとれなくなったら、その時は自分の身に何かあった時だから、警察に通報を。

「手紙はこれだけ。あと、ロッカーキーが入ってる」

「どういうこと？　鐘田さんは自分が犯人だって相良さんにばれたから自殺したの？」

「西坂公園……。忍はそこで鐘田って人と会おうとしてた。とにかく行こう、永倉《ながくら》」

ふたりは忍の足取りを追って、西坂公園へ急いだ。

二十六聖人の処刑地跡にある公園だ。芝生の広場には、二十六人の殉教者の姿を象《かたど》った大きなレリーフ像が街を見下ろしている。無量と萌絵は手がかりがないか、探し、記念館の職員にも尋ねたが、事件のようなものが起きた形跡はない。忍の足取りはここで消えていた。

「どうしたの？　西原くん」

野良猫が三匹、芝生の一ヵ所に集まって、しきりに臭いを嗅《か》いでいる。舐《な》めているものもいる。無量もそこへしゃがみ込み、芝生を覗《のぞ》き込んだ。無量の顔つきがかわった。

「血痕《けっこん》……じゃないか？」

芝生がそこだけ黒く汚れている。萌絵は口を覆った。

「まさかそれ、相良さんのじゃ……。刺されたとか、そういうんじゃ！」

無量は草を抜いて臭いを嗅いだ。険しい顔つきになった。

「……。二日前の夜か。目撃者がいるかもしれない。探してみよう。警察にも通報があったかもしれないから訊《き》いてみて」

ほどなく近くの飲食店の従業員から手がかりを得た。

「ここに倒れてた男がいた？　それ本当ですか！」

二日前の夜、たまたま犬の散歩中に通りかかった住民が、この公園で若い男が俯《うつぶ》せに倒れていたのを見つけたという。胸のあたりから血を流し、意識もないようだったので、慌てて救急車を呼ぼうとこの店に入り、従業員と一緒に戻ってきた時には、男の姿はなくなっていた。

「消えた……？　ほんの二、三分の間に？」

「ええ。不思議なんですけど、誰かが運び去ったとしか……」

目撃者も、生死の確認まではしなかったが、意識もないようだったから、動けるはずはないのだが。証言によると、被害者の背恰好《せかっこう》は忍ともよく似ていた。警察は呼ばなかったという。被害者が消えたのでは事件にしようがない。

「うそでしょ。相良さんに何があったの……」

今度は萌絵のほうが動揺してしまい、震えが止まらなくなった。無量は冷静だった。血痕を見てから急に様子が変わった。瞳《ひとみ》の奥に強い光が戻ってきた。

無量が向かった先は、長崎駅だ。忍が鍵《かぎ》を残したコインロッカーを探すためだった。なぜ駅だと思うのか？　との萌絵の問いに、無量はこう答えた。

「札の番号が四桁《けた》もある。多分何カ所かあって、千の桁は位置を示してるだけだろうけど、そんなにたくさんロッカーがあるのは駅かプールくらいでしょ。駅ならホテルからも近いし」

果たして同じ番号のロッカーを見つけた。超過料金を払い、忍が残したロッカーキーで扉を開けると、中に手提げの紙袋がひとつ。開けて見ると、

「なにこれ。携帯電話が入ってる」

忍はスマホ使いだから彼のものではなさそうだが。無量は奇妙に思って、携帯電話に入っているアドレス帳を見た。一件だけ登録がある。

「なんだこれ……。『アマクサシロウ』って……」

島原の乱の大将「天草四郎」のことか？

萌絵は気味悪がったが、無量は迷わずその電話番号にかけてみた。忍に繋《つな》がるかもしれないと思ったのだ。だいぶ待たされてから電話が繋がった。

「忍？　忍なのか？　俺だ。無量だ。無事なのか！」

電話の向こうは沈黙している。無量は「いまどこにいるんだ、忍！」と畳みかけた。

すると、

『――……君か。西原無量』

低い男の声がかえってきた。

「……あんた、誰だ」

『鐘田は、殺された』

目を剝《む》く無量に、相手は深みのある低音で、淡々と話しかけてくる。

『鉄のカラスに気を付けろ。鉄のカラスは聖遺物に触れた者を全て喰《く》い殺す』

「ちょっと待て。今のどういう意味だ。鐘田さんが殺されたって、何を根拠に」

『――鉄のカラスは三つ目の十字架を探している。先に探し出して、連中が手に入れるのを阻止しろ。三つの十字架と三本の釘《くぎ》の謎を解け。解答はそこにある。成功すれば、相良忍にまた会えることもあるだろう』

「おい、あんた忍を連れてったのか！　無事なのか！　そこにいんなら電話口に出せ！」

『……次はこちらからかけるよ』

電話は切れた。無量は立ち尽くすばかりだ。誰なんだ、今のは。

萌絵に会話の内容を話すと「どういうこと？」と不安そうな顔をした。

「声の様子からすると、五、六十代。俺のことも知ってた」

「鉄のカラスって……。初江《はつえ》さんの手紙にあった十字架を狙ってる人のこと？　それに奪われると『日本は地獄と化す』って言う。でもそれって戦時中の話じゃ」

「阻止しろって。なんなんだ。これは」

わからないことだらけだ。それでも無量はこの謎に挑まねばならなくなった。

そう。忍の安否を知っているのは、今の男――『アマクサシロウ』だけなのだ。

＊

「君のほうから呼び出してくるなんて。どういう風の吹き回しかな。それとも、ようやく右手の秘密を明かす気になったか」

無量が呼び出した相手は、如月《きさらぎ》記者だった。

やってきたのは、眼鏡橋《めがねばし》の見える中島川公園だった。美しい石橋の周辺は散歩道になっている。

無量だって会いたくて呼んだわけでもなんでもないが、ちょうど万才町《まんざいまち》にある総局に来ていた。如月は諫早支局の記者だが、今は如月の協力が必要だった。

「昨日長崎港にあがった遺体……？　ああ。商工会議所の観光課長のな。自殺みたいだな。家族のもとに遺書めいた携帯メールが送られてきてたって」

悲愴《ひそう》な内容を、如月は屋台で買った名物アイスを舐めながら、語った。無量と萌絵は沈痛な表情で顔を見合わせた。人間関係で悩んでいた旨が書かれていたという。無量は、忍が残した手紙を如月に見せた。

「鐘田氏が、川口殺しの犯人だと……？　マジか」

如月になんか頼りたくはなかったが、一番情報を握っているのはこの男なのだから、背に腹はかえられない。無量は問われるままに経緯を打ち明けた。

「ふーん。その『アマクサシロウ』によれば、鐘田は自殺でなく他殺……。口封じか。つまり鐘田氏は首謀者ではなく、更に裏で糸を引いてた奴がいると」

無量は頷《うなず》いた。如月も今回の捏造《ねつぞう》事件の背景には、世界遺産登録が絡んでいるのではないか、と疑っている。鐘田はその推進事務局の一員でもある。

「鐘田さんも、誰かからの指示で捏造工作に手を貸したんじゃないかと。それが忍にバレたから――」

「鐘田も消した。なるほど見事な尻尾《しっぽ》切りだ。おかげで手がかりも完全に切れたわけだ」

遺書めいたメールは、犯人による「自殺に見せかけるため」の偽装工作だったのだろう。むごい話だ、と如月はコーンをかじった。無量は真顔で、

「黒幕の目星はついてるんでしょ。そっち方面から犯人に辿《たど》り着けないっすか」

「城田《しろた》元社長か。どうだろうな。城田から指示があった証拠でも摑《つか》めりゃ話は別だが」

しかし、そこは如月。スクープへの執念は深い。何が何でも「金の十字架」がらみの記事を物にしたいのだろう。鐘田の身辺への取材を通して、探りを入れると約束した。

「だが相良の件に関しては、「警察に捜索願を出したほうがいいぞ。万一ってことも」

無量は黙っている。別れ際に、ふと思い出したことがあり、如月を呼び止めた。

「……ちょっと気になることが。うちの現場監督の千波さんなんスけど」

「千波って……、十字架を埋めた千波ミゲルの祖父か」

「ええ。どうやら城田元社長とは昔なじみだったみたいなんです。こないだ、現場で久しぶりに再会したみたいなんスけど」

城田元社長は世界遺産登録の推進運動で旗振り役を担っている。ブルーゲン氏とも懇意だ。その城田の旧《ふる》い知り合いらしき千波は、十字架を埋めたミゲルの祖父なのだ。

「なんの因果関係もないっていってんなら、別にそれまでなんスけど」

ふーん、と如月は素っ気なく答えたが、目は鋭くなっていた。

「ま、おぼえとくよ。これで貸し二つな」

如月は去っていった。残された無量と萌絵は、ますます重苦しい表情だ。

「問題は『鉄のカラス』の正体だな」

駐車場に戻る道すがら、無量が言った。

「順番から言えば、鐘田って人が世界遺産絡みで『金の十字架』を埋めさせて、如月の記事で十字架の出土に気づいた『鉄のカラス』が、それを手に入れるために動き出したって感じか」

「その『鉄のカラス』は三つ目を探してるんだよね。一つ目は原城で見つかった十字架、二つ目はミゲルくんが埋めた『まだれいなの十字架』。三つ目は……」

ふと無量が気づいた。

「待てよ。戦時中、藤田《ふじた》って人は『まだれいなの十字架』以外の二本は手に入れてたんだよな」

「うん。手紙からはそう読めるけど」

「つーことは、原城で見つかったのは元々、藤田が持ってたってことになんね？」

あっと萌絵は口を覆った。その通りだ。原城から出土したことになっているが、

「藤田さんがわざわざ原城に埋めたっていうの？」

「原城の十字架は、一九五一年に地権者が耕作中に見つけてる。本丸石垣裾《すそ》にある畑か

らだが、島原の乱時代の土層から出たとは限らない。誰かが後から埋めた可能性も」

そう。原城で感じた違和感は、それだったのだ。

原城の十字架は現在、個人美術館所蔵だ。

「シーリングスタンプの形が知りたい。でも個人所蔵か……」

滅多に公開はしていないらしい。そもそも原城の十字架にもスタンプが刻まれていたなら、とうに公にされているはず。実はまだ誰も気づいていないのか。

「亀石《かめいし》所長の人脈でなんとかなんないかな。確認してもらうだけでもいいんでしょ」

それだ、と無量は言った。「すぐに電話して」

忍と連絡がとれないことは、すでに亀石にも伝えてある。「報告・連絡・相談」するより早く、頭ごなしに叱りとばされた。おまえら何に首突っ込んでんだ。だから、あれほど言っただろう！

電話を無量とかわり、遺物捏造があった旨を打ち明け、どうにか経緯をわかってもらえたが、亀石は心配どころの騒ぎではない。

『……分かった。手配は俺がする。だが、もうおまえらだけには任せられない』

言い分は尤《もっと》もだった。忍を二度までも危険な目に遭わせ、今は消息も摑めない。

無量たちの手に負える範囲を越えていた。

『勝手に動くなよ。俺もすぐにそっちに行く。俺からの指示を待て』

通話を終えると、無量は萌絵を振り返った。萌絵も責任を感じて意気消沈している。

だが、ここで立ち止まるわけにはいかなかった。

「俺たちも一旦《いったん》島原に戻ろう。ミゲルのことも心配だ」

ふたりは車を停めた立体駐車場へと戻った。

エレベーターを降りて車に戻ろうとした萌絵は、ふと柱の陰に人の気配を感じた。

「誰？　そこで何してるの？」

萌絵たちの車のそばに不審な人影がある。車上狙いかと思い、身構えた萌絵と無量は、その男の異様な風体にぎょっとした。目だし帽の上からフードをかぶっている。萌絵は「さがって、西原くん！」と叫び、カンフーの構えをとった。

「永倉！」

目だし帽の男がナイフを取りだした。萌絵は集中した。相手が凶器を持っている時は、それだけを見てはいけない。八方目《はっぽうもく》で全身の動きを見るとはなしに見る。

男が切りつけてきた。萌絵は鮮やかにかわして相手の裏から手首を掴み、ナイフを叩《たた》き落とした。が、男が思わぬ反撃に出た。空手の覚えがあったらしく、身を翻し様、萌絵に痛烈な蹴《け》りを入れてきたのだ。

「！　……永倉……ッ！」

一発浴びた萌絵だが、二発目は腕で止めた。そこから猛然と攻撃にうって出る。鋭い突きと蹴りの応酬となった。有段者級同士の息もつけない攻防が続き、どちらも一歩も譲らない。と、その時、だしぬけに無量が背後から口を塞《ふさ》がれた。もうひとりいたのだ。

「西原くん！」

萌絵は低い姿勢から相手の顎《あご》めがけてハイキックを決めると、無量を奥の車に連れ込もうとしているもうひとりの男を追いかけた。無量は相手の指に嚙《か》み付き、かろうじて逃げたが、追いつかれ、髪を摑まれて倒された。「やめなさい！」と叫んだ萌絵が相手に飛びかかり、側頭部に一発決めて、関節技で押さえ込んだ。その隙に、もうひとりは車に飛び乗り、急発進で逃げてしまう。

「西原くん、通報！」「オッケ！」

萌絵は暴漢の腕をぎりぎりと背中へ捻《ねじ》りあげながら、耳元で叫んだ。

「誰に頼まれたの！　なんであたしたち襲ったの！　相良《さがら》さんを襲ったのもあんたたち⁉」

男は「知らない」を繰り返す。なおも肩が外れるほど責めると、悲鳴をあげて、ついに「俺たちだ」と白状した。

「だが、死体はなくなっていた……！　死体はなくなってたんだ！」

無量と萌絵は、顔を強《こわ》ばらせた。

＊

暴漢は警察に連行された。事情聴取を終えて、萌絵と無量が解放された時は、もう夜になっていた。

島原に戻るため車を運転する萌絵は、暴漢の証言に再びショックを受けていた。やはり忍は刺されたのだ。あの血痕《けっこん》は忍のものだったのだ。暴漢からは、誰に指示されたかまでは聞き出せなかった。が、はっきり「死体」になっていたと証言した。

「心配ない。忍は生きてる」

助手席の無量は冷静だった。どうして断言できるのか、と萌絵は興奮して責めた。胸を刺したと言っていた。血痕の量だって少なくはなかったはずだ。

「あれが本当の血ならな」

「……って。本物じゃないと？」

「血糊《ちのり》だ。たぶんシロップに着色料混ぜたやつ。忍の奴、はじめから用意してたんだ」

「なんでわかったの！」

「猫、いたでしょ。アリ喰《く》ってた。シロップは時間が経って土に染み込んだみたいだったけど、糖分にアリが群がってた」

「猫ってアリ食べるの⁉」

「喰う奴もいるよ。うちの近所の野良猫、好物で、よくアリの巣ほじくってた」

「それ、野良アリクイだったんじゃ……」

「……忍は生きてる。多分、危険を予測して用意してたんだ。部屋にあったショップの袋。アレあんたが防弾チョッキ買ってきた店のでしょ」

どうやら無防備ではなかったらしい。防刃ベストを中に着込んで、刺されたフリをして油断させ、やり過ごしたのだろう。だが生きているなら連絡があってしかるべきだ。足取りは消えている。その後、不測の事態でも起きたのか。

「謎なのは、この携帯」

何度かかけたが、もう出なかった。次はこちらからかけると言っていたので、連絡を待つほかない。あの声、どこかで聞いたような覚えもあるが……。

「忍の奴、俺たちに『アマクサシロウ』と連絡とらせたかったのか？」

「ロッカーに入れたのは相良さんとは限らないよ。『アマクサシロウ』本人が入れて、鍵《かぎ》だけ、あの手紙が入ってた封筒に入れに来たのかも。相良さんを連れ去ったなら、ホテルのカードキーも手に入るよね」

「『アマクサシロウ』本人が俺と連絡をとりたがってたってこと？　だったら、忍から俺らの番号訊《き》きだしゃいいだけでしょ。なのに、わざわざ電話なんか用意して」

無量はハッと気が付き、銀色の携帯を見た。そうか。ＧＰＳ。

「……俺たちを監視してんのか」

茂木《もぎ》家に戻ったのは、夜十時。そこに思いがけぬ客が待っていた。

無量と萌絵はびっくりして、居間の入口に立ち尽くした。

「鶴谷《つるや》さん……。なんでここに」

「久しぶりだな。無量。永倉さん」

待っていた女は、鶴谷暁実《あけみ》だった。亀石の友人で、社会派のフリージャーナリストだ。時事問題などを扱って、国内外のビジネス雑誌やWEBに記事を寄せている。黒いパンツスーツとショートボブがトレードマークで、頭の切れる物言いが勇ましい。萌絵と無量も、過去に何度か世話になっていた。

「相良忍から依頼を受けていたんだが、連絡がとれなくなってな。亀さんに訊《たず》ねたら、無量たちと合流しろ、と言われて、最終便で長崎空港に」

低めの落ち着いた声で男言葉を話す。無量と萌絵はこの上ない援軍を得て、頼もしい限りだ。茂木家には亀石から事前に連絡があったらしく、佐智子《さちこ》とミゲルからすでに事情を聞き終わっていた。

「忍は何の依頼をしてきたんですか」

夜食のおにぎりで腹拵《はらごしら》えしながら、無量が鶴谷に問いかけた。

「戦時中のマカオについて情報が欲しいと。以前、私が書いた『杉工作』についての記事を何かで見て覚えてたんだろう」

「なんですか、それ。杉、工作？」

「中国で日本の陸軍が行った謀略だ。法幣と呼ばれる中華民国で発行された紙幣の、偽札を大量に刷り、蔣介石《しょうかいせき》の国民党を経済的に追い込む、という意図のもと遂行された作戦だが、それに関して陸軍中野《なかの》学校のOBたちから話を聞いていた」

「陸軍中野学校って……確か、スパイ養成所みたいな」

ああ、と鶴谷はテーブルに身を乗り出し、佐智子の母が漬けた茄子《なす》の漬け物を、ひとつつまんだ。

「卒業生の多くは中国で諜報《ちょうほう》活動に従事してた。マカオも活動地のひとつだった。笹尾《ささお》初江という名にも聞き覚えがあった。マダム・ハツエ。彼女の営む高級娼館《しょうかん》は、情報収集の場面でよく出てくる名だった。それに相良忍から、例の藤田氏が宝石商だったと聞いて、ピン、と来てね。諜報員の中には偽装経歴《カバーストーリー》で宝石商を名乗ってる者もいた」

「藤田氏は諜報員……っ」

「ああ。当時、マカオでは極秘裏に和平工作が進んでいたらしい」

無量と萌絵は、食べるのを止めて、鶴谷の言葉に聞き入った。――和平、工作？

「敗色濃くなった日本は、外交ルートを通じて連合国との和平案を模索していた。知られているのは、ソ連を仲介役にした和平工作だったが、ソ連以外にも複数のルートがあったと言われている」

「ソ連以外……」

「そのひとつが、バチカンだ」

鶴谷はテーブルの上で両手を組んだ。

「中立の立場だったバチカンを通じて連合国との和平工作を進めていた。元々、昭和天皇は皇太子時代にバチカンを訪れており、早くから使節派遣を望んでいたらしい。バチカン側も国交樹立の求めに応《こた》えて、ルーズベルトを慌てさせたくらいだ。そのバチカンに仲介役になってもらおうと、マカオでも密《ひそ》かに」

「なぜマカオで」

「イエズス会だ」

イエズス会？　と無量と萌絵が声を揃えた。鶴谷は頷《うなず》き、

「彼らを通じて教皇庁と接触を試みていたらしい。イエズス会は世界中にメンバーがいるが、マカオにもかつて拠点があった。学院自体は、十八世紀、イエズス会に解散命令が出た時手放されてそれきりだったようだが、復活してから戻ってきた会の司祭がマカオにもいた」

イエズス会は、カトリックの布教などを目的に設立された男子修道会だ。設立メンバーには日本へ最初にキリスト教を伝えたザビエルもいる。天正遣欧少年使節団を企画したヴァリニャーノも会員のひとりだ。「教皇の精鋭部隊」とも呼ばれ、積極的に海外へと進出してアジア諸国にキリスト教を広めた。その情熱とも執念とも呼べるエネルギーには、とてつもないものがあった。

「戦時中のマカオは、一九四〇年に日葡《にっぽ》澳門《マカオ》協定が結ばれて以来、現状維持と中立が確保されたが、香港《ホンコン》陥落後は日本軍が圧力を強め、実質進駐状態だったらしい。それでも日本軍がマカオをあえて侵略しなかったのは、元々、大陸の情報を得たいためだったしね。中立だったマカオは東洋のローマだ。そこにはイエズス会の司祭もいた」

マカオは歩いて回れるほどの、小さな街だ。当時は、中国からの難民が押し寄せ、カオスと言える状況だったらしい。そのマカオも、日本軍の圧力で、検閲や船舶の厳重検査などを強いられ、中立とは名ばかりだったという。

「そんな日本軍の軍事統制下に置かれたマカオ政庁の中には、イエズス会とのパイプを持つ者もいた。イエズス会は当時、様々な組織の情報源になっていたんだ。彼らは世界中に情報網を持っていて、世界最強のインテリジェンスとも言える組織だからね」

「その和平工作のために動いていたのが、藤田氏だったと？」

「ＯＢからも裏を取った。ある陸軍武官からの特命を受けて、宝石商としてマカオに入り、イエズス会を通じた和平交渉に道をつけるのを任務としていた。尤《もっと》も、藤田という名は、中野学校の卒業名簿にはない。偽名だ。彼らはその気になれば、戸籍から偽造したというからな」

「それじゃあ、その後、どこで何をしているかは、分からない……？」

いや、と鶴谷はスマホに一通の名簿を映して見せた。

「ＯＢ繋《つな》がりで、かつて藤田と一緒に『杉工作』に関わっていた人物を紹介してもらえた。その人に初江氏の所有してた写真を見てもらい、身元が判明した。このひとだ」

卒業名簿の名前を指さした。

「〝仁平寛次《にひらかんじ》〟……」

「長崎県出身。中野学校には昭和十四年入学。尤もこの時は前身の後方勤務要員養成所という名称だった。そのの後、中国で諜報活動に従事して、マカオで終戦。引揚船で帰国していると、そOBとは年賀状のやりとりがあって、コピーをもらえた」

住所は「佐世保」になっている。年賀の祝辞と共に、ほんの二、三行、あっさりした文面で近況を伝えている。息子が小学生になっただの、旅行にいっただの。かつて戦地で危険な諜報活動に携わっていたとは思えないほど、穏やかで、ささやかな「報告」だ。

「そのやりとりも、二十年ほど前に途絶えたという。まあ、年齢からすれば、すでに九十歳を超えてるだろうから、無理もない……。あるいはもう亡くなってるかもしれんが、引っ越したりしていなければ今も、家族がまだ住んでるかもしれん」

無量は年賀状の住所を見つめて「明日《あした》、ちょっと行ってみます」と答えた。

「十字架のこと、何か手がかりを残してるかもしれない。明日、佐世保に行ってきます」

まずいよ、と萌絵が袖《そで》を引っ張った。自分たちは今、亀石の指示待ちなのだ。勝手に動くな、ときつく釘《くぎ》を刺されている。だが、無量は拒み、

「動くんなら早いほうがいい。じっとしてても忍の消息が摑《つか》めるわけじゃない。少しでも情報が欲しい」

「だったら、私もつきあおう。それならば亀さんも許してくれるはずだ。八時に迎えに来る。なら明日、また」

鶴谷は宿泊するホテルに戻っていった。

庭まで見送りに出た萌絵が、無量に言った。

「初江さんの手紙。祖国を救うためっていうのは、和平工作に『まだれいなの十字架』が必要だったってことみたい」

「ああ。イエズス会側が三つの十字架の返還を条件にしたとか…なのかな」

「返還？　三百五十年も前に贈ったものを？」

無量は押し黙った。夜風がひんやりと頬を撫《な》でる。萌絵を振り返り、真顔で言った。

「……あんたに頼みがある。明日、朝イチで飛んでもらいたいとこがあるんだけど」

＊

夜、無量は眠れなかった。忍が心配だった。

鐘田は死んだ。殺された。忍も……たぶん狙われている。

最悪の事態をどんどん考えてしまって眠れない。忍は、たとえどんな秘密を抱えていようとも、ただそこにいてくれるだけで、（彼の隠し事に対する）もやもやした気持ちよりも、ずっと多くの安心を与えてくれていたのだと痛感した。

――忍ちゃん……忍ちゃああん……。

しきりに、子供の頃の自分が甦《よみがえ》って、困る。

そういえば、虐《いじ》められても忍を呼ばなくなったのは、いつからだっけ。そう、忍が守ってくれなくなってからだ。祖父の不正を告発したのは忍の父親だとわかってから、なんとなく、忍が自分に距離を置く気持ちが伝わった。子供心に「あ、そうか」と腑《ふ》に落ちてから、自然と、人の手をあてにしちゃいけないんだな、と思うようになった。

自分が近くにいては迷惑をかける気がしたから、忍とも距離を置いた。子供同士、お互い気を遣いあっているうちに、忍の家は焼けて、忍はいなくなってしまった。

忍が去り、父に棄てられ、祖父に手を焼かれ、焼かれた手を見た母が「ごめんね、ごめんね」と泣くのを見ているうちに、母を泣かせているのが自分であることがつらくて、祖父から手を焼かれた自分が悪いような気がしてきて、父が去ったのも自分のせいのような気がして、母から距離を置き、家族から距離を置き、もう、とうに自分独りで立っている気分になっていたのに。

時々、子供の頃みたいに忍にすがりついて、大声で泣き叫びたくなる。

なに甘ったれてんだ、と無量は自分を叱った。

自分なんかより忍はずっとつらい思いをしてきたのだ。今度は自分が守る番だ。もう忍を守れるほど強くなったから、と。

連絡がとれない理由を考えた。「JK」の件が頭をよぎった。「アマクサシロウ」の正体。鶴谷からの情報と「鉄のカラス」の正体についても。三つの十字架、三つの釘……。

──聖釘《せいてい》だよ。キリストが磔《はりつけ》にされた時、手足に打ち込まれた。

萌絵の読みが正しければ、そんな聖遺物がなぜ原城にあったのか。

もちろん聖木が偽物だらけであるように、その聖釘も、本物とはまず考えられない。というより、それは何かの象徴であるはずだ。

原城からの逃亡者が聖釘を抱えていたことに、どういう意味があるのか。

鍵《かぎ》はやはり「有馬晴信《ありまはるのぶ》」の家臣の子孫が握っている。一縷《いちる》の可能性に賭《か》けるしかない。

「あんたも眠れんと？　……」

隣の布団からミゲルが声をかけてきた。ミゲルは休日も茂木家に泊まりっぱなしだ。

「眠るどこじゃねーわ。頭いっぱいで」

「相良さん……、心配やね」

ミゲルも気に懸けている。彼を家に帰らせなかったのは用心のためでもあった。

「あんたに言わなきゃって思っとったんやけど、十字架埋めたこと、もう、じーさんには全部白状したけん」

無量が驚いてミゲルを見た。ミゲルの青い瞳《ひとみ》は天井の照明具を映していた。

「じーさん、何も言わんかった。いつものごたる殴ってくれたらよかとに。背ば向けて酒あおっとった。何考えとっとか、いっちょんわからん。普賢岳の噴火の時も、そがんやったって」

「普賢岳？」

「うん。例の噴火の土石流さ。おふくろんちの埋まったと。いまも被災家屋の保存公園に埋まったまま残っとる。おふくろは埋まった家ば晒《さら》しもんにさるっとは嫌やて、保存に反対したばってん、じーさんが無理矢理。ばあさんは病気で死んどるし、おふくろは家出したし、おふくろの兄貴も寄りついとらん。なのに家だけは噴火の前のまま埋まっとる。時間の止まったみたいに」

後世に伝えるために被災状況をありのまま残す、という選択はいかにも遺跡発掘屋らしい。だが、当事者にはつらい記憶を生々しく甦らせるものでもあり、ミゲルの母はそれに反発して千波《せんば》のもとから離れていた。

「仕事以外の人付き合いもなかやし、何が楽しくて生きとっとかね」

無量は原城を一緒に歩いた千波の後ろ姿を思い浮かべていた。

そういえば、千波は方言も使わない。皆に馴染《なじ》むのを拒むかのように。同じ現場監督でも、柳生《やぎゅう》のように快活さで皆を巻き込むようなタイプではない。寡黙だが、昔気質《むかしかたぎ》の厳格さで現場を仕切る姿が、皆に信頼されているのだとわかる。自分のことも語らない。

普賢岳の噴火で避難生活をしていた頃、千波は原城の発掘に携わっていたはずだ。あの城跡から、噴煙をあげ続ける普賢岳を、どんな気持ちで見ていたことか。

「……右腕に傷痕《きずあと》があるけど、なんでできた傷とか、話したりは？」

「するわけなか」

初めは自分から避けていたミゲルだが、本心は、祖父があまりにも何も語ろうとしないのが、不満なのだろう。かといってミゲルも懐く性格ではないので、距離を縮めるきっかけが摑めずにいるようだ。

「あん人、欲がなかったい。幸せになっとは悪かこつでん思っとっとか。毎日毎日、仏壇ばっか拝んで。……うちの仏壇、ばあさんの遺影の横に、誰だか分からん遺影のあっと。避難する時、そいだけ持ち出してきたいう」

「親とか、兄弟でなく？」

「ああ。親のは家に埋まっとる。誰だか知らんし、何も話さん。俺なんか、父親の顔も知らんとに」

　ミゲルの父親は、米海軍の空母乗りだった。いまだ息子と認めず、会いにきたことすらない。ハリウッドで俳優デビューできそうな精悍《せいかん》な容姿も、ミゲルにはコンプレックスの種だった。

「……俺、ガキの頃、虐められとったやろ？　外人みたいな見てくれのせいで、バテレン言われっとが嫌やったばって、そいより同じ名前のさ、千々石《ちぢわ》ミゲルさ、少年使節の。日本帰ってからキリシタンやめよるやん。半端者・裏切り者みたいに皆から言われとっとが、悔しかやった」

　無量は黙って聞いている。自分語りをするような性格ではなかったのに、無量にならば話せるようになったのだろう。ミゲルは天井をぼんやり見上げて遠い目をしている。

「なしてキリシタンやめたっとかなあ……」

「そう思うんなら、探ってみれば」

「探る？　俺が？」

「なんで？　とか、どうして？　ってのが考古学の入口なんだと。掘って出てきた遺物が、死んだ人間の理由を代弁してくれることもある。そういうの何度も見てきた」

「物で、わかっと？」

「うん。遺物はただ待ってる。誰かが謎を解いてくれるのを。俺には『この謎がおまえに解けるか』って、いつも挑まれてる気がする。だから千々石ミゲルも……」

言いかけて、はっと無量は目を開き、飛び起きた。

「ミゲル……マイケル……。そうか。俺、勘違いしてた」

無量がいきなり「スマホ貸して」と言いだした。調べて欲しいことがあるという。言われるままにスマホを取り出すと、無量がミゲルにネット検索を指示した。

「ラテン語訳で『イブ』と『炎』と『太陽』調べて。できるか」

ミゲルは戸惑いながらも検索をかけた。無量は固唾《かたず》を呑《の》んだ。

「……そうだ。英語じゃない。フレスコ画に書かれてたのはラテン語だった。『炎』は『Fire』じゃなくて『Flamma（フランマ）』。『イブ』は『Eve』じゃなくて『Hava（ハワ）』か。『太陽』は『Sun』じゃなくて『Sol（ソル）』。……〝F〟と〝S〟は一緒」

無量は花瓶に挿してあった三本のアイス棒を取りだした。〝E〟を〝H〟に書き換え、枕に並べた。〝H〟〝F〟〝S〟。何度か順番を入れ替えてみたが、

「ダメか。やっぱ、わかんねーわ」

引き続き検索をかけていたミゲルが「あっ」と声をあげた。

「……『火』なら、もう一個。『Ignis（イグニス）』だと」

「〝I〟か」

無量は〝F〟を〝I〟と書き換えた。〝H〟〝I〟〝S〟。並び順を入れ替えながら、脳に検索をかけ、ある並び方になったところで「これか」と手を止めた。

「『Ignis』の〝I〟、『Hava』の〝H〟、『Sol』の〝S〟……。〝I〟〝H〟〝S〟――〝イエス・キリスト〟を指す略号だ。三つのシーリングスタンプの意味は、キリスト」

ギリシャ語で表されたイエスの名の頭三文字である、とか、「救い主イエス」を意味するラテン語の省略形とも言われる。

〝三つの聖なるものをひとつにしなさい。天使はきっと君たちを助けるため何百隻もの船を出すだろう〟

フレスコ画にあったローマ法王の言葉だ。あれは契約だったのか？

「キリストの名前のシーリングスタンプ。全部揃えば、天使が船を出す。船……」

突然、廊下から「まだ起きてるのか」と声がして、襖《ふすま》がガラリと開いた。顔を覗《のぞ》かせたのは、佐智子の夫・浩二《こうじ》だった。トイレから戻ろうとしてスマホの光に気づいたようだ。

「なんだあ？　ふたりして夜中にエッチな動画でも見てるのか？」

「いいとこに来た。茂木さん。ちょっと訊《き》きたいことが」

浩二は市の文化財課の職員だ。キリスト教史跡にも強い。「ＩＨＳ」の話をすると反応し、

「キリストもそうだけど、イエズス会のシンボルマークもＩＨＳだよ」

画像検索すると、すぐに見つかった。「ＩＨＳ」の「Ｈ」の上に十字架が乗る構図だ。

「イエズス会……っ」

——藤田はイエズス会を通じて和平工作を……。

紋章には、太陽を象《かたど》ったらしい丸枠の内側に「ＩＨＳ」と十字架が描かれている。あのスタンプはイエズス会の紋章を三分割したものだったのか。紋章そのものではないとしても意匠が盛り込まれているのには、訳がありそうだ。

更に無量は構図の中に妙なものを見つけた。「Ｈ」の下に奇妙な矢印がある。三つの矢印が三つの文字「ＩＨＳ」を指している。「この矢印なんですか」と無量が訊くと、浩二は覗き込み、

「ああ。矢印っぽいけど、釘《くぎ》じゃないかな。三本の釘。キリスト受難の象徴なんだよ」

「三本の釘！」

無量とミゲルは息を呑んだ。

浩二によれば、聖なる釘は十字架に次ぐキリストの象徴として当時、祭壇に描かれたりもしたという。今も残る南蛮屏風《びょうぶ》や蒔絵《まきえ》や焼物にも、同様のものが見られる。

「そうか。つまり、あの十字架と鉄釘は……」

無量にはうっすら見えてきた。事件の輪郭が。

だが骨格まで見通すには、やはりまだ、情報を掘り出しきれていない。

「……となると、やっぱり問題は『鉄のカラス』か……」

＊

翌早朝、萌絵は長崎空港に向かった。朝イチの飛行機で羽田に飛ぶためだ。

昨日の襲撃で、自分たちもすでに犯人側にマークされていると判った今、無量のガードがガラ空きになってしまうのを心配していたが、説得されて無理矢理行かされた。

その無量は鶴谷と一緒に佐世保へ向かった。佐世保市は県の北部。佐賀《さが》との県境だ。向かっている最中、無量の携帯へメールが着信した。亀石からだった。

「原城の十字架のスタンプがわかったみたいです」

メールには画像が添付されている。

飾り文字は「I」だ。「Ignis」の十字架だった。

「やっぱり。これで確定ですね。三つのスタンプはＩＨＳ。最後のひとつは『H』だ」

「そういえば、朝、亀さんからメールがあった。世界遺産の推薦、次は長崎に内定する見込みだそうだ」

「マジっすか」

「イコモスが本格的に調査に入ることになる。例の十字架が後押しになったみたいだな。ブルーゲン氏は文科省や外務省とも繋《つな》がりがあるから、何か口添えしたのかもしれん」

いよいよ捏造《ねつぞう》だったとは言いだしにくい状況になってきた。影響が大きくなりすぎないうちに回収しないといけないが、如月は背景を暴く気満々だし、簡単には訂正記事にも応じないだろう。

「まずいっすね……」

「バレたら、イコモスが機嫌を損ねるかもな。もちろんブルーゲン氏も」

「下手をすると、世界遺産登録もだめになる」

後がない。無量は焦り始めた。

ふたりが向かった佐世保市は、古くから海軍の街として知られている。戦前はたくさんの軍艦を擁する軍港、海軍工廠《こうしょう》として栄えた。現在は米海軍基地と海上自衛隊の基地、そして造船の街として知られている。海の近くまで山が迫《せ》り出した、坂の街だ。ミゲルが幼少期を過ごした街でもあった。

藤田こと仁平寛次は、すでにハガキの住所にはいなかった。近所の人の話では、もう二十年ほど前に引っ越したという。仁平が通っていた三浦町《みうらちょう》の教会に昔馴染《むかしなじ》みの司祭がいて、話を聞けることになった。

「仁平さんですか。はい。よく存じてます。とても物腰穏やかで上品な方でした」
敬虔《けいけん》なクリスチャンだったという、藤田こと仁平は、四十年来、この教会に通ってい
た。栗田《くりた》と名乗る老司祭は、プライベートでも親交があったと言い、彼のことをよく覚
えていた。教会の庭にある、ルルドの泉を模したマリア像が佇《たたず》む花壇を手入れしながら、
栗田は語った。
「佐世保は当時、外地からの復員引揚船を迎える拠点だったんです。南方や大陸から復
員してくる人たちが故国の土を最初に踏んだのが、この佐世保でした。進駐軍の基地も
あって、たくさんの米兵が戦後処理にあたってました。仁平さんは英語ができる方だっ
たので、通訳などをして働いておられたようです」
その後、米軍関係の仕事は離れ、造船所の事務職員として働くようになったという。
それからは、ごくありふれたサラリーマン生活だ。結婚し、子供が生まれた。だが、戦
時中の何らかの記憶が、彼の心に深い傷を残していたようで、それが因《もと》で離婚している。
「外地に、年の離れた恋人がいたようでした。終戦前に亡くなったようで、とても悲し
い思いをしたと。救えなかった自分を責めてるようでもありました」
無量は、初江のことだとすぐに察した。任務を超えて、愛し合っていたのだろう。初
江から見れば、息子ほど年の離れた男だったが、生涯独身を貫いた初江には若い仁平が
恋人のようにも息子のようにも想えたのかもしれない。愛した男だからこそ、あの十字
架を託すと決めたに違いなかった。

「それと、もうひとつ。仁平さんが仰《おつしや》っていたのは、原爆のことです。自分は米軍が原爆投下をすることを知っていながら、とうとう止められなかったと」

無量と鶴谷は、目を瞠《みは》った。栗田司祭は、仁平の苦しみを思いやるように目を伏せ、

「子細はわかりませんが、その負い目から逃れられず、ずっと自らを責めておられるようでした。この教会にも熱心に通い、何時間も祈っては、神のゆるしを請うておられました。司祭になりたいとも仰ってました。主により近い場所で献身したいと」

その時、不意に無量には理解できた。初江の手紙の言葉。「日本は地獄《いんへるの》と化す」。あれはそのまま原子爆弾のことだったのだ。マカオの諜報《ちようほう》員として米軍の原爆投下計画を察知した藤田こと仁平は、それを阻止するために、和平工作を急いだのに違いない。心中を思い、無量は、胸が潰《つぶ》れるような思いがした。だが仁平には止められなかったのだ。

恋人の死も、原爆の投下も。

深い失意を抱えて復員した仁平の目に、空襲で焼けた瓦礫《がれき》の街と米兵が溢《あふ》れる佐世保の景色は、どう映っただろう。

「仁平さんとは音信不通で、引っ越し先もわからないのですが……。そうだ。アルバムがあります。仁平さんの写真が」

栗田司祭が持ってきてくれたアルバムには、色褪《いろあ》せた古い写真が貼られている。四、五十代とおぼしき仁平が、幼い息子と一緒ににこやかに写っている。教会のボランティア活動で撮られたもののようだ。ふと無量の目つきが変わった。

「これ……。この人」

「どうした。無量」

似てる、と呟《つぶや》いた。

文化センターで、ブルーゲン氏と一緒にいた男だ。

若い頃の写真では気づかなかったが。

「すみません。仁平さんは離婚されたと聞きましたが、息子さんは両親のどちらに」

「確か、長男は父方に、次男は母方に引き取られたと聞きました。ただ長男の方は、学生時代に亡くなってしまいまして」

「亡くなった？　病気ですか」

「昔、佐世保でエンプラ騒動が起きた時にどうやらタチの悪い仲間にひっかかったようで……。ああ、次男の方は健在でいらっしゃると思いますよ。えー…と苗字《みょうじ》はなんだったかな。知人に訊けば分かると思うのですが」

栗田は一旦《いったん》、事務室に引っ込んだ。待ちながら無量は、「エンプラ騒動」とは何か、と鶴谷に訊《たず》ねた。

「エンタープライズ騒動のことだろう。昔、米軍の原子力空母エンタープライズが佐世保に入港するというので、大規模な反対運動が起きたんだ。機動隊相手に全学連の連中が大暴れしたとか」

「全学連……。それって学生運動の」

栗田司祭が戻ってきた。連絡がつかないので判明したら連絡する、とのことだった。

無量と鶴谷は引き揚げることにした。

振り返ると、天を貫くように建つ教会の白い尖塔《せんとう》の向こうに、青空が広がる。おとぎの国の城を思わせる、三つのとんがり帽子に似た尖塔は、佐世保のシンボルでもあった。戦時中は空襲の標的になるのを避けるため、コールタールで黒く塗ったという。

黒い教会が白い教会に戻ったのは、平和が訪れた象徴のようでもあった。

教会の前に立つ白いキリスト像は、海を向いて腕を広げている。海から来る者を迎え入れるかのようだ。すぐそこが米海軍基地で、無量たちはここに来る途中、巨大な揚陸艦が停泊しているのを見たが、ここからはビルにさえぎられ、港も見えない。

少しだけ高台にあるため、風が心地いい。

「熱心に祈りを……か」

階段を下りた無量たちは、教会前の国道に黒塗りの高級車が三台連なって停まっていることに気が付いた。車の前には、軍服を着た米軍将校と、恰幅《かっぷく》のよい年配欧米人が待ち受けている。

見覚えがある。無量は目を疑った。

「ミヒャエル・ブルーゲン……！　なんでここに」

ブルーゲンは無量を見ると、愛想よく笑って「こんにちは。ムリョウ」と手を広げた。

「佐世保に来ていると聞きました。私もアドバイザーとして構成資産の下見をしているところです」

「聞いたって、誰に」

「君のボズからです。ちょうど今、他を調査中のイコモスの会員が来ているので、この機会に紹介させてもらえませんか」

無量は鶴谷と顔を見合わせた。茂木夫妻が陣内に伝えていたのだろうか。

「君の話をしたら是非にと。ゆくゆくはイコモスの調査にも協力して欲しいのです。紹介だけなので、一時間ほどお時間をいただければ」

無量は応じることにした。「金の十字架」の不正は、事が大きくなる前に、あらかじめ打ち明けておいたほうがいい。そう思ったのだ。鶴谷が同行を申し出たが、無量はひとりで大丈夫だと答えた。

「終わったら連絡しますから、調査のほう、続けててください」

行きかけた無量の手を、鶴谷が咄嗟《とっさ》に摑《つか》んだ。

「……大丈夫か。本当に」

無量は腹をくくっていた。

「ミゲルに不正を許したのは俺のミスなんで。登録にも影響が出ないように、ちゃんと説明してきます」

そう言うと、無量はブルーゲンと一緒に車に乗り込んでいった。走り去っていく車を、鶴谷は心配な面もちで見送ったが、胸騒ぎがしていた。

それから数分後のことだった。鶴谷のスマホに着信があったのは。

「相良忍……？　いまどこにいるんだ！」

電話の相手は、行方不明の忍だったのだ。まぎれもなく本人の声だ。忍はいつもの明《めい》晰《せき》な口調で、鶴谷に訴えかけてきた。

『心配かけてすみません。まずい相手に面が割れたようなので、少し隠れて行動してました。そこに無量はいますか。電話が通じないんです』

「無量……？　無量なら――」

説明すると『なんですって！』と鋭い声がかえってきた。

『まずい。すぐに追ってください。大変なことがわかったんです』

「なんだ。一体なにがあった」

『〝鉄のカラス〟の正体が掴めました。彼らは〝鉄十字騎士団〟。ドイツ系カトリックのいわば武闘派です。いわゆる秘密組織のようなもので、十七世紀、聖遺物回収を目的に結成された……』

鶴谷の表情が強《こわ》ばった。忍は強い口調で訴えた。

『〝鉄十字騎士団〟の会員録にブルーゲン家の名があった。ミヒャエル・ブルーゲンは鉄のカラスの子孫です。すぐに後を追ってください。無量が危ない！』

第七章　ジュスタへの伝言

「萌絵《もえ》ちゃんたら、あれほどおみやげは『からすみ』って言っといたのに……」

羽田空港で萌絵を待っていたのは、鷹崎《たかざき》美鈴《みすず》だった。真っ赤な愛車で乗りつけて、萌絵を拾うと、颯爽《さっそう》と首都高に向けて走り出していく。

「すみません。すぐまた長崎に戻りますから、次は必ず」

「まあ、いいわ。連休だし、ちょうどドライブにでも行きたかったのよ」

行《あ》き先は山梨県甲州市大和町《やまとちょう》。かつて日野江城の主《あるじ》だったキリシタン大名・有馬《ありま》晴信《はるのぶ》が或る事件に関わって、死罪に処された最期の地だ。某大学の史料編纂《へんさん》所勤務である美鈴に付き合ってもらったのには訳がある。晴信に随《したが》った家臣の子孫宅で、島原の乱の原城から届いた書状が見つかったからだ。美鈴ならばその場で解読できるはずだった。

「有馬晴信が死罪になったのは、幕臣だった本多《ほんだ》正純《まさずみ》の家臣・岡本大八《おかもとだいはち》って人に賄賂《わいろ》を渡したせいなんですよね。旧領を取り返すために、本多正純に口利きしてもらうためだったとか。しかも長崎奉行を暗殺しようとしてたらしいです。結構な陰謀家ですよね」

「どうかしらねえ。その旧領とやらも、本当は旧領じゃなかったみたいよ」

「どういうことです？」

「晴信は鍋島《なべしま》藩から藤津《ふじつ》って土地を取り返したかったらしいけど、元々そこ、有馬の領地じゃなかったみたい。なのにわざわざ所望したのには裏があったらしいよ」

裏ってどんな？ と萌絵が問うと、美鈴は快調にアクセルを踏みながら、

「地元の研究者さんの話によると、その藤津ってとこにはドミニコ修道会が進出してたらしいの。ドミニコ修道会は、平たく言えば、イエズス会のライバルね」

萌絵はどきりとした。

「イエズス会……っ」

「晴信はイエズス会の保護者だったから。イエズス会の要請で藤津を手に入れて、ライバルを追い払おうとしたみたい」

そもそも晴信が処刑されるきっかけになった、マドレ・デ・デウス号の事件を仕掛けた黒幕も、実はイエズス会だったとの説もある。その事件はマカオで日本人とトラブルを起こしたポルトガル船に、晴信が報復攻撃を加えて爆沈させたというものだ。晴信はその報賞として幕府に旧領を求めようとしたわけだが、船の沈没はイエズス会の自演つまり自爆だったのではないか、との説があった。

晴信にはかつて有馬家の存亡をかけた龍造寺隆信《りゅうぞうじたかのぶ》との戦い（沖田畷《おきたなわて》の戦）で、イエズス会から武力援助を受けた大恩もある。

「断れなかったのかもね。イエズス会も『ライバルに日本取られる、ヤバイ』って焦ってただろうし。教皇の代替わりで、日本への布教独占権も反古《ほご》にされちゃったから……って、何その顔」

萌絵がポカンとしている。美鈴だって、たまには「史料編纂所職員」らしいことを言うのだ。

「てか、うちにもイエズス会の文書がたくさんあんのよ。イエズス会はポルトガルとガッチリ組んで、大名に武器売るのと引き替えに、布教の許可をもらってたのよね。軍資金までもらってた有馬の殿様はそりゃ頭あがらないわけよ。……ただ島原の乱は、晴信が死んでから二十年以上経ってるし、どんな経緯で書状が届いたのかは分かんないけど、ま、みせてもらいましょ。そんで帰りに、ほうとうでも食べましょ」

あいにく萌絵はそんな呑気《のんき》な気分にはなれない。無量《むりょう》をノーガードにしたままなのだ。一刻も早く長崎に戻りたい。胸騒ぎがしていた。この手の胸騒ぎは、自分でも嫌になるくらい当たるのだ。

中央道をひた走ること、一時間。甲州市大和町初鹿野《はじかの》は笹子《ささご》トンネルの少し先にある。山間《やまあい》の集落だ。武田《たけだ》終焉《しゅうえん》の地である天目山《てんもくざん》のふもとで、武田勝頼《かつより》の菩提《ぼだい》を弔う景徳院《けいとくいん》も近くにある。岡本大八事件に連座した有馬晴信の謫居《たっきょ》（配流先の住まい）跡は、国道沿いにあり、畑の中の木柵《もくさく》で囲われた一角が、史跡となっていた。この地で切腹を申しつけられたが、キリスト教の教えでは自殺ができないことから、老臣に命じ、斬首にて果てた。四百年忌には有馬家をはじめ、千々石《ちぢわ》ミゲルら天正遣欧少年使節団の子孫も集まったという。

つい先日まで日野江城跡にいた萌絵には、その風景がどうにも切なかった。辺りは山深く、海など無論ない。かつては口之津に貿易港も持った晴信だ。遥《はる》か外に開けた長崎・有馬の地から、こんなに遠い甲州の山間につれてこられて斬首された晴信を思うと、萌絵の胸は痛んだ。

目指す龍石《たついし》家は、田野《たの》地区にあった。晴信に随ってこの地にやってきた家臣の、子孫の家だという。旧家らしく立派な建て構えだ。

ふたりを迎えた龍石文雄《ふみお》氏は、地区会長でもある。連絡がとれたのは幸運だった。美鈴の肩書きが利いたらしく、突然の訪問に嫌な顔ひとつせず、歓迎してくれた。

「こちらが出てきた屏風《びょうぶ》です」

客間に二曲屏風が広げられた。天井裏に保管されていたものだという。

「普段はこの山水画の面を飾ります。ですが、こうすると」

と言い、一度開いた面を閉じ、反対側を開いて見せた。別の図画が出てきた。からくり屏風だ。萌絵は「ぱたぱた」という木工玩具《がんぐ》を思い出した。西洋画の技法で描かれたマリア像が貼られている。瞑想《めいそう》するように瞳《ひとみ》を伏せ、微笑する、美しいマリア像だ。

「もしかして龍石さんの家は」

「はい。そこの柱を見てください。切れ込みがあるでしょう。細工がしてあるんです」

柱の一部が外れるようになっている。中に十字架が入っている。

「我が家ではお柱様と呼んでおりました。当家の先祖は隠れ切支丹《キリシタン》だったんです」

多くの家臣は島原に戻ったが、龍石家のみは晴信の「菩提」を弔うため、この地に留《とど》まったのだ。隠れではあるが、キリシタンとして晴信の「霊魂」を弔うために。

「屏風は、ミサの時にだけマリア様を表に出したのでしょうな。〝血のマリア〟と呼んでいるのは、ここに血痕《けっこん》があるからです。有馬の殿様が、処刑の際に懐に入れていたものだと」

分析した結果、確かに人血だったという。

「使者からの古文書はどちらに」

「この屏風をX線で見たところ、裏の下張りに古文書が……。島原の乱の経緯が記されていて、今までになく詳細だというので研究者の皆さんがこぞって調べているところです。実はその後、天井裏からもう一隻、別のからくり屏風が出てきまして」

まだ市の文化財課にも報《しら》せていないという。龍石は特別に見せてくれた。埃《ほこり》っぽい天井裏に人知れず保管されていたその屏風はだいぶ傷《いた》んでいて、一部が破れており、マリア像などは貼られていなかったが、裏紙をそっと剝《は》がすと、下張りに古い書状がぎっしりと貼られている。まるで屏風自体がそれを保護するためのもののようだ。

解読を始めた美鈴が、真剣な顔で「これは……」と声を詰まらせた。

「〝まだれいなの十字架の儀、じゅすた様より被申付候《もうしつけられそうろう》。どん・じょあん様の御遺言果たすべく探索致し候処。三つの聖十字架揃いて、王の誓いの御成立賜れば、耶蘇《やそ》会の船団が澳門《マカオ》より罷越候由《まかりこしそうろうよし》……〟」

萌絵も息を呑《の》んだ。

「まだれいなの十字架のことが書いてあるんですか」

「どうやらローマ教皇との間に密約があったようね。日本のキリシタンが迫害にあった時、ローマ教皇に助けを求めれば、イエズス会はマカオからポルトガルの軍船団をよこして、武力でこれを制圧するって。但《ただ》し、そのためには」

「そのためには？」

「関白や将軍よりも権力を持つ、日本の真の王が三つの十字架の持ち主となって、誓いをたてる必要がある——と」

「真の王って、まさか」

「天皇のことでしょう」

これには萌絵も「あ！」と声をあげてしまった。そう。

それこそが天正遣欧使節の少年たちとローマ教皇との約束だったのだ。

「天皇がキリシタンになれば、ローマ教皇はあらゆる手段を用いて日本中のキリシタンを守る。それが三つの十字架をひとつにするという意味だったようね。天皇に洗礼を受けさせ、大友《おおとも》・有馬・大村《おおむら》から、三つの十字架を天皇に奉る。切支丹天皇を生むために」

萌絵は絶句してしまった。関白や将軍よりも権威ある者――天皇をキリスト教に取り込む。それがローマ教皇の、いやイエズス会の真の狙いだったのだ。

「つまり、あのシーリングスタンプは、天皇に授けられた紋章ってことですか」

シーリングスタンプは元々、自らの身元を証明するための印章だ。親書を封緘《ふうかん》する時に「確かに本人が差し出した」と伝える役割がある。ローマ教皇は「日本の王家ご用達《たし》」のスタンプを用意していたのだ。三つの分割スタンプをひとつに合わせたそれを使う者は唯一「日本の王」――「天皇」であるよう、バチカンが認可していたのである。

当然、これを用いる時には重大な効力が発生する。

むろん、スタンプにイエズス会の紋章が含まれるのは、天皇受洗の「保証人」がイエズス会であるとの意味がこめられている。

「尤《もっと》も、当時の天皇がお飾りでしかないことは、宣教師たちも把握してたようだけど。……じょあんというのは、有馬晴信のことですね。じゅすたというのは？」

「じゅすたは、晴信の夫人です。後妻でしたが敬虔《けいけん》なキリシタンでした。確か、後陽成《ごようぜい》天皇の正室は、姉にあたると」

「公家の女性だったんですか。もしかして有馬晴信ははじめから、後陽成天皇をキリシタンにしようと思って、ジュスタさんを娶《めと》ったんじゃ……」

太閤秀吉《たいこうひでよし》の死はまたとない機会でもあった。天皇に洗礼を授け、日本をキリスト教国化する。禁教令で弾圧の恐ろしさを身に沁《し》みて知った晴信は、そこにキリシタンの生き延びる道を見いだしたのかもしれない。

ジュスタ夫人は晴信の死後、京に戻り、弾圧が厳しくなってからもキリシタンを匿《かくま》い続けたという。そんな折、旧領国の島原で反乱が起きた。島原の乱だ。南島原にはかつての領国の民がたくさん残っている。南島原のキリシタンも大勢、一揆《いっき》に参加していた。ジュスタは彼らを守るために、ローマ教皇にどうにか救援要請しようと試みたのだ。

龍石の先祖は、ジュスタの頼みで、原城にいる元有馬の家臣と繫《つな》ぎをとるべく、奔走していたことが、文面からは読みとれる。

「ジュスタは実の姉を通じて当時の天皇（明正《めいしょう》天皇）を説得しようとしたみたいだけど、洗礼はさすがに難しかったから、三つの十字架で、天皇からの救援要請書を偽造しようとしたようね。一つ目は晴信の所持していた十字架、二つ目は大友宗麟《そうりん》の十字架――これはヴァリニャーノがマカオに持ち帰ってたけど日本人イルマンが密《ひそ》かに手に入れて、ジュスタ夫人のもとにあったみたい。でも〝太陽の十字架〟だけが見つからないって」

「太陽って……、それ〝まだれいなの十字架〟です！」

「どうやら大村氏が棄教する時、手許《てもと》にあると疑われるからって、千々石ミゲルに返したらしいわ」

元少年使節の千々石ミゲルだ。彼は大村氏の家臣になっていた。だが主《あるじ》の棄教と共に自らもキリスト教を棄てた。その後、大村を離れ、有馬に移り、長崎で没している。

「使者の返信によると、大村の十字架はミゲルの孫娘が原城に持ち込んでたとある」

「孫？　孫が原城にいたんですか！　でも千々石ミゲルは棄教したのに……っ」

「なぜか孫娘は洗礼を受けていた。ほら、ここに書いてある。〝千々石清左衛門《せいざえもん》の孫は、中浦じゅりあんより、ばうちずも（洗礼）を受けたる者也〟」

中浦ジュリアンは、ミゲルと同じ元少年使節だ。出世してイエズス会の司祭となり、弾圧下でも信仰を貫き、西坂の丘で拷問の末、殉教している。キリスト教を棄てたミゲルの孫娘が、かつてミゲルと共にローマを見たジュリアンから洗礼を受けていたのだ。

「〝名は、まだれいな也《なり》〟」

萌絵の体に震えが走った。何かが繫がった気がしたのだ。

「〝十字架と聖遺物はまだれいなに届けさせ申《もうし》候。敵の軍勢堅固なれど命懸けにて城を出《い》で屹度《きっと》御使命果たさんとするもの也〟――ジュスタは彼女に十字架を持たせて原城を脱出させ、自分のもとまで届けさせようとしたみたいね。でも途中で幕吏に見つかって」

「殺された……」

「十字架と聖遺物も行方不明になって、それきりみたい。結局、ローマ教皇への救援要請も実現しなかった。そういう顚末《てんまつ》」

古文書はジュスタ夫人に届けた報告の写しのようだった。

天正遣欧少年使節団はローマ滞在中に、教皇の死と新教皇の戴冠《たいかん》に居合わせている。ふたりの教皇と謁見したわけだ。そういえば、あのフレスコ画。てっきりグレゴリウス十三世との謁見を描いたものと萌絵たちは思っていたが、みやげは帰り際、新教皇シスト五世から授けられたはずだ。

「三つの十字架の約束は、どっちの教皇とかわしたものだったんでしょう」

「イエズス会がらみなら多分、前教皇のほうね。新教皇はライバルのフランシスコ会だったし」

前教皇はイエズス会に理解があった。日本での布教独占も許可しているし、三つの十字架の約束も、イエズス会の仲介で可能になるはずだった。だが、フランシスコ会の新教皇は、そもそも聞いてもいなかったかもしれない。

「待って。羊皮紙に書かれた教皇の誓約書があったみたい。〝飾り箱に聖釘《せいてい》と共に収められ申《もう》し候由《よし》〟……」

「聖釘……！　まさかそれ！」

萌絵は思わず大きな声をあげた。

「寺屋敷遺跡で西原《さいばら》くんが出した聖釘ですか！　つまり同じ箱に教皇の誓約書が！」

そう。聖釘を抱えていた女性の人骨。彼女こそが千々石ミゲルの孫娘「まだれいな」だったのだ。彼女は「船を出す」という教皇の誓約書を原城から持ち出した。どんな理由で原城にあったかまでは分からない。が、その存在が一揆勢の心の拠《よりどころ》になったことはまちがいない。だがその彼女も殺され、羊皮紙でできた誓約書も恐らく土に還《かえ》って釘だけが残ったのだろう。

そう。「まだれいなの十字架」という名の由来も、彼女からきていたのだ。

「ん？　でも十字架は戦時中のマカオに……」

つまり十字架だけ別の者に託し、その者が逃げ延びたわけか。初江《はつえ》の手紙には「沈没船で見つかった」とあった。誰かがあの十字架をマカオに運ぼうとしたようだ。

摑《つか》めた情報はここまでだった。すると龍石が横から、

「そういえば、昔、当家に屛風《びょうぶ》を買いにきた人がいると聞いています」

「屛風を、ですか」

「はい。太平洋戦争中のことです。若い軍属が突然当家にやってきて、おんぼろの屛風を破格の値段で買っていったと。家人は大喜びでしたが、このご時世に、鉄釜《てつがま》ならともかく屛風を買うなんて、と後から気味悪がったものです……」

萌絵には、ぴんときた。その若い軍属とはもしや……藤田《ふじた》こと仁平寛次《にひらかんじ》のことではないか。

——バチカンを通じた和平工作を……。

彼は約三百六十年も前の教皇との約束を利用しようとしたのか。

天皇の密書を作成するために、ローマ法王（教皇）から授けられた「日本の王」の印章を——三つの十字架を必要とした。

「まさか藤田さんたちは、天皇陛下を」

昭和天皇をキリスト教徒に。そして——。

日本をローマ法王の管理下に置くことを、和平案に盛り込むつもりだったのでは。鶴谷から緊急連絡が入ったのは、ちょうど無量に成果を伝えようとしていた矢先のことだった。萌絵の胸騒ぎは的中した。

「ブルーゲン氏が、鉄のカラス⁉ それ本当ですか！」

そのブルーゲン氏がブルーゲンに無量が連れて行かれたと聞き、アドレナリンが沸騰した。

「うそでしょ。西原くん……！」

こうしてはいられなかった。萌絵は急いで龍石家を後にすると、一路、羽田に取って返した。

＊

無量が目を覚ましたのは、暗い廃工場の中だった。

鉄骨が剝《む》き出しの天井からは錆《さ》びたチェーンがぶら下がり、古い機械からはかすかに油の臭いが漂っている。椅子に座った姿勢で眠っていた。

頭が重い。何でこんなとこで寝てんだ？　今まで何してた？　確かブルーゲン氏に連れて行かれたオランダランドのホテルで、紅茶を飲みながら話をしていて、「金の十字架」のことを切り出そうとした時、急に猛烈な眠気が……。

ふと我に返ると、両手が肘掛《ひじか》けに縛りつけられている。驚いた無量は解《ほど》こうとしたが、びくともしない。「誰かいないか」と声を張り上げた。奥からスーツを着た中年男がふたり現れた。

「なんなんすか、あんたら。コレどーゆーことすか」

男たちは何も言わずに携帯電話を取り出すと、無量の耳に近づけた。電話が繋がっている。聞こえてきたのは年配と思われる男の声だ。

『目を覚ましたかね。西原くん。私は〈鉄のカラス〉の代理人だ。君と交渉がしたくて少々強引な手を取らせてもらった。これを見てくれ』

もうひとりの中年男が別のスマホを無量に見せた。動画に映る若者は、ミゲルではないか。喪服を着たミゲルだった。テレビ電話になっている。音声が聞こえる。椅子に縛られて身動きがとれないようだった。

「ミゲル……っ。おい、何があった！」

すると『西原か』とミゲルが身を乗り出してきた。

『すまん！　先輩の葬式で、犯人ば見た言う奴から声かけられて』

今日は死んだ川口《かわぐち》の葬式だった。無量からは「家にいろ」ときつく言われていたが、どうしても参列したくてひとりで出かけ、捕まってしまったらしい。すると耳元の携帯から、

『君には我々の指示に従って欲しい。さもなくば、今度は彼の葬式をあげる羽目にな

る』

「！　……葬式って、ミゲルを殺す気か！」

『川口や鐘田《かねだ》の悲劇を繰り返したいか。君が従えば、千波《せんば》の孫は見逃してやろう』

「あんたらが殺したのか……？　あんたが捏造《ねつぞう》の首謀者か！」

『藤田が隠した三つ目の十字架を手に入れろ。それは九十九島《くじゅうくしま》に沈んだ潜水艦の中にある。君の特技と履歴を見た。ダイビングで海底遺跡調査に参加した経験があると』

無量は「アマクサシロウ」の言葉を思い出した。「鉄のカラスは三つ目の十字架を探している」。代理人だと名乗る、電話口の男。やはり狙いはＩＨＳの十字架か。

「なんのために」

『天国の鍵《かぎ》を入手するために必要だ』

無量は眉《まゆ》をよせた。天国の鍵……？　なんのことだ？

「それを手に入れたらミゲルを解放してくれるのか」

『次に、その十字架を密《ひそ》かに寺屋敷遺跡に埋めて欲しい』

「……え……？」

『今度は、君が金の十字架を発見するんだ。ローマ法王の十字架を』

無量にはしばし、この男が何を言っているのか、分からなかった。

埋めて……発見？　捏造？　俺に捏造をしろと言っているのか？　この男……。

「ばかをいうな……」

青白い顔で数瞬放心した無量の体から、猛然と怒りが溢《あふ》れ出してくるまで、いくらもかからなかった。無量は身を震わせて怒鳴り返した。

「できるわけがない！　潜水艦から引き揚げるのはいい。でも捏造だけは断じてできない！　それだけは絶対！　捏造に手ぇ貸すくらいなら死んだほうがマシだ！」

『千波の孫がどうなっても？』

「どうなってもだ！　この手で捏造しでかすくらいならミゲルと一緒に死んでやる！」

仕方がないね、と「代理人」は言った。そして「近藤《こんどう》に替われ」と無量に告げた。近藤というのは電話を持つ中年男のことだった。何か指示を下している。今度は何をするのか、と無量が警戒していると、近藤が持ってきたのは一斗缶だ。新聞紙やら木材やらが突っ込んである。そこに油らしき液体を振りまくと、火を点《つ》けたマッチを放り込んだ。ぼうっと唸《うな》りをあげて、炎があがった。

それを見た途端、無量は凍りついた。一斗缶の中でメラメラと燃えさかる炎が、忌まわしい記憶を一瞬で甦《よみがえ》らせたのだ。無量は炎を凝視したまま動かなくなってしまった。

呼吸が浅くなり、冷や汗が湧いて、体中が強《こわ》ばった。

――ごめんなさい、おじいちゃん、やめて！　やめて……ぎゃあああああ！

無量の意識は「あの時」に引き戻されている。強烈なフラッシュバックに呑《の》まれた。大きく見開いた眼球に火の熱を感じた。離れたところから花火を眺めるのとは訳が違う。速い呼吸を繰り返し、唇を引きつらせ、無量は恐怖で身動きできなくなってしまう。

缶の中で薪《まき》が充分燃えだしたのを見計らって、近藤が木材の端を持ちあげ、近付いてきた。びくっと体を大きく震わせた。

「よ…せ……っ。やめろ」

無量の鼻先へ、これ見よがしに燃える木材を突きつける。首を激しく振った。体をのけぞらせて避《よ》けようと暴れたが、力ずくで押さえつけられてしまう。無量はもう瞬きもしなかった。火が無量の右手に近づく。肌に迫る熱に息が止まる。携帯から「代理人」が冷淡に囁《ささや》いた。

『君が拒めば、右手を焼くよう指示してある』

無量の神経が振り切れた。口から悲鳴がほとばしった。気が付いた時には体中で暴れ、獣のように喚《わめ》きまくり、半狂乱で「やめろ、やめろ」と叫んでいる。炎の熱に右手を炙《あぶ》られ、恐慌を来した無量は堪《たま》らず絶叫した。

「わかった！　もうわかったから！　言うとおりにするから！」

聞き届けると、近藤は燃える木材を一斗缶に放り込んだ。屈した無量はぐったり、うなだれてしまう。息が乱れ、頬には涙が伝っていた。

『それでいい。若いうちの強情は身のためにならないからね。さあ、仕事だ』

＊

鶴谷《つるや》が忍《しのぶ》と合流したのは、九十九島《くじゅうくしま》の遊覧船乗り場だった。隣接するヨットハーバーにはヨットやボートが何艘《そう》も係留してある。連休中で昼間は観光客が溢れていたが、夕方になって人も引き始め、桟橋に停泊する海賊船には西日が当たるばかりだ。

「無量は見つかりましたか。鶴谷さん」

駆けつけた忍は開口一番、訊《たず》ねた。まともに対面するのは一年半ぶりだが、お互い懐かしむ余裕もなかった。鶴谷はすでに忍の指示で周辺の港を回っていた。

「いや。漁港のほうも聞いて回ったが、それらしき姿は。君こそ無事でよかった。今までどこにいたんだ。どこで情報を得た。〝仁平氏は三つ目の十字架を九十九島に沈む潜水艦に隠した〟なんて」

「犯人側の情報を流してくれた内通者がいるんです。僕を匿《かくま》ってくれた」

「それはもしや『アマクサシロウ』か。無量が話していた、電話の」

こくり、と忍は頷《うなず》いた。鉄のカラスの襲撃を手のこんだ芝居でかろうじてやり過ごした忍を匿い、協力を申し出た「アマクサシロウ」は、内通者でもあり、今度の事件の首謀者とも通じていた。

「犯人は、鉄のカラスことブルーゲン氏の求めに応じて、三つの十字架を集めてる。鉄十字騎士団はドイツ系カトリックの秘密組織です。聖遺物の守護者を名乗って、世界中に散らばる聖遺物を強引な手で回収してきた」

聖遺物にはキリストの霊威がこもると信じ、神の力を得ようとする、異端すれすれの教団だ。神秘主義を謳《うた》う狂信的な一面があり、聖遺物回収を楯《たて》に、それらを所有する教会から裏で金銭をまきあげているとの黒い噂もある。

「特に海外にある聖遺物には、執拗《しつよう》に回収を求めてくるとか。一度目を付けられたら最後、交渉に応じるか、無視すれば徹底的に潰《つぶ》しにかかるとも」

「では笹尾《ささお》初江の十字架を奪ったのも」

「恐らく。元々聖木を入れるための十字架ですし、当時は聖遺物自体も残ってたのかもしれない。ただ気になるのはブルーゲン家の当時の立場です。ブルーゲン家は大戦前にアメリカに渡り、当時まだ創業間もないロッツバーグ社の大株主になっている」

「ロッツバーグ。兵器メーカーか」

「はい。太平洋戦争で大儲《おおもう》けして現在もアメリカでは五本の指に入る軍需企業です。ロッツバーグは原爆開発にも関わって戦後も大量の核兵器の生産に関わってきた。彼らは原爆の実戦使用を何が何でも成功させ、世界に向けて核兵器開発の先鞭《せんべん》をつける必要があったんです。一九四四年九月にルーズベルトとチャーチルが〝原爆使用は日本に対して行う〟と合意してから、原爆投下を成功させるまでは、絶対に戦争を終わらすわけにいかなかったんだ」

「なんて連中だ。それで和平工作を妨害したというのか」

「はい。転送してもらった永倉《ながくら》さんのメールを読んで腑《ふ》に落ちた。三つの十字架は、ローマ教皇が天皇のために用意したスタンプだったと知って、謎が解けました。三つの十字架が揃ってはいけなかったんです。和平を望む天皇の意志が、バチカンを動かしてはならなかった」

「終戦妨害か。ひどい話だな……」

「ええ。戦争を終わらせるために原爆投下が必要だったなんて、アメリカの口実です。彼らは、国としてもう戦う力など残ってなかった日本で、核の実戦使用という名の実験がしたかっただけなんです。生身の人間と、生きた都市から、原爆のデータを得るために。最終兵器を手にして、ひとつの国を滅ぼす力を得たことを、ソ連に……いや、全世界にアピールするために」

そのために藤田とイエズス会の接触を妨害する必要があった。十字架を奪ったのは、それが天皇の意志だと証明させないためだったのだ。

藤田は「炎の十字架」と「イブの十字架」をすでに所有していた。恐らくジュスタ夫人の実家にあたる中山《なかやま》家か、前の夫の菊亭《きくてい》家界隈《かいわい》から入手したのだろう。最後のひとつ「太陽の十字架」こと「まだれいなの十字架」は笹尾初江の手にあった。初江は経緯を知り、藤田に協力しようとしたが、かなわず殺され、十字架を奪われた。

「ただ藤田氏はあきらめず、そんな鉄のカラスとの交渉を最後まで試みていたようです。当時日本軍が大量に持ってた偽造法幣で買い付けた金塊を用い、奪われた十字架を買い取る、と。独断だったようですが。藤田氏は元々その金塊をバチカンとの交渉の『実弾』にするため、確保していたようです。結局、実を結ばず、原爆は落とされ、終戦になりましたが」

「その金塊はどこへ」

「わかりません」

「まさか、ブルーゲンの真の目的は」

　忍は真率な顔つきになり、黙りこくった。ややして、

「……はい。日本軍の金塊だと思います。初江さんの手紙にあった『ぱらいその鍵』とは恐らくその金塊のことだったんでしょう」

「金塊か。日本軍の隠し財産で戦後の混乱期を乗り切ったって話はたまに聞くが……」

　鶴谷は苦々しい表情になって、係留ヨットの帆柱が波に揺れるのを眺めた。

「だが、終戦から七十年近く経ってるぞ。それがいまだに、残っていると？」

「手つかずなんでしょうね。藤田氏は、金塊の在り処《か》について手がかりを残しています。その手がかりが、三つ目の十字架にあるようです」

「三つ目の？　まだ行方不明の『イブの十字架』のことか」

「はい。藤田氏は『イブの十字架』をこの九十九島に沈んだ潜水艦に隠したそうです。そのことを知っている者がいた。その『謎の人物』は、ブルーゲン氏に要求した。〝金塊の手がかりが欲しければ、ブルーゲン家が所有する『まだれいなの十字架』を日野江城の発掘現場に埋めろ〟と。捏造《ねつぞう》工作を要求してきたんです」

「つまり日本に持ち込んだのは、ブルーゲン本人か」

「はい。その『謎の人物』が誰かは『アマクサシロウ』も摑《つか》めていない。鉄のカラスとしての目的は、元々聖遺物だけだし、十字架本体を手放しても問題はなかった。なのでブルーゲンは要求に応じた。懇意の城田《しろた》元社長を通じ、捏造工作をさせたんです。もちろんイコモスへの口利きもするという条件で」

　そのための手駒が必要だった。川口や鐘田を利用して、殺した。

　だが人をふたりも殺すとは余程のことだ。そこまでする必要が果たしてあったのか。

「あったでしょうね。城田元社長は菱川《ひしかわ》重工の現・役員です。菱川はロッツバーグが国防総省と共に進めている新規BMD（弾道ミサイル防衛システム）計画のライセンス契約を求めていた。世界遺産なんかより、そっちの口利きが本命でしょうね。それがブルーゲン氏の手足になって捏造工作を行った理由」

　鶴谷は不可解そうな顔で、潮風に乱れた髪をおさえた。

「……しかし解せんな。その『謎の人物』とやらは何のために遺跡で捏造を？」

「理由は僕にも、よく……」

「ともかく金塊の在り処は『イブの十字架』を手に入れれば判明するんだな？」

「はい。しかも『謎の人物』は金塊回収が済んだら『イブの十字架』も寺屋敷遺跡に埋めろ、と指示したそうです。そうすれば殺人の件も何もかも、黙っていてやると」

　ますます不可解だ。

「とにかく急がなければ。ブルーゲンと城田は、ミゲルを人質にとり、無量に『イブの十字架』を探させるつもりです。その上で『ぱらいその鍵《かぎ》』を回収し、見つけた十字架は日野江城下に埋めさせようとしてる。有馬晴信時代の土層から、ローマ法王の十字架がふたつも出たとなれば、日野江城は世界遺産登録に充分な箔《はく》がつくでしょう。無量が捏造に手を染めれば同じ穴の狢《むじな》だ。ミゲルの捏造にも口を閉ざし、不正を暴く邪魔者はいなくなる。西原の孫が捏造なんてしでかせば、世間が到底許すはずないから、無量も告発できないだろう、と連中は踏んでる。無量はミゲルを人質にとられてる以上、従わざるを得ないでしょう。なんて汚い」

忍の目つきは、怒りのあまり凶暴味を帯びている。

「無量に捏造なんてさせるわけにはいかないんだ。あの無量にだけは。そのためにも、なんとしても無量より先に十字架を手に入れないと」

無量のことになると、冷静沈着な忍の怜悧《れいり》な口調も一変する。切迫した忍の表情に動かされ、鶴谷も協力を申し出た。

「しかし潜水艦に隠すとは……。確かにこの界隈には、終戦時、佐世保港に配備されていたロ号潜水艦が廃棄のために沈められたとは聞いているが」

その中に隠すとなると、ほぼ回収は不可能だ。「棄てた」も同然だ。

「実際、棄てた気持ちでいたんでしょう。サルベージするには時間と手間がかかる。ともかく無量を奴らの許《もと》から奪い返すか、先に潜水艦を見つけるか。鶴谷さん、ダイビングの経験は?」

「あいにく金槌《かなづち》でね」

「では僕が。日が沈む前に出ましょう。……ちょっと待って」

忍のスマホに着信だ。萌絵からだった。電話に出た忍の声を聞き、萌絵は悲鳴のような声で「相良《さがら》さん、無事だったんですね！」と叫んだ。鶴谷経由で無事は確認できていたが、声を聞くまで安心できなかったのだ。

『今までどこにいたんですか。なにしてたんですか。心配したんですよ！』

「ごめん……。本当にごめん、永倉さん。今どこ？」

『長崎空港です。いまからそっちに向かいます！』

「いや、君は鶴谷さんが指示した通りミゲルの救出に行ってくれ。君にしか頼めない」

嫌です！　と萌絵は即行拒否した。無量が犯人側の手に陥《お》ちた今、助けにいくべき相手は無量以外には考えられない。

『西原くんを助けにいきます。西原くんの身に何かあったら私、どうにかなっ……！』

「落ち着いて、永倉さん。ミゲルを助けないことには無量も逃げるに逃げられない。無量のことは僕に任せて。きっと無事に連れ戻す」

『あなたのこと、どこまで信じていいんですか』

萌絵は動揺のあまり、口には出せずにいた本音を、忍に向けて突きつけてしまった。

『相良さんは本当に西原くんの味方なんですか。本当に信じてもいいんですか！』

忍は即答できなかった。萌絵の率直な問いかけは忍の後ろめたさをまともに射貫《いぬ》いた。

忍が無量に打ち明けられずにいる薄暗い事情は、いざという時、忍を信じ切るのを躊躇《ためら》わせる棘《とげ》になる。分かっていても、まだ抜くことはできない棘だ。

「……。無量から何か聞いたんだね。無量はなんて？」

『西原くんはあなたのこと信じようとしてます。自分を陥れるような奴じゃないって。相良さんが西原くんに関わるのは誰かにそう指示されてるからなんですか！』

「僕の意志だ」

忍は冷徹に言い切った。

「僕は僕の意志で、いまこの状況に身を置いている。そのことに一片の嘘もない」

暗い緊張感を湛《たた》えた声だった。その言葉に欺瞞《ぎまん》はなかったが、復讐《ふくしゅう》に燃えていた頃の忍が戻ってきたようで、俄《にわか》に萌絵を不安にさせた。それと同時に「無量とのことには誰の介入も許さない」という冷たい気迫を感じとった。

「物理的に言って空港にいる君がミゲルのもとに急行するほうが早い。行くんだ」

『なら約束してください。他のどんな人の思惑よりも、西原くんの気持ちを大事にするって。西原くんが嫌がるようなことは絶対にしないって！』

忍は黙り込み、やがて、やるせなく微笑した。一途《いちず》なのは罪だ。……彼女は、なんて簡潔で難しい縛りを自分に与えてくるのだろう。

「わかった。約束する。だから君は行ってくれ。君だけが頼りだ」

萌絵はようやく承諾した。無量に心を残しながらも、監禁されたミゲルのもとに向かった。電話を切った忍は眉間《みけん》に苦渋を残したままだ。

「……。大丈夫か。相良忍」

「ええ。すみません。もうひとりの助っ人も到着したようです。行きましょう」

桟橋にモーターボートが入ってきた。若い操縦者の隣から、中年男が手を挙げた。如月《きさらぎ》記者だった。忍から応援要請を受けて駆けつけたところだ。

「おいおい。死んだんじゃなかったのかよ。つまんねーな」

「あなたならきっと、このネタに飛びついてくれると思ってましたよ。如月さん」

「……佐世保支局の同僚経由で、ここで長年、牡蠣《かき》の養殖をやってる長老から話を聞いた。九十九島に潜水艦を沈めたなんて記憶にないって言ってるぞ。特攻用の○四艇じゃないかって」

たくさんの小島が浮かぶ九十九島の景観は、東北の松島《まつしま》に似ている。その島陰に軍が艦船を隠したのは事実だったが、沈めるには、余程水深のある沖合でなければ、船の航行に支障をきたす。本当に潜水艦だったのか？　と如月は訝《いぶか》しげに問いかけた。

「わかりません。一口に九十九島といっても北と南とありますし」

忍と鶴谷が乗り込むと、モーターボートは桟橋を離れた。海上には冷たい風が吹いている。散在する大小の小島は、一見、岩にしか見えないものもある。こんもりとした緑で覆われた小島は、ちょっとした盆栽のようだ。ここの植物は葉に塩分を溜《た》めるので、噛《か》むと塩辛いという。島陰には養殖筏《いかだ》が浮かんでいる。水先案内をする若者は養殖業者の孫で、この海域は知り尽くしている。行き来はお手の物だ。

「このへんの水深は干潮で五十センチ、満潮で四メートルあります。潜水艦の沈んどれば、いくらなんでん干潮で出てきそうやし、沖だと思いますね」

小島が入り組んで迷路のようだ。一見、入り江にも見えるので、船が島の向こうを通れるかどうかは、素人には判断が難しい。ただそんな場所なので日本軍が潜水艦を隠したというのは本当のようだ。が、沈めるのは難しい。

「やっぱり潜水艦じゃなくて特攻艇かもしれないな」

「干潮まで待ったほうがよかったんじゃないのか」

「いや。無量に先に潜られたら困る。あいつはダイビング免許も持ってて海底遺跡の調査もしたことがあるんです。何よりあいつには」

人には説明できない発掘勘がある。小さな手がかりから読み取ってしまう。それが海面下でも発揮できるのかは不明だが、無量なら見通してしまうのではないか。そんな無量の発掘勘が、今の忍には、手強《てごわ》い。下手に十字架を見つけてしまったら、無量はそのために自分の首を絞めることになりかねない。

島と島の間から、相浦富士《あいのうらふじ》と呼ばれる愛宕山《あたごさん》の秀麗な姿が望める。忍は海図を広げて鶴谷たちと睨《にら》んだ。金属探知機でもあれば早いのだが、なにせ半世紀以上前の話だ。

「藤田氏が残した手がかりはこうです。〝春分の日に太陽が落ちる穴へと漕《こ》いだら、斧《おの》を拾って、クルスを目指せ〟……」

意味不明だ。太陽が落ちる穴など、海にあるはずもない。しかも斧を拾って、とは一体……。

「春分に太陽が落ちる穴、というのは割島《われしま》のことじゃなかですかね。あれです。ひとつの島が真ん中でぱっくり割れてるような形の小島があるでしょ。あそこ、春分と秋分の頃だけ、日没の太陽が覗《のぞ》けるとですよ。ああ、ほら」

見ると、岩の割れ目の向こうに確かに太陽が落ちていく。忍たちは眩《まぶ》しさを感じて手をかざした。火の玉が岩と岩の間で燃えているかのようだ。あと一週間もすれば秋分の今、ちょうど太陽は割島の裂け目に沈んでいった。

「なるほど。じゃあ斧を拾うというのは」

「これのことじゃないか。斧落《よきおとし》という名の小島がある」

鶴谷が海図を見て言った。ふたつの小島が迫る、狭水道になっている。斧を拾え、とは、そこを通れ、という意味か。ボートはふたつの島の、崖《がけ》の間を進んだ。抜けると、その先には島影もほとんど見えず、茫洋《ぼうよう》とした海原が広がるばかりだ。忍は困惑した。

「これでクルスを目指せ、とは、いったい……」

＊

一方、無量はすでに潜水を始めていた。

クルーザーで連れて行かれたのは、九十九島の沖合だった。探知レーダー完備で海底に沈む潜水艦を探査できる。しかも彼らは米軍の古い資料から潜水艦を沈めた位置も正確に把握していた。だから暗号のような藤田（仁平）の手がかり文を精査する必要もなかったのだ。

無量は、無表情で作業を続ける。

海底に沈んだ潜水艦は、魚礁と化している。爆沈させられ、土手っ腹には大きな穴が開いていて、艦橋も開きっぱなしだ。内部はとうに朽ち、魚群の住処《すみか》となっている。無量はバラストタンクの穴から入り、ヘッドランプで内部を照らしながら探し回る。無量は寡黙だ。無表情で作業にあたる姿は、頑《かたく》なに心を閉ざしていた頃の彼に戻ったかのようだ。

同じ海域に沈む四隻中二隻を見て回ったが、ダメだった。

残圧計を見、バディを組むダイバーに向け、両手の人差し指を顔の前で交差させ「中止」の合図を出した。右手親指で上を示し、「浮上」を報《しら》せた。

海面から顔を出した無量は、マスクを外して、船上の男たちに告げた。

「十字架なんて、見あたらない。暗くなってきた。作業は中止だ」

監視の中年男は例の「代理人」の部下・近藤だった。

「続行しろ。照明船を呼んだ。見つかるまで上がらせるなとのお達しだ」

「潜水時間が限度を超えてる。せめて二時間は休憩しないと、減圧症（血液中の窒素ガスによる体内の異変）で動けなくなる」

「いいから続けろ」

人使いの荒い連中だ。潮で流されたとは考えないのだろうか。そもそも爆沈の衝撃で破壊されたかもしれない。藤田は何を考えて沈没艦などに「金の十字架」を隠したのだろう。

正直なところ、ここにある気がしない。右手の囁《ささや》きにいちいち耳を貸すのもどうかと思うが、ないところを探すのは徒労でしかない。尤《もっと》も、このまま見つからないほうがいいのだろう。いっそ減圧症でぶっ倒れてやろうか、と無量は思った。

船には、これ見よがしに、一斗缶と焼けた木材が置いてある。言うことをきかなければ、いつでも手を焼くぞ、と脅しているつもりなのだ。

近藤が無量に電話を渡した。無量は不機嫌に「はい」と出て、息を呑《の》んだ。

「ミヒャエル・ブルーゲン……っ。あんた、さっきはよくも！」

『夜のダイビングは楽しいかい。ムリョウ。十字架は見つかったかな？』

流暢《りゅうちょう》な英語で話しかけてくる。無量にもようやくからくりが読めた。ほぞを噬《か》んだ。そうか。見事やられた。はめられた。ブルーゲンは騙《だま》されている側だと思いこんでいた。

「グルだったなんて。いや本当の黒幕はあんたか！」

『君が見つけた聖釘《せいてい》は、謹んで我が騎士団の本部に持ち帰らせてもらうよ。キリストの聖遺物を異教徒の手で汚すわけにはいかないからね。せいぜい健闘を祈るよ。ミスター電話は「代理人」に替わった。

『――ちなみに人質には水も食事も与えていない。彼が飢え死にする前に十字架を見つけてやることだ。君の腕にかかっているよ』

ますます後がない。無量は怒りを堪《こら》えつつ、電話を切った。近藤たちに「藤田が残した手がかりの正しい文面を教えろ」と迫った。素人考えで変な解釈をしたのでは、と疑ったのだ。無量の懸念は当たっていた。

〝十字架を隠した潜水艦は九十九島に眠っている。

春分の日に太陽が落ちる穴へと漕いだら、斧を拾って、クルスを目指せ――〟

「見ろ。沈んだなんて、一言も書いてないぞ！　〝眠ってる〟けど〝沈んでる〟とは限らない」

そう。「代理人」は「眠る」とあるのを「沈没船」と解釈してしまったのだ。だが無理もない。佐世保の米軍や海自の港にいる潜水艦ならともかく、九十九島にいる潜水艦、と言われたら、考えられるのは、終戦後に行われた日本海軍の艦船処理だけなのだ。

無量は「埒《らち》が明かない」と言い捨て、海からあがった。

「こっからは俺が指示する。今すぐ船を出せ。もう一度、文面通り、潜水艦を探す」

＊

すでに日は落ちた。辺りは急速に暗くなってきた。忍たちのモーターボートは斧落《よきおとし》を過ぎたところで立ち往生していた。

「〝クルスを目指せ〟……間違いない。『アマクサシロウ』からのメールにもそう書いてある。こんな海の真ん中のどこにクルスがあるんだ」

西の水平線には夕陽の名残が闇に溶けていく。島や陸影を見渡しても十字架に見えそうな対象物は見あたらない。茫洋とした海は徐々に昏《くら》さを増し、忍たちの探索は完全に行き詰まってしまった。

忍は焦っていた。無量より早く見つけるのは至難だと感じていた。相手は誰でもない。無量だ。宝物発掘師《トレジャー・ディガー》・西原無量なのだ。

だが、先に見つけなければ、無量はミゲルを救うため、遺物捏造《ねつぞう》という地獄に自ら踏み込む羽目になる。

無量にだけは、させられない。他の者がするのとはわけが違う。無量の苦難は祖父の「遺物捏造」から始まった。否定すべき元凶に屈するようなものだ。そうなれば無量は二度と発掘現場には入れなくなるだろう。悪魔に屈した自分を許すとも思えない。

これを止めるには、埋める物自体を取り上げてしまうしかない。

どこかに手がかりがあるはずだ。クルス……海の真ん中で、クルス……。

と、その時だ。海図を見ていた如月がふと「黒島《くろしま》……？」と呟《つぶや》いた。

「なんですか。何か気になることでも」

「いや。このずっと先に黒島って島がある。ここいらの岩みたいな小島じゃなくて、もっとでかくて人も住んでる島だが、以前、世界遺産候補の取材で行ったことがある。黒島天主堂って見事な教会がある。昔、隠れ切支丹が住み着いて、今も八割方がカトリック信者なんだが、その島の名の由来が『クルス島』から来てるって説が」

「クルス島」

「ああ。クルスを目指せというのは、その島を目指せって意味じゃ」

忍と鶴谷は海図に目を落とし、現在地から黒島に線を引っ張った。西北西方向に進むよう指示して、船を進めたそのときだ。忍たちが「あっ」と声を発した。

「潜水艦……!?」

行く手に、潜水艦が浮上している。残照を背にしたシルエットは、どこからどう見ても潜水艦だった。すると、案内の若者が、

「ああ。あれはオジカ瀬っていう岩場です。昔、米軍が潜水艦と間違えて攻撃したなんて話があっとですよ。嘘か本当か知らんけど」

「待って。もしかして潜水艦というのは……」

忍が船を寄せるように指示した。岩場に乗り上げるギリギリまで寄せて、忍は飛び降

り、オジカ瀬に「上陸」した。海上から見るよりも大きな岩礁だ。潜水艦の艦橋に見える部分は、一際大きな岩で、てっぺんに黒松が生い茂っている。忍は岩にとりつくとよじのぼり始めた。一緒についてきた如月も登りだした。

「何かあるか」

「いえ……」

懐中電灯で照らしながら、岩の上部を探っていく。無量ならこの岩場に何か気配を感じるだろうか。

「ダメか。やっぱり似てるだけじゃねーか？」

「いや待ってください。ここ」

土は申し訳程度しかない。が、二本ある大きな黒松のうちの北側の根元、土に変色が見られる。青緑色をしたこれは所謂《いわゆる》、銅錆《どうさび》ではないかと、忍は気づいた。忍はその土を手でかいた。

「これは……っ」

青銅製とみられる飾り箱が出てきた。

忍は如月と顔を見合わせた。

静かに蓋《ふた》を開いた。

第八章　天国の鍵

だろ！

私はいったい何をやってるんだろう。

西原《さいばら》くんが「鉄のカラス」に連れて行かれたというのに、こんなところで何やってんだろ！

――君だけが頼りだ。

ミゲル救出のため、萌絵《もえ》が向かった先は、長崎市街から車で三十分ほどの香焼《こうやき》という町だった。

かつては炭鉱があったという。長崎の外海に面した島々はかつて石炭産業で賑《にぎ》わい、多くの炭鉱がひしめいていた。炭鉱労働者とその家族のためにたくさんの近代的な住宅や病院、娯楽施設が作られたが、今はそのほとんどが閉山し、廃墟《はいきょ》となっている。有名な軍艦島こと端島《はしま》も、そのひとつだ。

忍《しのぶ》から伝えられた場所を探してやってきた萌絵の目に入ったのは、老朽化したアパート群だった。すでに人は住んでおらず、暗闇の中に四角い鉄筋コンクリートの固まりが佇《たたず》む姿は、不気味以外のなにものでもなかった。

ここも元は炭鉱アパートだったのだろう。古くて薄暗い街灯がかろうじて道を照らしている他は、人気もなく、ひとりでは近付きたくない雰囲気だ。本当にこんなところにミゲルはいるのだろうか。そもそも忍はどうやってこの場所を知ったのだろう。「鉄のカラス」側に内通者がいると聞いていたけれど、それは誰なのか。

廃墟アパートの裏は雑木林で、その奥にヌッとそびえ立つ、背の高い黒い影は、コークス製造工場の煙突だった。

車のエンジンを切り、懐中電灯で足許《あしもと》を照らしながら、萌絵は恐る恐る近づいていった。辺りは静まり返り、草むらに虫の声が響くばかりだ。どの部屋も暗く、人影らしきものは見られない。まるでゴースト・アパートだ。小さな灯《あか》りひとつで、一棟一棟、確かめながら歩いていく。

と、その時。一番奥の棟の角部屋に、チラリと小さな光が見えた。

暗かったので、かえって目立った。

「もしかして、あそこ……？」

萌絵は辺りを確かめながら、雑草をかきわけ、慎重にその部屋の下まで行った。ベランダから覗《のぞ》き込むと、やはり灯りがある。青白いクリアな輝きは、LEDランタン、もしくはタブレットか何かの灯りのようだった。……誰かいる。

「ミゲルくん……っ」

居間と思われる柱に体をがんじがらめに縛られて、座らされている。喪服姿のミゲルはぐったりとしていて、逃げ出す気力も尽きているようだ。きっと余程抵抗しても駄目だったのだろう。ろくに食事も水も与えられていないようだ。

声をかけようとして、室内にいる別の人影に気づいた。慌てて身を潜めた。暴力団の下っ端風の若い男が、見張りについている。

部屋の中にひとりと、玄関側にも、もうひとりいるようだ。

「……ふたりか」

一対一なら、なんとか片づけられる。変な飛び道具さえ持っていなければ、の話だが。

「どうにかして、片方の見張りを外に連れ出せないかな……」

萌絵はふと自分が手にした車の鍵を見た。……そうだ。これだ。

萌絵は一旦《いったん》、車に戻り、ライトもつけず、ミゲルがいる建物のほうへと、車をそろそろと近づけた。そして、エンジンを切った。それから、しばらく経って……。

突然、萌絵の車が立て続けに大音量でホーンを鳴らし始めた。ライトも激しく点滅して、凄《すさ》まじいことになっている。静まり返った廃墟に、車のホーンは派手に響き渡り、うるさいことこのうえない。室内にいた男たちも、外の異変に気づいたようだ。

ひとりが様子を見に、出てきた。バットを手にしている。萌絵は物陰でやり過ごした。

これで玄関の鍵も開いたし、中にはひとりしかいない。

萌絵は物音も立てず、男と入れ替わりに室内へと侵入した。

残った見張りも、うるさそうに外を見ながら、窓辺に立っている。そこへ忍び足で入ってきた萌絵に、最初に気づいたのはミゲルだった。

「あんた……っ」

しっと指を立てた。と、その時、気配で見張りが振り返り、萌絵に気づいた。萌絵が大きく振りかぶって、見張りの頭からかぶせたのは、外に捨ててあったアルミの一斗缶だ。いきなり顔を覆われて慌てて剝《は》ごうとしたところに、萌絵のハイキックが決まった。一斗缶の真横から顔を蹴《け》られた見張りは一撃で倒れ込んでしまう。萌絵は用意してきたロープで、素早く見張りの手足を縛り上げた。続いて、ミゲルを縛る縄の結び目をナイフで切った。

「あ、あんた……なんで、ここが」

「相良さんに頼まれたの。……もう何やってんの！　あれほど独りで出かけちゃ駄目って言ったのに。西原くんの身に何かあったら、ミゲルくんのせいだからね！」

「す、すいません……」

外ではまだ、車のホーンがけたたましく鳴り続けている。

「見張りを惹《ひ》きつけようと思って、わざと盗難防止装置《イモビライザー》作動させたの」

昔、間違えて作動させてしまい、警戒ホーンが鳴りっぱなしになってご近所を驚かせ、大慌てしたことを思い出したのだ。自由になったミゲルの手を引いて「行くよ」と萌絵は外に出た。

が、もうひとりの男が戻ってくるのが思いの外、早かった。玄関先で鉢合わせしてしまった。

見張りは驚き、手にしたバットで、ふたりに殴りかかろうとした。萌絵はよけずに敵の懐へと体を押し込むと、振り下ろそうとしていた二の腕をガッと掴《つか》み、そのまま顎《あご》めがけて掌底打ちをくらわした。

「が……は！」

のけぞったところを捉《とら》え、萌絵は素早く体をさばいて、相手の体を床へと押さえ込む。膝《ひざ》でみぞおちを圧迫しながら、

「ミゲルくん、ロープ！」

慌ててミゲルは自分を縛っていたロープを持ってきて、見張りを縛り上げた。この間、急所を押さえこまれた見張りは、ろくに息もできず、抵抗もできなかった。

「いい？　鎖骨と鎖骨の間のくぼみ、ここ急所だから。何かあったら親指で押してやるといいよ」

ご丁寧にレクチャーまでしてくれた萌絵を、ミゲルは呆気《あっけ》にとられた様子で見つめている。ぼーっとしている場合ではなかった。ミゲルを連れて建物の外に出ると、取り急ぎ、ミゲルと一緒に救出成功の証拠写真を撮り、忍に送った。

「よし。これで西原くんも自由に動ける」

「西原は、無事なんスか⁉」

「わからない。無事だといいんだけど」

ミゲルを救出したのはいいが、萌絵は何となく引っかかる。ちょっと簡単すぎやしないか？　人質をとったにしてはいやに手薄だった。まあ、こんなところにまで人が近付くこともないだろうし、向こうもまさか内通者がいたとは思いもしていないのだろうが。

ふたりは車を駐《と》めたところまで戻ってきた。

「……え……」

けたたましくホーンを鳴らし続ける車のそばに、人影がある。

萌絵は足を止めた。ミゲルも目を瞠《みは》った。そこに待ち受けていた人影は、ひとつではなかったのだ。

「……あなたたちは……」

夜の廃墟に、車のホーンが鳴り響き続けている。

点滅するライトが、強《こわ》ばるふたりの横顔を照らし続けていた。

＊

九十九島《くじゅうくしま》に夜の帳《とばり》が降りた。月のない夜だ。岩礁にさざ波が寄せては返す。黒い海に小島群のシルエットが浮かんでいる。

オジカ瀬を目指して、沖合から一隻のクルーザーが近付いてきた。座礁を避けて少し離れたところで停まり、ウェットスーツを着た無量《むりょう》と、彼を捕らえた男たちがオジカ瀬の岩場にあがった。

人の気配を感じて、無量が足を止めた。

待ち受けていた者がいる。潜水艦の艦橋に似た黒松の岩から、人影が現れた。

無量は無表情でライトを向けた。そして目を瞠った。

「忍……っ」

岩場に立つのは相良《さがら》忍だった。

ウェットスーツを着ている。厳しい面もちだ。

「遅かったね。無量」

細長い岩場は、そこそこ広さがあると言っても四方は海だ。浮上した潜水艦の背の上も同然だ。本当は真っ直ぐ駆け寄って無事を喜びたいのに、無量は動けなかった。監視者がいる。心ならずも従っている後ろめたさもあった。忍がここにいる意図も読めなかった。警戒している。

「おまえが探しているものは、これかい？　無量」

忍が首から下げているのは、金線細工の美しい筒型十字架だ。無量にはそれが「イブの十字架」だとすぐに判った。「ここにあったのか？」と問うと、忍はこくりと頷《うなず》いた。

「一足先に見つけたよ。今回は僕の勝ちだね。無量」

「勝ちって……意味わかんないけど、その十字架渡してもらえないと困る」

「駄目だ。おまえには渡せない。ご苦労様、無量。おまえの役目は終わりだ。ミゲルには可哀想なことしたけど……」

「ちょっと待て。それどういう意味？」

無量には「役目」と言われた理由がわからなかった。

「おまえ何を知ってた？　もしかして姿を隠してたのもこのため？　最初から横取りするのが目的だったのか！」

「そこにいる、あなた。西坂公園にいましたね。僕を刺した連中を指示してた」

声をかけた相手は近藤《こんどう》だった。城田《しろた》の子飼いだった。胸を刺されたはずの忍を見て、幽霊でも見た気になったのか、激しく動揺している。

「ここで何をしている……っ。なぜその十字架を」

「あなた方に殺された鐘田《かねだ》さんの霊が教えてくれた……とかね。まあ、いい。僕の仕事は旧日本陸軍が隠した金塊の回収だ。中国の偽金で買い付けた、時価数百億のね。色々あって身を隠してたけど、おかげで手がかりの十字架も無事、手に入った。あなた方には感謝しますよ。そして今日まで僕を疑いもせず、よくつきあってくれたね。無量」

無量は茫然《ぼうぜん》としている。近藤がどこかと連絡を取ろうとするのを見て、忍は言った。

「無駄だ。すでに金塊は回収した。警察にも通報した。あきらめるんだな」

高圧的な態度は、無量が知る忍とは別人のようだ。無量は混乱した。

「うそだろ……。忍」

「……」

「おまえが長崎に来たのは、このためだったっていうのか。まさかカメケンに入ったのも、俺のそばにいたのも」

忍は、無量を突き放すように一瞥《いちべつ》すると「うそなもんか」と嘲笑《あざわら》った。

「このためだったに決まってる。幼なじみのよしみ程度で、今更この僕がおまえなんかの世話をするとでも思ったのかい？」

無量の顔がサッと青ざめた。頭の芯《しん》が冷たくなり、指先がぶるぶる震え始めた。みぞおちのあたりから、一気に怒りがこみあげた。

「…ざっけんな……っ！」

忍に突進して拳《こぶし》を振り上げた。殴りかかった。忍はよけなかった。一発くらって、二発目はかわし、無量の手首を摑んだ。無量はハッとした。忍は目線で何かを伝えると、無量の手を強く引き、そのまま、もろとも海へと飛び込んだのだ。

意表をつかれた近藤たちが、改造拳銃《けんじゅう》を撃ちこんできた。だが手応《てごた》えはない。暗い波間に小さな飛沫《しぶき》が数回あがっただけだ。海中に潜った忍と無量は、養殖筏《いかだ》の近くに浮上した。そこへ岩陰から鶴谷《つるや》たちの乗るモーターボートが現れた。

「おら！　つかまれ！」

如月《きさらぎ》が浮き輪を放った。忍が浮き輪を摑むと、モーターボートは逃げの一手に出た。銃声が響き、クルーザーもオジカ瀬を迂回《うかい》して追ってきたが、小回りがきくモーターボートは、機敏に狭い島影をくぐり抜けていく。猛烈な波飛沫に耐えながら、無量と忍は陸側の岩場近くで浮き輪を離し、浜まで泳ぎきった。モーターボートは追っ手を引きつけて、斧落《よきおとし》に向かっていく。干潮で水深が浅くなっている。クルーザーは知らずに突っ込み、鈍い音を立てて座礁した。そのまま海の真ん中で動けなくなってしまった。

　忍と無量は、夜闇に乗じて浜辺に逃れた。激しく咳《せ》き込む無量を忍が介抱した。

「大丈夫か、無量」

　すると、無量がいきなり忍の肩を摑み、怒鳴った。

「……なんなんだよ、もう！　ひどいよ、忍ちゃん！」

「ごめん。おまえを取り返しにきたって悟られちゃマズイと思って」

「って、もっと他に言い様が……っ」

　と言いかけ、無量は言葉に詰まった。思わずうつむいた。

　本当に騙《だま》されていた、と思いこんでしまったのだ。

　忍は複雑そうな表情をしている。無量は涙が滲《にじ》みそうになるのを「海水が目に入った」とごまかした。ふと見ると、忍の口許《くちもと》が赤く腫《は》れている。無量に殴られた痕《あと》だ。

「つか、なんでよけないの。殴られ損でしょーが」

「はは。一応お詫《わ》びのつもりで。なかなか効いたよ。ア、ツ……っ。海水が沁《し》みる」

　いつもの朗らかな忍に戻っている。安堵《あんど》した無量は、倒れ込むように忍の肩に額をあてた。無量独特の親愛表現なのだ。忍はあやすように無量の背中に手を回し、ぽんぽん、と叩《たた》いた。

「けどミゲル！　……このままじゃミゲルが！」

大丈夫、と忍がスマホを見せた。萌絵がミゲルと一緒にいるところを自撮りした画像が映っていた。親指を立てている。メールのタイトルは「無事救出」。

「永倉《ながくら》……、あいつやっぱタダもんじゃないわ」

「はは。僕らなんか足許にも及ばないよ」

だが、まだこれで終わりではない。忍はウェットスーツから十字架を取りだした。底板を外すと「H」の飾り文字が彫られている。間違いない。三つ目の十字架――「イブ(Hava)の十字架」だ。「H」の横棒に「+（クルス）」が乗っかる意匠はイエズス会の紋章と同様だった。

「これで〝IHS〟全部出てきたってわけか」

ローマ教皇が日本の天皇のために用意した三つの十字架だ。金線に包まれた筒の中に、聖遺物の代わりに、細長い金属プレートが入っている。小さな字が刻まれている。

表には〝クルス島におわす主のみもと。聖母は聖なる赤き土の底に眠る〟。

裏には〝ぱらいその鍵《かぎ》は、はんたまりやの懐に〟。

「この文章、初江《はつえ》さんの手紙に書いてあった……、あっ」

無量は思いだした。「ぱらいそ」は天国。「天国の鍵」。カラスの代理人が言っていたのは、そのことか。

「一体なんなんだ。鉄のカラスも探してる『天国の鍵』って。それに、さっきおまえが言ってた金塊って」

忍は険しい顔に戻った。無量に話さなければならなかった。ブルーゲンの真の目的。波の打ち寄せる暗い磯で、忍は語った。知り得た事実は全て。無量は絶句した。

「――マジか、それ……」

「ブルーゲンたちが簡単に諦《あきら》めるとは思えない。きっと俺たちを追ってくる。決着をつけなきゃ。……クルス島がどこかは、わかってる。明日《あした》渡ってみよう」

＊

翌日、無量と忍は黒島へと渡った。一日三往復しかないフェリーで、相浦港を離れて五十分。その離島は、九十九島で一番大きな島だ。八つの集落があり、かつては平戸藩の軍馬放牧地でもあった。カトリック信徒が多いのは、昔、大村から五島《ごとう》に向かっていた隠れ切支丹たちが、時化《しけ》で流れ着いて、住み始めたのがきっかけだという。

「前に特集記事の取材で世話になった人がいる。島のことは何でも知ってるから紹介してやる」

「つか、なんであんたまでついてくんの」

無量が如月記者に言った。ちゃっかり同じフェリーに乗船している。

二階デッキで海風に吹かれながら、如月は言った。

「記事にするために決まってんだろ。昨日おまえを助けたから貸しは三つな」

無量は何も言い返せない。

「それにしても謎な文章だな。〝クルス島におわす主のみもと。聖母は聖なる赤き土の底に眠る〟……か。聖母が金塊だとすると、どっかに埋めたってことか」

「土の底って言い回しが引っかかる。水の底なら分かるけど、土の底って普通言わないし……。まあ、底っつったら岩盤だけど」

そこに忍が戻ってきた。どこかと電話で話し終えたところだ。表情が冴《さ》えない。「誰と話してたの？」と訊《たず》ねた無量に、忍は言葉を濁した。無量は探るように、

「もしかして『アマクサシロウ』？　一体誰なの？」

「うん……。そのことだけど、ちょっとまずいことになりそうだ」

忍は何を警戒しているのか。

間もなく船は黒島に着いた。小さな港には漁船も多く停泊している。待っていたのは高村《たかむら》という六十代男性だ。黒島天主堂の元教会長で、島の情報通だった。

「仁平寛次《にひらかんじ》さんを知ってる……？　本当ですか！」

「はい。二十年ほど前に移り住んでこられました」

跡継ぎのいなくなった家を島から借り受け、慣れない畑仕事をしながら、ひとり静かに暮らしていたという。釣りが趣味で、オジカ瀬にもよく行っていたらしい。日頃から教会活動に熱心に参加していた。だが三年前に亡くなっていた。

高村の案内で、仁平が住んでいた家に向かった。小さな平屋の周りは草が生い茂っている。鍵を開けて玄関から入ると、家の中は意外にもきれいで生活感の名残があった。床の間にはキリスト教の祭壇がある。小さな教会のような立派な祭壇だ。

「仁平さんが生きとった頃、この祭壇に不思議なマリア像がおられたとです。焼け焦げたマリア像が」

「焼け焦げたマリア……？」

「はい。平戸焼のマリア像でしたが、表面が焼けてしもて顔立ちもよくわからんかったとです。何か思い入れがあるようで、仁平さんはとても大切に」

無量と忍は、ぴんときた。初江の娼館《しょうかん》は火事で焼けている。もしや、と思った。「そのマリアはどこへ」と訊ねると、

「さあ……。遺品を片づけた時にも見あたらなかったですし」

「ご遺族の方は」

「いいえ。今は音信不通のようで。ああ、ただ友人と仰《おっしゃ》る方が成年後見人ばしておられて、お葬式やもろもろの手続きば行っておられたようです。その方が何か知っとるかもしれません」

無量と忍は同じことを考えているのか、お互いの顔を見ながら、ますます神妙な表情になった。外に出ると、庭の向こうが畑になっている。今は人の手も入らず、草ぼうぼうだが、人一人が自給自足する程度なら、充分な広さだった。無量が土を手で掬《すく》い、

「赤土ですね。じゃがいもか何かを？」

「はい。この島でとれるじゃがいもやたまねぎは甘くて美味《おい》しかですよ」

「もしかして、このへん御影石が採れますか」

「ええ。良質の御影石が。島の名産ですよ。天主堂の祭壇にも使われとります」

よくわかったね、と忍が感心した。無量は「うん」とうなずいた。

「御影石は花崗岩《かこうがん》の一種。風化した表面から脆《もろ》くなって、だんだん赤土になる」

「つまり赤土のあるところの下には必ず御影石があるんだね」

無量は掌《てのひら》の土をこぼしながら、畑のほうをじっと見つめている。「聖母は聖なる赤き土の底に眠る」。「赤き土」……「赤土」。忍も同じ連想に至った。

「藤田《ふじた》氏は金塊をこの島のどこかに埋めたとでも？」

「………。うん」

無量は高村に「お墓はどこですか」と訊ねた。仁平の墓は島のカトリック墓地にある。さっそく連れていってもらうことになった。

島の真ん中にあたる名切《なぎり》地区にある。黒島天主堂にほど近い、代々の信徒が眠る墓地だ。緑の森を背景に、斜面にずらりと並ぶ墓は壮観で、独特の形をしている。墓石は仏式と同じ縦長の長方形だが、上に十字架がのっている。整然と並ぶ墓石には金文字で「○○家之墓」と刻まれている。カトリック墓地と聞いて、横長の洋式墓を想像していた無量たちは驚いた。日本の風土に溶け込んだキリスト教の信仰を象徴するかのようだ。

墓の前にはそれぞれ、小さなマリア像がドーム型の祠《ほこら》に収まっている。羊羹《ようかん》型の古い墓もある。なんとも美しい。

「先祖は潜伏キリシタンでしたが、明治時代に禁教令が解け、長崎の大浦天主堂に、出口大吉さんいう親子が出向いて、黒島に信徒がおっとば打ち明けた後、カトリックに復活しました。この地に教会ば作るため来島したのが、フランス人のマルマン神父です」

黒島天主堂は彼が設計し、建築指導した。そのマルマン神父の墓も、この墓地にあった。

「キリスト教のならわしでは、埋葬は皆、土葬です。ここではお墓を建てる時は、最初に亡くなった方のみ土葬で、その家族や子孫は火葬し、墓石の下のこの部分――納骨室に納めっとです。仁平さんのお墓はこちらです」

斜面の奥に案内された。すると「仁平家之墓」と刻まれた墓石のもとに、誰かいる。しゃがみこんで、手を合わせているのは、六十代くらいの白髪の男性だ。

無量は目を瞠《みは》った。

「……千波《せんば》さん……」

墓の前にいた男は、ミゲルの祖父・千波暁雄《あきお》ではないか。

無量には何がどうなっているのか判らない。忍には予想できていた。

「やはり島にいらしてたんですね。千波さん」

「ゆうべ君から電話をもらって、別の貨物船でね。……この島だったんだね」

千波は高村とも顔見知りだった。挨拶《あいさつ》をかわした。忍は腑《ふ》に落ちたのか、

「仁平さんの成年後見人というのは、あなたでしたか。千波さん」

「どういうこと？　なんで千波さんがここにいんの。なんで仁平氏と千波さんが」

無量にはまるで状況が見えない。それまで黙っていた如月記者が、高村の肩を叩《たた》き
「ここから先は、我々だけで」と断りを入れ、礼を言い、その場から離れさせた。高村の車が去るのを見送って、忍が無量の疑問に答えた。

「無量。僕たちに情報をくれた『アマクサシロウ』は、このひとだ」

「！　……千波さんが⁉」

無量は驚いて千波を振り返った。千波はコクリとうなずいた。

「……城田のしてることを見逃すのは、忍びなくてね。君たちならきっと、この情報を使って、彼らを止められると思った」

「じゃあ、ロッカーに入ってた電話も、千波さんが……。内通してたって、ブルーゲンたちの手先だったんですか！　なんで！」

それに答えたのは千波ではなかった。如月が前に進み出た。

「あなたは、仁平氏の長男——仁平典之《のりゆき》さんのご友人だったそうですね。千波さん」

千波は寡黙だった。反応したのは無量だ。

「長男って確か、学生時代に亡くなったっていう。エンプラ騒動に参加してた、あの」

「典之氏は殺害されたんだ。四十年前に」

無量は目を剝《む》いた。忍もこれには驚いた。

「リンチ殺人だった。当時、典之氏は全学連で学生運動に参加していたが、やがて過激な極左系のセクトで活動しはじめた。暴力による社会変革を掲げ、内ゲバやテロなんかを繰り返した集団だ。典之氏はその一員だった。そして、千波さん、あなたも」

無量はギョッとして千波を見た。重苦しい表情をしている。如月は少し同情気味に、

「セクトの活動に疑問を持った典之氏に対して、集団リンチが行われた結果、典之氏は命を落とした。あなたは加害者のひとりでしたね」

無量は絶句した。千波の過去に衝撃を受けていた。

千波は遠い目になり、墓の十字架を見上げた。

「……仁平典之――ノリと出会ったのは佐世保に向かう夜行列車の中だった。私は東京の大学生だったが、エンタープライズの寄港を阻止しようと、なけなしの電車賃で仲間たちと佐世保に向かった。すでに博多で機動隊とやりあった後で気分は高揚していた。薄暗い佐世保駅には博多から着いたばかりの血気盛んな学生がたくさん溜《た》まっていた」

佐世保では最前線で機動隊とやりあった。投石も、しすぎて腕があがらなくなったほどだ。

意気投合した千波と典之は、東京に帰った後も頻繁に会い、互いの大学で何か起これば加勢にはせ参じるほどの仲になった。学生運動がピークに達していた頃で、旧態依然の大学運営に抗議するため、各大学の学生が構内をバリケード封鎖するなどして立て籠《こ》

もり、大きな社会問題にもなった。

「あの頃……六八年・六九年は人生で一番輝いた年だった。自分たちの力で革命が起こせると本気で信じて意気昂揚《こうよう》していた。皆で戦い抜くつもりだった。だが、忘れもしない。あの日」

一九六九年一月十八日。東大安田《やすだ》講堂で、占拠していた学生と機動隊が大衝突した。

「あれはまるで城攻めだった。我々は籠城《ろうじょう》し、火炎瓶だの劇物だのを投げて抵抗した。だが、ついに突入され、バリケードは破られ、大勢の逮捕者が出た。あれが最後の抵抗だった。東大での事件以降、それまでの革命の気運は嘘のように消えてしまった」

千波は自分の右腕を差し出した。

「この傷は、安田講堂の攻防戦で負った傷だ。ろくな手当てもできなくてね」

——私は……生き延びてしまったが。

無量にはあの言葉の意味が、やっとわかった気がした。

典之も千波も、逮捕された。身元引き受けにやって来た親は、無言だった。

「革命を夢見て闘っていたつもりだったが、警察の取り調べを受けて、薄暗く肌寒い権力の下で、世間ではただの一学生でしかない自分を思い知らされた。ほとんどの仲間は鏡に映る自分のみじめさに心折られて、忘れようとするように『世間』に戻っていったが、私はしがみつきたかった。そういう仲間たちに反発もした。ノリもまた」

そうして地下に潜るように、更に過激なセクトで活動を始めたが、そこはすでに先鋭化という名で凝り固まったカルトのようなものだった。暴力は内側に向かい、異端の兆しを見せた者を見せしめのために痛めつけることが日常茶飯事になっていた。

「だがノリには勇気があった。自分たちが進む道へ疑問を呈する勇気が。しかし異論を持ち出す者はすぐに粛清の対象になった。リンチに加わらなければこちらが標的にされる。……そんな恐ろしさから、気が付けば自分も手を下していた。助けることもできたはずなのに、できなかった。目を瞑《つぶ》って角材で叩き続けた。青黒く腫《は》れ上がったノリの死に顔は、今も瞼《まぶた》から消えない。……今も！」

　刑務所で罪を償い、出所した千波が向かった先は、典之の父・仁平寛次のもとだった。はじめは墓参りすら許されなかったが、何度も通っているうちに、父親は少しずつ、千波の謝罪を受け入れるようになっていったという。

　息子を殺した若者を、いつしか息子のように扱い始めた。単に独り身の淋《さび》しさがさせたこととは思わない。千波の罪を許すことに、仁平自身、特別な意味を見いだしているようでもあった。

「ノリは生前、たびたび父親への反発を語っていた。──復員してすぐ米軍のもとで働き、その後の朝鮮《ちようせん》戦争特需で儲《もう》けたと。長崎に原爆を落とされたくせに、佐世保はその米軍のおかげで潤っている。要するに親世代への反発だった。腹の底では日本の敗戦にも『なんで最後まで戦わなかったのか』と思っていたし、戦前戦中の知識人のうさんくささにも辟易《へきえき》していた。信用できない知識人より、何も知らずに戦地に赴いた兵隊や、体を張った特攻隊に共感したもんだ。戦後民主主義だの議会制だのは、まやかしだとも思っていた。世の中の欺瞞《ぎまん》に怒りながら、その欺瞞に養われている自分がもどかしかった。大学進学率が二割にも満たない時代だ。押し寄せる機動隊員からはそんな私たちへの私怨《しえん》も感じた。自己矛盾にまみれて、もがいていた」

典之は同じ苛立《いらだ》ちをわかちあった友だったのに……。なぜその命を奪ったのか。

千波は、彼のいうところの「世間」に戻っていってからも、罪滅ぼしのため、典之の代わりに仁平寛次の息子であり続けようとした。それが自分の「総括」だと思った。

「ノリの代わりなんてそれ自体がおこがましいだろうに、仁平さんは、我が家が普賢岳の土石流で埋もれた時も援助してくれた。息子を殺したこの私のためにだ。私の弱さを許してくれた人だ。無二の恩人だ。……そして仁平さんは、私にあの遺言を託した」

無量は押し黙っていた。暗い声で問いかけた。

「じゃあ、ブルーゲンたちに捏造《ねつぞう》を指示したのは」

「……それは私じゃない。私は遺言に基づいて、遺産を相続させるため、仁平さんの次男を捜したんだ」

「次男。そういえば息子はふたりいたと」

見つかったんですか、と忍が問いかけた。千波はコクリとうなずいた。

「音信不通で、捜すのには苦労したが。やっと判明した。仁平さんの、次男は……」

「もうその辺でいいのではないかな」

男の声が会話を遮った。そこへ現れたのは、スーツ姿の六十代男性だった。忍も無量も、あっと息を呑《の》んだ。

「城田……。城田元社長！」

菱川《ひしかわ》重工の役員・城田尚道《なおみち》だった。昨日の近藤とその部下たちもいる。無量は敵意を露《あら》わにした。「なにしにきた！」と吠《ほ》える無量の肩を、如月が引き留めた。

「そのひとは、千波さんと典之さんの、同志だ」

「え……っ」

「ですよね。千波さん」

千波は城田をじっと睨《にら》んでいた。城田は動じずに、

「典之の弟が、私の過去を暴くと脅してきてね。荷担する羽目になった」

「城田は学生運動以来、私やノリと共に活動してきた闘士だった」

千波が言った。無量も忍も、これには驚いた。企業の経営者になるような男が、極左の活動家だったというのか。

「だが、セクト解散後、経歴を隠して経営者としてのしあがった。数年前、大村《おおむら》建設での粉飾決算の責任を問われ、社長の座を追われたが、地元有力者の口利きで菱川重工の役員に収まった。だが国策企業なんて揶揄《やゆ》される菱川に、極左活動家だった役員なんて、もっての外だ。暴かれては困るので、仁平氏の次男つまり典之氏の弟に従った。そうですね」

「よく調べたもんだ。如月くん。さすが西原瑛一朗《えいいちろう》の捏造を暴いただけはあるね」

「そうか。それであなたは仁平さんの次男の指示に従い、ブルーゲンに、十字架の取引を持ちかけた。というわけですね」

言葉を引き継いだのは、忍だった。

「しかもブルーゲンとの癒着はあなたにとって悪い話ではなかったはずだ。BMD計画のライセンス契約を取りつければ、菱川のトップの座も夢ではない。あなたは仁平さんの次男の捏造計画に全面的に協力したわけだ。だが、そのためにふたりもの命を犠牲にした！」

城田は表情ひとつ変えない。

集団リンチで友を死なせても逮捕を逃れ、活動家の経歴を揉《も》み消して、企業人となり生き延びてきた男だ。極左活動家から見れば「転向」もいいところだ。暴力団との癒着も経歴隠しには役に立ったろう。都合の悪いことを暴力で帳消しにしてきた。そういうしたたかな男なのだ。

「港はすでに部下が押さえた。島に来たのは都合がよかった。君たちは袋の鼠というわけだ」

「！　……まさか俺たちがこの島にいるのを、こいつに教えたのは……っ。佐世保でブルーゲンに俺の居場所を報《しら》せたのも！」

千波は苦しい表情になって「すまない」と言った。

「ミゲルを――失いたくなかった……」

無量は息を呑んだ。忍は察していたようだ。同情を滲《にじ》ませ、代弁した。

「責められないよ、無量。千波さんはミゲルのためにこの人たちに協力させられていたんだ。孫を殺されたくなければ、捏造工作に協力するようにと」

千波がミゲルの捏造を見て見ぬふりをしたのは、そのためだ。城田にとって、千波は自らの過去を知る厄介な人間だった。千波を巻き込むことで、黙らせるつもりだったのだろう。

「……人質は、君たちにも必要かな」

城田が合図をした。車から連れてこられたのは、萌絵だ。後ろ手に縛られ、怯《おび》えきっている。無量は凍りついた。

「永倉！」

「ごめん……西原くん……。罠《わな》だった」

目に涙を浮かべている。ミゲルと共に無事脱出したものと思いこんでいた無量だ。どうりで昨夜からメールに返信がないわけだ。愕然《がくぜん》として、やがて怒りに震え、呪うように城田を睨んだ。優位に立った城田は、もう無量たちを恐れてはいないようだった。

「さあ、『天国の鍵《かぎ》』の在り処《か》を教えてもらおう。君たちが生きて島を出られるかどうかは、君たち次第だ」

忍も如月も、打つ手がない。無量は肩を震わせながら奥歯を強く噛《か》みしめ、観念するように目を瞑ると、「ついてこい」と呻《うめ》いた。

「おまえらが欲しがる金塊が埋まってるところに、つれてってやる」

忍と如月は顔を見合わせた。……無量には目星がついていたのか。

無量は黙々と歩いた。どこに行くとも言わず、歩き続けた。城田たちはついてくる。忍と如月たちもついていく。萌絵は捕らえられたままだ。やがて見晴らしのいい畑に出た。緩い斜面にはたまねぎ畑が広がっている。青い海の向こうには佐世保方面の陸影が望めた。

「おい、一体どこまで行くんだ」

無量が畑の道の真ん中でようやく立ち止まり、城田を振り返った。

「掘りなよ」

「なに」

「ほら。そこら中にある。金塊は『赤き土の底に眠る』だ。赤土なら見渡す限りある。さあ、掘れ！　好きなところからどんどん掘り返したらいい！　この島中を掘り返せば、何十年後だか何百年後だかには見つかるだろうよ！」

「ふざけるな！」

無量のこめかみに銃口がつきつけられた。近藤が拳銃《けんじゅう》を握っていた。忍たちが叫んだが、無量は微塵《みじん》も動じなかった。半開きの瞳《ひとみ》で城田を見つめ、

「撃てば？　ここにいる全員殺して捏造も殺人も揉み消せば？　罪ってやつはね、どん

なに深く埋めても痕跡《こんせき》が残る。鉄釘《てつくぎ》の錆《さび》が土を赤く染めるみたいに、いつまでもその存在を報せ続ける。埋めて隠したつもりでも、いつか誰かが発掘する。おまえらの犯罪を！」

「もういい、殺して埋めろ！」

城田が叫んだその時だ。ブオン、と大きな排気音がして坂の向こうから一台の改造バイクが飛び出してきた。ど派手なマフラーを立たせたバイクは、無量めがけて突っ込んできて、怯《ひる》んだ近藤をはねとばした。

「逃げろ、西原！」

フルフェイスのヘルメットから顔を覗《のぞ》かせたのは、ミゲルだ。無量は確かめる間もなく、萌絵を捕らえた男のもとに突進した。男は拳銃を向けようとしたが、その顎《あご》に萌絵が頭突きをくらわせる。そこに無量が飛びかかり、全体重を乗っけた右ストレートで男を殴り倒した。

と同時に如月と忍も、反撃を開始している。持っていたカバンを振り回して抵抗する。突然の混乱に、城田は逃げかけた。が、その先に千波が立ちはだかっていた。

手には、ナイフが握られている。

立ち竦《すく》んだ城田めがけ、千波は迷わず体当たりした。城田の脇腹に刃が吸い込まれた。

「！　……千波さん！」

城田の口から奇妙なうめき声が漏れた。千波は目を瞑《つぶ》ってナイフを押し込んだ。

「……つぐなえ、城田。おまえの罪を」

「……が…あ……っ」

「それがおまえの──『総括』だ」

祖父の凶行にミゲルは息を呑んだ。無量たちも動けなかった。千波は最初から友を殺害するつもりでここに来たのだ。城田は千波を突き飛ばすと、よろめいて路上にかがみこんだ。腹に深々と刺さるナイフを見て、恐怖に顔を歪《ゆが》めた。

「う……あ……さされた……刺された！　きうきう……救急車呼べえ！」

部下たちは皆、動けない。城田は混乱して、わめきちらした。

「何ぼーっと見てる！　早く！　早くせんと、死……っ」

次の瞬間、城田は凍りついた。顔の正面に銃口がある。拳銃を城田の頭に向けているのは、忍だった。近藤の手からこぼれた拳銃を拾い上げていた。

忍は鬼のような形相で、威圧するように城田を見下ろしている。

「……。二発でいいですか」

ゾッとするほど冷たい声だった。周りが思わず押し黙ったほどだった。

「殺された川口さんの分。鐘田さんの分。……いいや、もう一発」

城田は竦み上がって尻餅《しりもち》をついている。氷のような眼差《まなざ》しに殺意をこめて、忍は引き金に指をかけた。

「無量に捏造《ねつぞう》を強要した分」

「！　……やめろ、忍！」

無量が叫ぶ声に、銃声が重なった。忍は容赦なく引き金を引いていた。立て続けに三発。城田は倒れた。撃たれたのではなく恐怖で気絶したのだ。銃弾は城田の頭上をかすめて、畑の土に撃ち込まれた。だが周りの者には撃ち殺したように見えただろう。

逃げようとする近藤たちの行く手から、数台の車が走り込んできた。警察車両だ。警官と一緒に降りてきたのは、鶴谷だった。

「無事か、無量！」

無量たちの表情にようやく安堵《あんど》が広がった。近藤たちは次々と確保された。城田は悶《もん》絶《ぜつ》したままで、救急搬送するため、警官が慌ただしく連絡をとりだした。無量は縛られた萌絵の縄を解《ほど》いてやった。余程怖い思いをしたのだろう。自由になると、萌絵はたまらず無量に抱きついてきた。無量は数瞬当惑気味に固まっていたが、ぎこちなく背中に手をまわし、やがて温もりを確かめるように、力をこめて抱きしめ返した。

千波の手には手錠がかけられた。ミゲルは茫然《ぼうぜん》と立ち尽くしている。

「じーさん……」

ミゲルは萌絵が連れ去られた後、からくも血路を開き、自力で脱出していた。忍の指示で鶴谷と合流し、警察に通報して島に乗り込んできたところだ。港には城田の手下がいたが蹴散《けち》らして駆けつけた。墓地の近くにいることは忍が逐一伝えていた。だがミゲルにはまだ事情がよく呑《の》み込めない。

「なんでこんなこと……」

千波はミゲルを振り返った。覚悟を決めていたらしく、千波は落ち着いていた。

「男と男のけじめだ。後悔はしとらん」

「何があったと⁉ なして話してくれんとか！ じーさんの口から話して欲しか！」

千波は警官の顔を見て、それをしている時間はないことを理解した。

「俺の口から話すより、西原くんたちから聞いた方が、きっとおまえも冷静に聞けるだろう。ひとつだけ伝えておく。おまえは俺の孫だ。大事でないはずがない。……早く一人前になれ。一人前の男になれ。そうしたら一緒に酒を呑もう」

それだけ言い残し、千波は警官に伴われて警察車両に乗り込んでいった。立ち尽くすミゲルの肩を叩《たた》いたのは忍だった。

無量と萌絵たちも警官から事情を訊《き》かれた。如月はそのまま取材に突入だ。

一通りのことが済んだのは、もう陽も傾く頃だった。海も黄金色に輝き始めている。

城田たちとの決着はついたが、まだ島を離れるわけにはいかない。無量にはまだやらねばならないことがあった。

「行くところがある。ついてきて。永倉、忍ちゃん」

＊

無量が向かった先は、黒島天主堂だった。

赤煉瓦《あかれんが》が美しいロマネスク様式の教会だ。ヨーロッパの城塞《じょうさい》を思わせる四角い鐘楼の上に、大きな十字架が掲げられている。煉瓦《れんが》と甍《いらか》が和洋融合して、見事な薔薇《ばら》窓の下で白いマリア像が迎えてくれる。明治三十五年、マルマン神父の指導のもと、島のカトリック信徒の献金と労働奉仕で建てられた。黒島のシンボルだ。国の重要文化財にも指定されている。

無量たちが訪れたのは、夕刻だった。コウモリ天井の堂内は、静まり返っている。扉などの木材に装飾された「櫛目《くしめ》引き」と呼ばれる手書きの木目が美しい。束柱を始めとする木材と白壁が調和して、高窓から差し込む光が、森厳な空間を作りだしている。正面の祭壇からは、キリストと十四体の聖人像が見下ろしている。

「きれい……」

萌絵が思わず溜息《ためいき》をついた。足許《あしもと》に落ちる赤と青のステンドグラスの光は、丸い手鞠《てまり》のようで、光同士が戯れているかのようだ。

よく見ると、一番前の礼拝席に人がいる。無量たちは近付いていった。男性だ。四、五十代の小太りな男性は、祭壇を静かに見つめていた。忍にはそれが誰なのか、わかったようだ。おもむろに声をかけた。

「……来てらしたんですね。大場《おおば》さん」

静かな呼びかけが、驚くほどきれいに聖堂へ響いた。

振り返った男は、東アジア旅行社の大場社長だった。その容貌《ようぼう》は、佐世保の教会で見た仁平の写真とよく似ている。無量もようやく理解した。文化センターにブルーゲンと一緒に訪れた、もうひとりのほうだった。

「仁平寛次の次男というのは、あなただったんですね」

長椅子から立ち上がり、大場は通路に立って、無量たちと向きあった。

「〝大場〟は母方の苗字《みょうじ》だ。両親は離婚して、私は母方に引き取られた。父と最後に会ったのは、もう二十年以上前か」

大場は肩越しに祭壇を見やった。

「ここが父の最期の地だったんだね……」

「なんでです。城田やブルーゲンにあんな世迷《よま》い事を持ちかけて、遺物捏造なんてさせて、何が目的だったんです！」

「僕は幼い頃から父が大好きでした。父と教会に行く日曜日が毎週楽しみだった」

思い出話を始めた大場に、無量と忍も思わず黙った。大場は遠い目をして、

「父が四十を過ぎてからの子供だったこともあって、とても可愛がられました。離婚が決まった時も、本当は父についていきたかった」

「……………。大場さん」

「君たちもとうに気づいたと思うが、原城に十字架を埋めたのは父です。戦地から帰って、まもなく、父はあの『金の十字架』を埋めました。その理由が分かりますか」

「分かりません。なぜです」

「進駐軍が捜してたんです」

大場は真顔に戻って、無量たちを見据えた。

「天皇のスタンプを捜していました。マッカーサーの命令で。マッカーサーは日本をキリスト教の原理原則によって民主化しようと試みた人だ。日本人の精神的支柱である天皇をキリスト教化することによって、日本の民主化の礎にしようとした。あの三つの十字架のスタンプを、天皇がカトリックに改宗したことを世界に宣言するために必要としたんです。もし昭和天皇が応じない場合は、これを偽造することも視野に入れて……」

無量も萌絵も、息を呑んだ。忍は険しい表情で聞いている。

「父は身元がバレるのを恐れ、急いで十字架を隠しました。天皇の改宗によって戦争を終わらせようとした父でしたが、全ては無に帰した。日本が米軍の占領下に置かれた時、彼らの思い通りにだけはなるまい、なんとしても抗しようと思ったんでしょう。父はクリスチャンでしたし、その教えが日本を再興させることに本来なら反対しようはずもない。だけど無力感のどん底で、米国への恨みだけが、父を動かしたんです」

仁平のもとには「炎の十字架」と「イブの十字架」があった。これらは二度と歴史の表舞台には出すまい。あるべき場所に戻そう。眠らせよう。仁平にとってそれは埋葬でもあった。愛した人との記憶の。

「結局その十字架は終戦の六年後には見つけられてしまいましたが、その頃にはすでに占領政策も終盤でした。天皇の改宗も見送られた」

仁平の闘いも、終わったのだ。

父親がそんな秘密を抱えていたとは、これほども気づかなかった。ただひどく神経質なところがあった。ヒロシマ・ナガサキの話題を極端に避け、口にすれば癇癪《かんしゃく》を起こすので、家ではタブーになった。長崎には叔母《おば》夫婦がいて被爆していたし、友人も多く犠牲になったというので、そのせいだと思っていた。情緒不安定なところがあり、母との離婚もそのせいだったらしい。

「父の長い長い遺言を見るまで、父が何を背負い、何を悔い、何を望んでいたのか、知ることはなかった」

「………。『まだれいなの十字架』のことも、お父様は書き残していたんですね」

と萌絵が問いかけた。大場はこくりとうなずいた。

「ブルーゲン氏のことも父は把握してました。そこは元諜報員《ちようほう》です。彼らから初江さんの十字架を取り返せなかったことだけが、心残りだと」

「じゃあ、やっぱりブルーゲンから取り戻すために」

「……城田を利用してやろうと思いつきました。城田のことは、死んだ兄からの手紙で何度も。兄・典之は、同郷の先輩である城田を信頼していました。城田はある種の求心力をもっていたようで、一種のカリスマです。彼こそが本物の革命戦士だ、彼がこの国を変える、などと、まるで英雄のように崇《あが》めて、心酔していたのに」

ステンドグラスの赤い光が足許に落ちていた。大場は腕を差し伸べ、その光を掌《てのひら》で受け止めた。忍が赤く染まる掌を見つめて問いかけた。

「城田氏のことは、千波さんから聞いたんですね」

「はい。相続手続きで千波さんと出会った時に。僕は、ずっと知りたかった兄の死の真相を教えてくれ、と頼みました。誰が兄を殺したのか。兄はなぜ、死ななければならなかったのか」

ショックでした、と大場は光の源を辿《たど》るように高窓を見上げた。

「兄を死に至らしめた全員を憎いと思いました。中でも、あの城田がいまだに裁かれることもなく、責任ある企業の経営者面で、のうのうと社会にのさばっているのが許せなかった。時効も過ぎ、もう法で裁く術《すべ》もない。だったら、この男をとことん利用してやろうと思った。経歴隠しをネタに脅しました。暴かれたくなければ、僕の指示に従え、と」

かくして城田の仲介のもと、ブルーゲンを釣り上げることに成功した。

金塊を餌に初江の十字架を取り戻した。父が死の間際までそう願ったように。それを日野江城に埋めることにも。

「……でも、なんで……」

俯《うつむ》いていた無量が、怒りを露《あら》わに声を荒らげた。

「それがなんで捏造《ねつぞう》になるんですか！　取り返すだけなら何も埋める必要なんかないで

しょう⁉」

「それが死んだ父の願いだったからだ。全てを無に。十字架はずっと土の中に眠っていた。歴史の闇に埋もれていた。原爆を止める効力なんかなかったと」

「そんなの勝手な言い分です！　事実を歪《ゆが》めてるだけじゃないですか！」

「歪めていようが、それが父の願いだ。ヒロシマ・ナガサキの責任を、一生その身に背負って生きた人間の気持ちが、君にわかるか！」

「わかるとはいわない。だったら、なぜ、ずっと土の中に眠らせておかなかったんです。わざわざ発掘させたのはどうしてですか。あなた自身が、自分の会社の利益のために、世界遺産への欲望を捨てられなかったからじゃないんですか！」

大場は黙った。無量は怒りを抑えなかった。

「俺の右手は、その欲望で焼かれたんです。祖父の功名心という火で焼かれた！　あんたのせいで川口と鐘田さんは死んだんだ！　わかってるんですか。殺しを指示したのは、城田かもしれないけど、殺したのはあんたです！　あんたがふたりを殺した！」

激昂《げっこう》する無量の腕を、忍が摑《つか》んだ。「追い詰めるな」と目で制した。だが無量は抑えられなかった。

「あんたの兄さんを殺した城田や千波さんと、あんたはどう違うんです！」

大場は目を瞑《つぶ》っている。無量の言葉をその身で受け止めているようだった。

興奮した無量の右手を、そっと摑んだのは、萌絵だった。無量は肩で荒い呼吸を繰り返していたが、萌絵を見ると、自分を鎮めようと深呼吸をした。

「――仁平さんの気持ちは、理解できます……」

と隣から忍が静かな口調で言った。

「でも『まだれいなの十字架』を埋めてしまったら、十字架が紡いできた時間が……いや、初江さんの非業の死までも、全てなかったことになってしまう。お父さんがそれを望むとは思えません。歴史をなかったことにするのは、その歴史の中で生きた人間の人生をも、なかったことにしてしまうことなんです。罪だとは思いませんか」

大場は一点を見つめて、じっと考え込んでいた。

「………。僕がオランダランドを買収したのは、なぜだと思う？」

無量は目を見開いた。大場がふと語り始めた。

「ただ単に経営を立て直すためじゃない。あそこはね、昔、針尾《はりお》海兵団といって佐世保の引揚援護局の宿舎があった。南方や大陸から引き揚げてくる大勢の日本兵が、故郷に帰るまで、一時的に過ごす収容所があったんです」

米軍はあらゆる輸送船や上陸用舟艇、日本の残存商船、さらには処理を保留していた日本海軍の艦船をも注ぎ込み、復員引揚輸送に従事させた。佐世保港に上陸した人々は、検疫を受けた後、五キロの道を歩いて針尾の兵舎にたどりついたという。

「父はそこで米軍の通訳をしながら働いていました。いつもＤＤＴ消毒の白い煙があがってた。毎日毎日大勢の引揚者で溢《あふ》れていたけど、その顔には、敗戦の悲しみなんかなかった。皆やけに明るかったと。先行きも何もわからない状況だったのに。恐らくは生きて故国に帰れた喜びだったのだろうが、そこは過ちと悲しみにまみれきった日本人にとって、全てを背負って歩き出す再スタートの場所でもあったんだと」

無量も萌絵も、知らなかった。オランダランドといえば、有名なアミューズメントパークだ。

今のその場所からは想像ができなかった。

「失意の帰国を遂げた父には、その明るさが不思議でたまらなかったそうだが、救われもしたと、よく言っていた。そういう父の思い出の場所を——再出発の場所を、この手で大切にしたいと思った」

大場は目線を上げて、正面の祭壇を見やった。

「知ってるかい。針尾には今も、三本の、煙突みたいな古いコンクリートの電波塔が立ってる。旧日本軍の無線塔だ。あそこから真珠湾《しんじゅわん》攻撃を命じる『ニイタカヤマノボレ』が送信されたそうだ。そう……。あそこにはね、始まりと終わりの両方があるんだ。僕があの針尾の土地に何か代え難いものを感じたように、この長崎という土地の、過去が持つ意味を、多くの人に理解して欲しいと思った」

「大場さん……」

キリスト像が見下ろしている。大場は懐かしむように目を細めた。

だが、と言葉をおき、

「……君の言うとおりだ。西原くん。僕は間違っていたようだ。嘘のストーリーで塗り固めた世界遺産なんて、ただのイミテーションでしかない」

無量は立ち尽くした。

大場は苦く微笑んだ。夕陽が白い壁を赤く照らしていた。

「……君たちはなぜここに来たんだい？　僕がここにいることを、知っていたのか」

「いえ。俺たちが来たのは、ここに『天国の鍵《かぎ》』があるからです」

え？　という顔で、萌絵と忍が振り返った。無量は祭壇のほうに進んでいった。そして、ふと頭上を見た。そこにはキャンドルを模した吊《つ》り照明がある。これは？　と無量が大場に尋ねた。

「その明かりは、神がこの聖堂に二十四時間いつでもいる証《あかし》だそうだ。決して消えない」

無量は納得し、確信を強めた。

「〝クルス島におわす主のみもと。聖母は聖なる赤き土の底に眠る〟……」

無量は祭壇に近付いた。本来、聖職者しかあがってはいけない。一度胸元で十字を切り、許しを請うように手を合わせた。内陣には青い有田《ありた》焼のタイルが敷き詰められている。祭壇の前に立った。

司祭が説教を行うときの台が、大きな御影石だった。中央に金の十字架がほどこされている。

「さっき高村さんが言ってた。この島の名産は御影石。天主堂の祭壇にも使われているって。御影石は赤土の下に必ずある。赤き土の底——つまり御影石のことだ。主のみもとの聖なる御影石……」

「金塊を、その祭壇に隠した？」

「………。待って」

無量はかがみこんで、御影石の台を覗《のぞ》き込んだ。丹念に観察した無量は、台座の部分の一部にわずかな切れ込みを発見した。手を差し込むと、動く。無量は慎重にその部分を手前に引き出した。蓋《ふた》のようになっていて、中が空洞になっている。何か入っている。

無量はそっと取りだした。布にくるまれた、生まれたばかりの赤子ほどの大きさの物体だ。金塊か、と固唾《かたず》を呑《の》む萌絵たちの前で、無量はそれを台の上においた。そっと布を剝《は》ぐと、中から現れたのは——。

「磁器のマリア観音……。まさか、これが」

「仁平さんちにあった、平戸焼のマリアだ。焼け焦げた痕《あと》がある」

「昔、うちにあったものです」

大場が興奮して身を乗り出した。

「木箱に入れられて天袋の奥に隠すようにしまわれていた。大掃除の時、僕がたまたま見つけて、好奇心で中を開けたら、父に物凄《ものすご》い勢いで叱られた。手を触れてはいけない。これは大事なものなんだって。ただの骨董《こっとう》品ではないと子供心にも思っていたが」

「じゃあ、初江さんの手紙にあった『はんたまりやの懐に』のマリアは……」

無量はうなずいた。そう。たぶんこれだ。仁平が娼館《しょうかん》の焼け跡で見つけて、持ち帰ったものに違いない。――〝ぱらいその鍵は、はんたまりやの懐に〟。あえて「サンタマリア」ではなく、隠れ切支丹の呼び方で表記したのは「マリア観音」を指していたからか。懐……？

「底が蓋になってる」

無量はマリア像の底を丁寧にはずした。やはり中は空洞になっていた。

何か入っている。竹筒だ。

筒の蓋を開け、中身を取りだした無量は、息を呑んだ。

巻物だった。留め紐《ひも》の部分に封蠟《ふうろう》が施してある。そこに捺《お》されたシーリングスタンプを見た無量は、ごくり、と唾《つば》を飲み込んだ。

「これは……っ」

「〝ＩＨＳ〟の分割スタンプ……。まさかこれは」

ローマ法王から贈られたスタンプだ。間違いない。しかも三つ揃っている。

無量は萌絵に指示して、スマホのデジカメで発見状況を撮らせた。封蠟は火事の熱で多少溶けていたが、磁器と竹筒に守られたおかげか、かろうじて形を留《とど》めている。充分記録をとった後で、大場に開封の許可を求めた。大場は承諾した。封蠟を崩さないよう、紐を切った。

御影石の台の上で広げられた巻物は、書簡だった。ローマ字と日本語が一通ずつ。文章の最後に手書きされたサインを見た無量たちは、絶句した。

「〝裕仁《ひろひと》〟……」

忍が乾いた声を搾り出すようにして、言った。

「昭和天皇のサインだ」

萌絵が口を覆った。見てはいけないものを見たような気がした。忍は強いて冷静に文面を目で追ったが、さしもの彼も顔が強《こわ》ばっている。

「間違いない。ローマ法王あての、これは密書だ。日付は昭和二十年六月。バチカンに和平交渉を求めてる。こんなものが残ってたなんて」

「待って。スタンプはとうとう揃わなかったんでしょう？　なのに、ここには三つ捺してある」

「たぶん、〝I〟と〝H〟は仁平さん――藤田氏が捺したもの。その状態で初江さんに預けていたんだろう。初江さんが〝S〟のスタンプを加えた。蠟の色が〝S〟だけ微妙に違うのが、その証拠だ。原爆完成まで一刻の猶予もなかったはずだから、藤田氏は相当急いでいたんだろう。スタンプを揃えて昭和天皇の手で捺印《なついん》する余裕はなかったから、自分で捺し、初江さんにも捺してもらったら、そのままイエズス会に持ち込むつもりだったに違いない」

だが、そうなる前に鉄のカラスに襲撃された。初江は殺され、「まだれいなの十字架」

も奪われたが、スタンプはすでに捺されていたのだ。初江は密書をこのマリア観音に隠していた。

「……藤田氏が焼け跡で見つけたのは、たぶん、全てが終わった後だったんだろう。『ぱらいその鍵』とは、昭和天皇の密書のことだったんだ」

「なんてことだ……」

大場は床に膝《ひざ》をついてしまう。金塊などではなかった。

天国の鍵とは、終戦の扉を開くための鍵だったのだ。

「聖母マリアはお腹にキリストの名を身籠《みご》もっていた。そういうことか」

忍は、夕陽が赤く染めていく薔薇《ばら》窓を見上げた。

「――天国の鍵は、主のみもとに、か……」

ステンドグラスの紫色の光が、台の上の密書におりてきた。

――天使が船を出してくれるよ。

無量は、いつか夢で見た原城の子供の言葉を思い出していた。

船とは、救済のことだったのだろうか。

援軍ではなく。

救いに導く船のことだったのだろうか。

――大きな大きな船が迎えにくるよ。

その船は――間に合わなかった船は……。

鎮魂の帆に風をはらませて、大勢の死者の魂を乗せ、天国の港へと漕《こ》ぎだしていったに違いない。

船には、初江も乗っている。美しく着飾った初江だ。出航のテープは、ない。

あの当時、一体どれだけ膨大な数の船が、地上から漕ぎだしていっただろう。

夕暮れの佐世保の桟橋に立って、初江のマリア像を抱きしめる藤田の——仁平の姿が、無量には見えた気がした。


その時、大きな鐘の音が響き始めた。夕刻の鐘だった。

鐘楼から聖堂いっぱいに響き渡る。

無量は思わず天を仰いだ。戦時中、空襲警報代わりにも鳴らされた鐘だった。

だが今は、体中に鳴り渡る鐘が、天からの声のようだと思えた。

決して消えない悔恨の念を鎮魂する。

祈りの島に響く、天使《アンジエラス》の鐘だ。

終　章

羽田空港の国際線ターミナルは、夜出発の便の搭乗客が集まり始める時間だった。

航空会社のカウンターには長い列ができている。出発ロビーでは、見送りに来た人々と別れの挨拶《あいさつ》を交わす姿がそこここに見られた。その一角で、文部科学省の職員に囲まれた欧米人男性が、にこやかに談笑している。

ミヒャエル・ブルーゲンだった。世界遺産登録に向けたアドバイザーとして来日していたが、無事全ての日程を終えて、帰国の途につくところだ。飛行機の時間が迫っていた。関係者からの感謝の言葉に送り出され、セキュリティゲートに向かおうとした、その目の前に。

立ちはだかった若者が、ふたり。

ブルーゲンは驚いて、足を止めた。そこにいたのは、無量《むりよう》と忍《しのぶ》だった。

「お久しぶりです。ミスター・ブルーゲン。長崎では色々と、どうも」

無量の不遜《ふそん》な挨拶にも、ブルーゲンは動じなかった。余裕を崩すことなく、笑顔で応《こた》えた。

「おお、ムリョウ。わざわざ見送りに来てくれたのですか。嬉《うれ》しいですよ」

「こちらも嬉しいですよ、ミスター・ブルーゲン。出国前にお会いすることができて」

文化庁の知人経由で、今日帰国と知り、空港で待ち受けていた忍と無量だ。「あなたにちょっとお見せしたいものがありましてね」と言い、取りだしたのは、新聞記事だ。毎経日報だった。

「長崎の世界遺産候補をめぐって、あなたのご友人の城田《しろた》氏に関する興味深い記事が載ってます」

忍はブルーゲンの目の前につきつけた。如月《きさらぎ》記者のスクープ記事が一面に掲載されている。一面の肩に見出しがあり、詳細は社会面で、という体裁で大きく記事が載っていた。尤《もっと》も一面扱いされたのは九州版のみで、東京や大阪での扱いは小さかったが――。

それでも破格の扱いだ。城田の指示による遺物捏造《ねつぞう》とそこから引き起こされた殺人事件を、如月は容赦なくすっぱ抜いていた。だがこれだけの記事にもかかわらず、ブルーゲンは表情ひとつ変えようとはしなかった。

「……。あいにく私は日本語が読めなくてね」

「なんならここで全文翻訳してあげましょうか。周りに聞こえる大きな声で」

ブルーゲンの目に暗いものが宿った。無量も忍も、一歩も引く気はない。

「極東の島国の地方新聞ごときと侮らないほうがいいですよ。しつこい人たちですからね。今はWEBで海外まで容易に広まるし、揉《も》み消せるなんて思ったらエライ目をみる」

「私が何をしたというのかな。君の紅茶に睡眠薬を入れたのは、友人の城田に強要されてのことだよ。仕方なく協力しただけだ。私は関係ない」

「……どうかな」

無量は鋭い目つきになってブルーゲンに言った。

「出国する前に、そのカバンに入ってる三本の鉄釘《てつくぎ》を返してもらえませんかね」

ブルーゲンの表情が強《こわ》ばった。無量は全て見抜いていた。分析委託業者に出していた三本の鉄釘が、行方不明になったのは三日前のことだった。現場では「紛失か盗難か」と大騒ぎになっている。

「誰かが持ち出したみたいなんすけど、一応、出土遺物ですしね。なくなると、我々が困るんですよ。おみやげが欲しいなら、カステラでも買ってきゃいいじゃないですか」

鉄十字騎士団の目的は何をおいても「聖遺物回収」だ。カルト的な執念で、海外の聖遺物を取り返し、収拾した聖遺物を厳重に管理するのが四百年来の使命でもある。キリストにまつわる聖遺物の扱いは疎《おろそ》かにはしない。必ず自らの手で持ち帰るのがならわしだった。

だからブルーゲンも決して送ったりはせず、自らの手で（しかも機内持ち込みで）本国に運ぶのが読めていた。無量たちは水際で取り返すべく、羽田まで駆けつけたわけだ。

「そこをどいてくれたまえ。警備員を呼ぼうか」

「どうぞ。こちらはあなたが盗品所持者だと訴えるまでです」

忍はスマホに出土時の記録画像を映してみせた。そして見送りに来た文科省幹部のほうを見やり、

「それに証人になってくれそうな人たちがたくさん見送りにきている。ちょっとこちらに呼びましょうか」

「君の顔はどこかで見た覚えがあるね。名前は」

「相良《さがら》忍。元文化庁職員です。これでも庁内では顔がきくほうでした」

ブルーゲンの表情に憤りが滲《にじ》んでいる。無量と忍はどうでも通さない構えだ。険しい顔で、いやに長く睨《にら》み合っているのを、文科省の職員が不審に思ったのだろう。こちらに近付いてきて「何かありましたか」と訊《たず》ねてくる。ブルーゲンとしても、ここで騒ぎになるのは困る。記事の件もある。遺物窃盗で追及を受ける前に、さっさと出国したいに決まっている。

ブルーゲンは悔しそうに忍を睨んだ。

「返せば、通してくれるのかい」

「ええ。今回は」

「次は」

「次はありません」

忍が真っ向から対決姿勢で、ブルーゲンを睨み据えた。

「あなたが元事務局長の肩書きで来日することは、二度とないはずだからです」

ブルーゲンは負け惜しみのように不敵に笑って、カバンから細長い飾り箱を取りだした。それを無量に引き渡した。無量は中身を確認した。天鵞絨《ビロード》の布にくるまれた三本の鉄の塊が入っている。錆《さ》びて赤茶けた鉄の棒だ。間違いない、と忍に向けてうなずいた。忍もうなずいた。

「今日のところはこれで引き下がりますよ。元事務局長」

「あきらめたわけじゃないよ。ミスター・サガラ。我々はキリストゆかりの聖遺物が異教徒の手にあることを許すほど、甘くはない。日本男児の覚悟は理解した。また来るよ」

「いい旅を。ミスター・ブルーゲン。あなたの明日《あした》に神のご加護があらんことを」

ブルーゲンの大きな背中はセキュリティゲートの向こうに消えた。

無量は無事「三本の釘」を取り戻して、ほっと一息だ。忍も苦笑いを返してきた。

「……まあ、口でいうほど内心は穏やかでないと思うね。如月さんの記事で火がつけば、他の世界遺産候補も黙ってないだろう。ブルーゲン氏もあっというまに火だるまだよ」

「いい気味だ。これでイコモスも、変なOBが寄りつかないよう、少しは襟を正すだろ」

と言い、無量は釘の入った箱を見た。

「ローマ法皇との密約を証明する遺物か……。しかし聖釘《せいてい》なんて、世界に何百本あるかわからないのに。熱心だね。鉄のカラスたちも」

偽物とわかっていて回収しているのなら、大したコレクター魂だ。

「ま、どれかは本物、くらいの気分なのかもな。……さあ、帰ろう。無量。長崎に」

搭乗案内を告げるアナウンスが、出発ロビーに響いている。無量と忍は、国内線ターミナルに向かうバスに乗り込んでいった。

＊

寺屋敷遺跡の第一次発掘調査は、無事終了した。

建物遺構に加え、人骨や鉄釘の出土など、数多い成果が得られたが、遺物捏造という不正が現場を混乱させたのは、残念なことだった。不正をした作業員ミゲルは全ての事情を明かし、「金の十字架とメダイ」以外には不正がなかったことも確認された（メダイを用意したのは城田だったらしい）。毎経日報に掲載された出土状況を示す遺物写真は、城田事件の全貌《ぜんぼう》を明らかにする証拠写真として大きく扱われた。

城田の事件は、世界遺産登録を巡るスキャンダルとして日に日に波紋を広げていく。他社からの後追い記事も出てきた。千波《せんば》に刺された城田は、重傷を負ったが、命に別状はなかった。鐘田《かねだ》が自らの手帳に城田とのやりとりを記録していたことも、城田を追い詰める決め手になった。遺物捏造の計画をたて、川口《かわぐち》へ睡眠薬入りの清涼飲料を与えるよう、鐘田に指示したのも、城田だった。県商工会議所で長年、理事長を務めたこともある城田は、成功の暁には、鐘田に昇進を約束しており、鐘田も命令には逆らえなかったのだろう。

新聞には日々、続報が載っている。如月は久しぶりの大スクープで、連絡もまともにとれないほど多忙を極めているようだ。

鶴谷《つるや》も協力しているというから、鬼に金棒だ。彼らなら万一、どこかから圧力がかかっても、簡単には屈しないだろう。

無量の派遣も、今週いっぱいで終了だ。萌絵《もえ》と忍のコーディネート業務も完了した。

この日、無量は萌絵とつれだって長崎市内にやってきた。

「一度来てみたかったの。大浦天主堂」

初めて訪れた萌絵は感激している。中央に高い尖塔《せんとう》を戴《いただ》くその教会は、煉瓦《れんが》造りだが、表面に漆喰《しっくい》が塗られていて、壁全体が白い。黒島の天主堂には城塞《じょうさい》のような風格があったが、こちらは優しく、女性的な印象だ。高く伸びた椰子《やし》の木が、南国情趣を醸し出していた。

「教会なんて、どこも一緒じゃね？」

「ちがいますー。これだから美的感覚に乏しい、発掘男子は……」

面倒くさそうについてきた無量も、一歩、堂内に足を踏み入れると、その厳粛な雰囲気に呑《の》まれて見入ってしまった。こうもり傘に似た白いリブ・ヴォールト天井。正面の美しい祭壇はステンドグラスを背にしている。右手に安置された、碧《あお》い衣の聖母子像は、日本における信徒発見の逸話で知られている。一八六五年、まだ禁教令が解かれる前のこと、フランスからやってきてこの聖堂を建てたプチジャン神父の前に、数名の日本人男女が現れて、こう言った。

――私どもは、あなたがたと心を同じくする者です。

――サンタマリアの御像はどこ？

潜伏キリシタンの子孫だった。感動したプチジャン神父は「奇跡が起きた」と管区長に報告したという。

そのマリア像を見つめているだけで、萌絵と無量には、長い長い暗闇から抜け出したような信徒たちの喜びが感じられる。

幼子イエスを抱いたマリアは、慈愛の眼差《まなざ》しでこちらを見下ろしていた。

外に出たふたりは、もう一度、天主堂の尖塔を見上げた。青空に十字架が映えた。

「二百五十年後には、こんなに立派な教会ができること、まだれいなさんに教えてあげたかったね」

「まだれいな？　あの聖釘を持ってた人骨の？」

うん、と萌絵はうなずいた。千々石《ちぢわ》ミゲルの孫娘とおぼしき女性のことだ。

「原城で亡くなったひとにも。迫害を受けて悲しい想いしてたひとたち、みんなに」

感傷的になっている萌絵を、無量も珍しくからかわなかった。

実は発掘終盤、彼女の人骨の近くから、新たに黄金の首飾りが出てきた。非常に精緻《せいち》な金細工で、そこには教皇シスト五世の名が刻まれていたのだ。記録によれば、少年使節団は教皇から「黄金の頸飾《くびかざり》」を授かっている。千々石ミゲル自身が授かり、棄教後も捨てることはできず、孫に形見として残したのかもしれない。

「ミゲル本人はキリスト教を棄てたけど、ローマに行った使節団のひとりだったことは、心の底では、死ぬまで誇りに思ってたのかもな……」

でなければ、この栄光の首飾りを孫に与えはしなかったろう。それは同時に、切ない思い出でもあっただろうが……。ミゲルは有馬《ありま》氏と大村《おおむら》氏、ふたつのキリシタン大名の血筋に連なる者だった。当時、棄教することを「転ぶ」と言った。ミゲルが「転んだ」理由は、身体虚弱でイエズス会士としての出世がままならなかったためとも、イエズス会への失望のためだとも言われるが、さだかではない。

「まだれいなさんは、中浦《なかうら》ジュリアンから洗礼を受けたんだよね。でも、なんでだろう。ミゲルさんは許したのかな」

「さあ……。ふたりの間に何があったのかはわからないけど」

中浦ジュリアンは、共にローマにいった仲間だ。ミゲルは、キリスト教を信じることはできなくなっていたが、信仰に身を捧《ささ》げてイエズス会の司祭にまでなったジュリアンを、心のどこかで眩《まぶ》しく思ったかも知れない。しかもジュリアンは穴吊《あなづ》りの拷問により壮絶な殉教をとげている。命をかけて友は信仰を貫いた。迫害の中で、己の身は安全なところに置かれたかもしれないが、そこは日なたどころか、決して日の射し込まない暗い道であることも、ミゲルは知っていたのだろう。

「原城の人たちにとって、彼女が持ち込んだ『太陽の十字架』は、キリストそのものだったんじゃないかな」

「そうか。聖木が入ってたんだものね」

「うん。あの人たちがあんなに戦えたのは、イエスと一緒にいると思えたからかもな。運命の皮肉といえばそれまでだけど、まだれいなの……ミゲルの十字架が、彼らに天国への道を見させたんだろうな」

無量は、入口に立つマリア像の横顔を見上げた。

白い聖母は、優しく手を合わせ、慈しみ深く長崎の街を見下ろしている。


「でも、教会での結婚式って、やっぱり憧《あこが》れるよね」

天主堂を後にして、みやげ物屋の立ち並ぶ急な坂を歩きながら、萌絵が言った。無量はまた嫌そうな顔をして、

「これだから何も考えないスイーツ女子は……」

「何よ。夢を語っただけでしょ」

「はいはい。どーせ忍とハッピーウェディングとか、変な妄想してるんでしょ」

「な、なに。どうしてそこで相良さんが出てくるわけ」

「あんたのしょーもない妄想なんてお見通し。つかダダ漏れ。欲望丸出しで忍のこと見んの、やめてくんない？」

「なによ。嫉妬《しっと》してんの？」

「誰が誰にだ」

「そんなふうに言うけどね、あたしこれでもミゲルくんに告白されちゃったんですけど」

無量が「ええっ！」と周りが振り返るような大声をあげた。

萌絵は前髪を掻《か》き上げながら、

「『永倉《ながくら》さん好いとっとです。俺とおつきあいばしてください』って。そりゃあもう熱烈に」

無量は口をポカンと開けたまま、言葉もない。ミゲルは、体をはって自分を助けに来た萌絵（の闘いぶり）にすっかり心を奪われてしまったらしい。実はミゲルは「強い年上女性」に弱かった。

「なんか、久しぶりにキュンときちゃったなあ。また、あの長崎弁がいいのよね」

「で、どうしたの？　オッケーしちゃったの？」

「ミゲルくん、あれでいて素朴で純情なとこあるし、誰かさんみたいに横柄じゃないし、年上大切にしてくれそうだし？　何よりあの通り体つきもいいし、雑誌モデルになれそうなほどイケメンだし？」

「オッケーしちゃったの？　ねえ、しちゃったの？」

「やけに焦ってるね。どうしたの？　あたしがミゲルくんとつきあっちゃ悪い？」

無量は拗《す》ねたようにあさってのほうを見やった。

「べ、べつに。……つか、つりあわないいんじゃない？　東京と長崎でどうやってつきあうの？」

「ミゲルくん、カメケンに派遣登録するって」

なに！　と無量は目を剝《む》いた。どうやらミゲルは発掘員を目指す気になったようだ。

「みんなに迷惑かけた分、取り返したい。一から勉強するって」

「捏造《ねつぞう》なんかする奴に発掘員やられてたまるか」

「うん。でも自分が無知だったからだって反省してるし、所長も賛成してくれたし」

「駄目！　絶対駄目！　あんな奴につとまるはずない。またやらかすに決まってる！」

「どっちに反対してるの？　あたしとつきあうこと？　カメケンに登録すること？」

「どっちも！」

今度は萌絵がポカンとする番だ。無量は「やば」と口を押さえた。つい本音が出た。

萌絵は満足そうに、にっこり微笑んだ。

「……西原《さいばら》くん、ちゃんぽんおごってあげる」

＊

稲佐山から見下ろす長崎の街は、陽光を受けて建物のひとつひとつが輝いて見えた。坂の町独特の立体的な地形に囲まれた長崎湾も、いつにもまして穏やかだ。離島に向かう船が、ゆったりと航跡を描いている。造船所のドックには、建造中の大型船の優美な姿がある。湾口に見える大きな橋は、女神大橋《めがみおおはし》。その下を貨物船がくぐっていく。

忍は稲佐山展望台に来ていた。

残暑もようやく衰えて、風が秋気を伴うようになっていた。

夜景で有名な稲佐山だが、昼間も観光客は多い。外国人もたくさんいて、しきりに写真を撮っていた。

そのうちのひとりが、忍のもとにやってきて、英語で話しかけた。

「シャッターを切ってくれませんか」

背の高い欧米人だ。年齢は四十前後、引き締まった顎《あご》から頬に薄く無精髭《ぶしょうひげ》を生やし、豊かな金髪を後ろに撫《な》でつけ、襟の開いたシャツからはうっすら胸毛が覗《のぞ》いている。忍は気前よく、

「いいですよ」

と答え、眺望を背景にデジカメのシャッターを押してやった。手渡すと、男はにっこ

り笑って「アリガトウゴザイマス」と慣れない日本語で答えた。

「長崎は美しい街だね。函館《はこだて》にも行ったことがあるが、どっちも甲乙つけがたいね」

「そうですね。長崎と函館は今、夜景のきれいさを競うライバルらしいですからね」

「君も函館には行ったことあるのかい？　ミスター・サガラ」

男はサングラスを外し、ブルートパーズのような瞳《ひとみ》で、忍の顔を覗き込んできた。

忍はちょっと驚いて、やがて挑戦的な微笑を向けた。

「……あなたでしたか。ＪＫ」

ＪＫと呼ばれた男は、忍の横に立ち、柵《さく》に凭《もた》れて長崎港を見下ろした。

「先日、君に渡した情報、役に立っただろ」

「ありがとうございました。おかげでブルーゲン氏を追い払うことができました」

「レポート読ませてもらったよ。今回は鉄釘《てつくぎ》三本だけか。〈革手袋《レザーグラブ》〉にしては地味な成果だね」

「捏造騒動で、それどころじゃなかったですからね」

「発見過程に不自然《アンナチユラル》な点も見られないし、上がどう思うかはともかく、僕は少しがっかりだ」

表情が固くなる忍を、ＪＫは振り返った。

「……これでも期待してるんだよ。不自然な発掘者《アンナチユラル・デイガー》の起こす奇跡にね」

「疑っておられるなら、あなたがた自身で直接、検証をすればいいじゃないですか」

「検証は始めてる。だがクロの証拠は出てこない。全部灰色《オールグレイ》。ペルー、カンボジア、フィリピン、シベリア、シリア、ヨルダン……。全て捏造してるんだとしたら相当用意周到だと思うがね」

「あなたは〈革手袋《レザーグラブ》〉を甘く見てます」

強い口調で忍が言った。ＪＫがちょっと驚いたほどだ。

「説明がつかないから捏造だと決めつけたいのでしょうが、だったら捏造遺物を彼がどこから用意したのかも、説明できなければならないはずです。証明できない以上、認めるしかないいんじゃないですか」

「どうも彼の肩を持つね。君は彼の批判者であっても擁護者であってはいけない。そう約束したはずだが……？」

忍は能面のような表情になって、風に吹かれている。

「肩入れも、度が過ぎると、適任者と交代してもらうことになるよ」

「僕は常に客観的に判断しているつもりですが？」

ＪＫは無機質な目つきになって、忍を窺《うかが》った。

「……我々のような民間軍事会社《PMC》は、今や戦場における何でも屋だ。あらゆるニーズに応《こた》えることで生き残りをはかっている。遺物発掘もそのひとつ。遺物は国の歴史だ。遺跡から出た遺物によって、国境線が書きかえられることだってある」

「……………。その土地の帰属権を主張するために、国家が出土品を利用するというわけですね」

「そのとおり。我々が必要としているのは、その国にとって必要な遺物を、確実に出せる存在だ」

ブルーの瞳を細め、冷ややかに、JKは言った。

「その人材を得るために、我がグランド《G》リスク《R》・マネジメント《M》社は、君を雇っているわけだからね。ミスター・サガラ」

忍は、風に乱れる髪も直そうとはせず、JKをじっと睨《にら》み返した。

JKはやがて表情を崩して、ほくそ笑んだ。

「弟を売り渡すのに罪の意識を感じてるようだね。まあ、そんな顔するな。悪い待遇にはしない。近々、彼を本社の研究所に連れていこうと思ってる。全身データをとるには半年はかかりそうだからね」

「〈革手袋《レザーグラブ》〉をモルモットにするつもりですか」

「健康診断と言ってくれたまえ。無事クリアすれば、不自然な発掘者《アンナチュラル・ディガー》から奇跡の発掘者《ミラクル・ディガー》にめでたく昇進だ」

JKは手にしたデジカメを忍に向けて、シャッターを切った。そして、悪戯《いたずら》をした子供のように、茶目っけをこめて笑った。

「安心しろ。その折には君を彼のマネージャーに推薦してやる。優秀なスカウトマンとして、年俸も望みのままだ。悪い話じゃないだろ？」

忍は目を据わらせた。

「………。無量を、いつ連れていけばいいんです」

「頃合いを見て、だ。また連絡するよ。ああ、お薦めのちゃんぽん屋はうまかった。でもやっぱり僕は、日本そばが好みかな」

それだけ言うと、JKは手を振って、観光客の団体に紛れるように、ロープウェイ乗り場へと去っていってしまった。よく晴れた空に電波塔がそびえ立つ。忍は背を向けて、柵に肘《ひじ》をつき、穏やかな港町の風景に目をやった。

考え込んでいる。

その隣で修学旅行生たちが歓声をあげている。あっという間に撮影会が始まっている。

──なら約束してください。他のどんな人の思惑よりも、西原くんの気持ちを大事にするって。

──西原くんが嫌がるようなことは絶対にしないって！

忍は投げやり気味に柵を摑《つか》んで身を反らし、頭上に広がる青空を見上げた。

「……僕はどうすればいいんだろう。父さん」

＊

「相良さーん！」

萌絵と無量が忍と落ち合った場所は、松山町《まつやまちょう》にある平和公園だ。忍は「平和の泉」と呼ばれる噴水の前に腰掛けていた。ベンチから立ち上がると、笑顔でふたりを迎えた。

「早かったじゃん。忍。用事はもう終わったの？」

「ああ。もっとかかるかと思ったけど、昼前には」

原爆投下の爆心地にある平和公園は、いつも人で溢《あふ》れている。修学旅行生が必ず訪れる場所でもある。昭和二十年八月九日十一時二分、ここの上空で原子爆弾ファットマンが投下された。広島に続いて人類史上二発目の実戦における原爆投下だった。

この公園には刑務所があった。全て一瞬で吹き飛ばされた。ほど近くにある浦上天主堂ではミサが行われていた。ことごとく破壊された。熱線で焼かれたマリアの黒い眼窩《がんか》は、被爆した人々の苦しみを表すように、今も悲痛な姿を残している。

公園には平和を祈るたくさんの慰霊碑や祈念碑が並んでいて、色とりどりの折り鶴が供えられている。その中を歩いていくと、正面に待ち受けているのは巨大な男性像だ。右手は天を指し、左手は水平に伸ばされている。北村西望《きたむらせいぼう》の平和祈念像だった。

三人は像の前で、黙禱《もくとう》した。

しばらく、それぞれの胸の中で、想いを巡らせていた。

「西望公園に小さいのがありましたけど、こうしてみると本当に神様がいるみたい。平和というと女神のイメージですけど、なんで男性の姿にしたんでしょう」

「意図はわからないけど、なんとなくキリスト教の神が男性のイメージで語られることが多いから、そのせいかなとも思った。近くに浦上天主堂があるし。それに原爆の脅威を太く訴えるには、力強く男性的なもののほうが相応《ふさわ》しいと考えたのかもしれないね」

　隣に整列していた修学旅行の団体が、おもむろに合唱を始めた。平和を祈る歌なのだろう。

　三人は邪魔をしないように、と噴水のほうに戻っていった。

「千波さん、どうしてた？　体とか壊してなかった？」

　無量が問いかけた。忍はここに来る前、拘置所へ面会に行っていた。

「ああ。元気というのは変だけど、しっかりしてた。ただ、ミゲルのことだけは心配してた」

「だろうな……」

　無量は悔やんでいた。あの時、千波を止められなかったことを。

　だが忍は違った。

「僕は気づいたとしても、止めなかったよ。きっと。千波さんの気持ちは、痛いほどわかる。法律が裁いてくれないなら、この手で、と思う。たとえ自分が犯罪者になっても」

「忍……」

　世の中の規範に沿ったような、通り一遍の善悪は、忍には通用しない。彼もまたそういう身の上だったから、千波の行為が理解できてしまえるのだろう。

「……ただミゲルには申し訳ないと言ってた。だから、おまえの言葉を伝えといたよ。〃ミゲルはもう自分で発掘屋の入口に立ってる。きっといい発掘屋になる〃って」

「えっ」

「げっ。言っちゃったの？」

萌絵が驚いて無量の顔を覗《のぞ》き込んだ。無量はばつが悪そうに頬をかいた。

「まあ、茂木《もぎ》さんが保護委託先になってくれるそうだし、心配ない。彼は大丈夫だよ。きっと」

千波の過去を知ったミゲルは、やはりショックを受けていた。激動の昭和という時代、ミゲルには想像もできない荒波の中で、祖父が何を思って生きてきたのか。その一端に触れ、打ちのめされているようだった。だが、祖父の一途《いちず》な生き様がミゲルを動かしたのだろう。ほんの数日のうちにミゲルの顔つきが変わった。大人になったと無量は感じた。

自分の未来を見据えるため、顔をあげた。そんな感じがした。

カメケンに登録したのも、心境の変化の表れだろう。一度、不正を犯したミゲルの登録には異論もあったが、これも「更生」の一環だと言って亀石《かめいし》は受け入れた。保護観察中の今は、まだ長崎から離れられないが、佐智子《さちこ》のもとで発掘の基礎を一から学ぶことになった。

「大場《おおば》さんのほうは？」

「ああ。不祥事の責任をとって社長をやめるそうだ。残念だね。先が楽しみだったのに」

「例の昭和天皇の密書はどうするって？」

「それはまだ……。そもそも真贋《しんがん》も定かでないものだし、現段階じゃ世間に公表するのは難しいだろうね。念のため、美鈴《みすず》さんに〝裕仁《ひろひと》〟のサインを見てもらったんだけど、偽造の可能性が高いって。恐れ多くもってやつだけど、仁平《にひら》さんが――さもなくば、この計画に深く関わった誰かが偽造した可能性も」

とは言え確定ではない。当時、昭和天皇がバチカンの公使を通じて和平交渉を打診し、米国の情報機関も動いていたとの話もある。だから全く可能性がないことでもない。それに、降伏にはあくまで反対の立場だった陸軍内部に和平工作を進める動きがあったというのは、軍の分裂も意味するし、計画の首謀者が誰だとも判らないので、やはりここは公表して多くの研究者の目に晒《さら》し、検証するのが歴史家の仕事でもあるのだが……。大場の心の整理がつくまでは、まだ当分、表沙汰《おもてざた》にはならないだろう。

噴水の霧が風に流され、さあっと降りかかる。忍は心地よさそうに、瞼《まぶた》を閉じた。

「そうだ。如月さんがおまえによろしくって。なんだかんだ言いながら助けてくれたね」

「そんないいもんじゃない。スクープにがっついてただけだろ」

確かに初めはそれだけだったろうが……。

——……あいつの手ぇ見ちまってから、なんか、な……。

なけなしの良心が痛んだとでもいうのか。如月はそれを罪悪感とは呼ばなかったが。

誤認記事で自殺者を出した過去を、まるで武勇伝のように言って開き直っていた如月だが、そう振る舞わずにはいられなかった如月の心の傷に、忍も同情を禁じ得なかった。

罪滅ぼしだったなんて言ったら、如月には嫌がられるだろうが……。

「あれだけの誤認をやらかして、なおも真実《スクープ》をとりにいけるのは、やっぱり強いんだろうな」

「面の皮が厚いだけだっつの。あんな奴」

忍は萌絵と顔を見合わせて、苦笑いした。

鳥の翼を模した噴水にうっすら虹《にじ》ができた。泉の岸辺で鳥たちが喉《のど》を潤している。

今はきれいに整えられた公園になっているけれど、この地面の下、数メートルには今も、被爆した当時の瓦礫《がれき》が埋もれている。

その痕跡《こんせき》が遺《のこ》された土層は、決してなくなることはない。

「……、今回のはやっぱ、きつかったかな……」

無量が右手を見つめて、ぽつり、と呟《つぶや》いた。

表情が暗い。

遺物捏造《ねつぞう》の悪夢が、目の前で現実になった。気づいた時は動悸《どうき》が止まらなかった。本当は現場から逃げだしたいくらいだった。それがどれだけ無量を動揺させ、不安にさせ、震えさせたことか。

「おまえが見抜いてくれたおかげで、大事になる前に手が打てたんだ。陣内《じんない》さんも感謝してたよ」

「でも未然に防げなかった。防げてたら、川口も死なないで済んだのに」

「……………。無関係で巻き込まれた川口氏は気の毒だったね。でもおまえが責任を感じることはないよ」

それでも塞《ふさ》ぎ込む無量に、忍が「そうだ」と封筒を取りだした。

「千波さんがこれをおまえにって」

ぼろぼろの免許証入れに入っていたのは、写真だ。ブロンズ像が写っている。裸体の男性像だ。天をあおぎ、体をつっぱらせて何か衝撃に耐えている。萌絵が気づき、

「これ西望さんの作品。確か『光にうたれたる悪魔』ってタイトルの」

「……なんで？　なぜ俺に？」

「ひとは間違いを犯す。だけど必ず過ちに自ら気づく時がくる。諦《あきら》めず、絶望することなく。真実の光を土の中に求め続けなさいって、千波さんが」

無量は色褪《いろあ》せた写真を見つめた。千波はその像に自らの姿を重ねていたのか。

寡黙だったベテラン発掘員の人生を想い、無量は目を瞑《つぶ》った。

忍から「アマクサシロウ」の正体が千波だったと打ち明けられたとき、本当は心の隅で「やはり……」と思った。天草四郎の名を聞いて、真っ先に思い浮かんだのは、一緒

に原城を訪れた千波だったからだ。

夕闇に包まれた原城で、海風に吹かれて、束の間、心を開いて語りあった――。

あの時の空気が、ふと甦《よみがえ》った気がした。

――気に懸けているんじゃないかね。君のこと。

もっと話せばよかった。もっと話が聞きたかった。

千波と打ち解けて、深く言葉を交わせていたなら、少しは祖父・瑛一朗《えいいちろう》の心へも、手をのばすことができただろうか……。

『イブの十字架』と『まだれいなの十字架』は、県の教育委員会で管理所有することになるそうだ。天正遣欧少年使節団の成果が目に見える形で揃ったのは、やっぱりすごいことだよ」

「ですよね。ローマに行った証明ですよね」

萌絵が盛り上げるように明るく言った。

「お祝いしましょう。少年使節団のために。今夜はぱーっと」

「おまえのは、ただうまいもんが喰《く》いたいだけだろ」

「いいから、いいから」

萌絵は無量を立ち上がらせた。右に無量、左に忍、ふたりの間に挟まって腕を組んだ。

「三位一体。三人揃って、ひとつなんですから」

「なにそれ。意味わかんね」

「揃えば、天使が船を出す、か。いいねそれ」

忍は開き直ったように、朗らかに笑った。

「じゃあ、今夜は奮発して思案橋《しあんばし》あたりに繰り出しますか」

「いいですね！　そうしましょう。では出航！」

歩き出す三人に「平和の泉」の噴水が霧となって降りかかる。

虹の向こうに、長崎の青い空が広がっている。

主要参考文献

『発掘調査のてびき』 文化庁文化財部記念物課 監修 同成社
『原城と島原の乱――有馬の城・外交・祈り――』 長崎県南島原市 監修 服部英雄・千田嘉博・宮武正登 編集 新人物往来社
『大阪樟蔭女子大学（学芸学部）論集44②』所収「埋もれた十字架―天正遣欧使節と黄金の十字架②」小西瑞恵 大阪樟蔭女子大学学芸学部学術研究委員会 編
『新装版 天正遣欧使節』 松田毅一 朝文社
『ドン・ジョアン有馬晴信』 宮本次人 海鳥社
『武器・十字架と戦国日本』 高橋裕史 洋泉社
『文化財報道と新聞記者』 中村俊介 吉川弘文館
『占領軍が写した終戦直後の佐世保 写真集』 飯田四郎・芸文堂 編 芸文堂
『続 佐世保港の戦後史』 中本昭夫 芸文堂
『ドラマチックな歴史を持つ町 口之津』原田建夫 口之津開港450年記念事業実行委員会
『陸軍中野学校極秘計画――③新資料・新証言で明かされた真実』 斎藤充功 学研パブリッシング

『1945日本占領　フリーメイスン機密文書が明かす対日戦略』徳本栄一郎　新潮社
『江戸を掘る　近世都市考古学への招待』古泉弘　柏書房
『観光コースでない香港・マカオ』津田邦宏　高文研
『長崎県近代化遺産めぐり　夢の遺産　石炭・造船・防衛』長崎近代化遺産研究会企画　長崎新聞社
『ティニアン・ファイルは語る　原爆投下暗号電文集』奥住喜重・工藤洋三　奥住喜重　発行

執筆にあたり、これらの文献より引用・参考とさせていただきました。
また取材にご協力いただいた川隅様・梅村様、長崎の皆様に心より御礼申し上げます。
ありがとうございました。

本書は、二〇一三年九月に刊行された小社単行本『まだれいなの十字架　西原無量のレリック・ファイル』を改題の上、文庫化したものです。

遺《い》跡《せき》発《はつ》掘《くつ》師《し》は笑《わら》わない

まだれいなの十字架《じゅうじか》

桑原水菜《くわばらみずな》

平成27年 8月25日　初版発行
令和6年 12月15日　13版発行

発行者●山下直久

発行●株式会社KADOKAWA
〒102-8177　東京都千代田区富士見2-13-3
電話　0570-002-301（ナビダイ・ヤル）

角川文庫 19310

印刷所●株式会社KADOKAWA
製本所●株式会社KADOKAWA

表紙画●和田三造

ISBN978-4-04-102299-3　C0193

◆◇◇